O primeiro marido

Da autora:

A Festa de Divórcio

O Primeiro Marido

LAURA DAVE

O primeiro marido

(um romance)

Tradução

Débora Rosa

BERTRAND BRASIL

Título original: *The First Husband*

Capa: Simone Villas-Boas

Editoração: FA Studio

Texto revisado segundo o novo
Acordo Ortográfico da Língua Portuguesa

2015
Impresso no Brasil
Printed in Brazil

Cip-Brasil. Catalogação na publicação
Sindicato Nacional dos Editores de Livros. RJ

D268p Dave, Laura, 1977-
O primeiro marido / Laura Dave; tradução Débora Rosa.
— 1. ed. — Rio de Janeiro: Bertrand Brasil, 2015.
308 p.: 23 cm

Tradução de: The first husband
ISBN 978-85-286-1703-0

1. Ficção americana. I. Rosa, Débora. II. Título.

CDD: 813
15-23424 CDU: 821.111(73)-3

EDITORA BERTRAND BRASIL LTDA.
Rua Argentina, 171 — 2º andar — São Cristóvão
20921-380 — Rio de Janeiro — RJ
Tel.: (0xx21) 2585-2076 — Fax: (0xx21) 2585-2084

Atendimento e venda direta ao leitor:
mdireto@record.com.br ou (0xx21) 2585-2002

Para Josh, *sempre.*

Acendam as luzes. Não quero ir para casa no escuro.

— O. HENRY

Parte 1

Era uma vez...

1

Parece-me importante começar com a verdade sobre como vim parar aqui. Quando tudo se torna confuso, difícil e complicado, a verdade é a primeira a ser sacrificada, não é mesmo? Todos tentam ocultá-la, modificá-la ou consertá-la. Como se consertar os fatos pudesse tornar a situação menos confusa, difícil e complicada, não piorá-la. Contudo, não há como consertar isto. A verdade é que causei isto a mim mesma. Tudo isto. Tudo o que estava por vir, tudo o que eu não poderia nem ter imaginado que constituiria o próximo ano da minha vida. Afinal de contas, fui eu quem causou o estrago naquela manhã, sabendo perfeitamente bem o que poderia acontecer, o que a história já me provara que aconteceria se fosse suficientemente imprudente para seguir adiante com aquilo. Eu desci para a sala de estar ainda usando a camisa gigante do pijama de Nick e aconcheguei-me sob o cobertor, ligando o aparelho de DVD. Como se fosse fácil assim. Como se *A Princesa e o Plebeu* fosse apenas mais um filme. Como se não fosse uma bomba que eu estava prestes a detonar no meio da minha vida.

Não sou, pelo menos por via de regra, uma pessoa supersticiosa. Mas há fatos reais e incontestáveis que não podem ser ignorados. Na primeira vez que assisti *A Princesa e o Plebeu*, eu tinha 7 anos de idade e foi durante uma sessão de cinema em família com meus pais. No dia seguinte, eles anunciaram que se divorciariam. Na próxima vez, eu tinha 16 anos. Minha mãe proclamou mais tarde no mesmo dia, depois de assistir ao filme, que nós nos mudaríamos — a nossa nona mudança em nove anos — dessa vez para longe de São Francisco (onde estávamos morando havia tempo suficiente para eu conseguir fazer uma amizade de verdade, ter um "namorado" e encontrar mais uma amizade em potencial), para uma cidade minúscula no canto nordeste da Dakota do Norte (com uma população de 351 habitantes, e onde eu cursaria meu último ano do ensino médio com três pessoas na turma de graduandos).

Cinco anos depois, havia acabado de me formar na universidade e conseguido um emprego no *New York Sun*. Eu seria a repórter menos importante de todas, mas, ainda assim, seria uma repórter. Em Nova York! Enquanto eu fazia as malas, encontrei *A Princesa e o Plebeu* e pensei: sou adulta agora, não deveria ter superstições infantis. *Por que não?* Aqui está por que não: na manhã seguinte, recebi um e-mail daquele que seria meu chefe. *Devido a cortes nos gastos, congelamos todas as futuras contratações* etc. Eu tinha menos de 48 horas restantes no meu apartamento na universidade, 105 mil dólares em empréstimos estudantis e a soma total das minhas economias retidas num depósito de reserva do único apartamento que poderia pagar: uma quitinete de 90 metros quadrados próxima a uma autoestrada. E nenhum emprego, não mais.

Na quarta vez, eu tinha 27 anos. Nick e eu havíamos acabado de celebrar nosso primeiro aniversário de namoro e nos preparávamos para nos mudar para o outro lado do país, para Los Angeles. Nick tentava fazer carreira no cinema, uma façanha que demandava a mudança. Eu não tinha problemas em relação a isso, estava até mesmo entusiasmada. Escrevia uma coluna de viagens semanal para um jornal na Filadélfia e, uma vez que viajava uma média de 200 dias por ano a trabalho de qualquer jeito, eles ficaram mais do que satisfeitos que a minha nova base de operações fosse em Los Angeles.

E então eu assisti *A Princesa e o Plebeu*, sentindo-me segura em relação ao meu emprego, ao meu relacionamento e à minha decisão de me mudar para o oeste, acreditando que havia pouco que o filme pudesse estragar; uma parte de mim talvez até mesmo quisesse *provar* que havia pouco que ele pudesse estragar.

Porém, na metade do filme (o problema nem sequer esperou que chegasse ao fim daquela vez), o telefone tocou. A casa para a qual deveríamos nos mudar em Venice, a casa para a qual já havíamos transferido 80 por cento de nossos pertences, havia sido *destruída* num incêndio. Ninguém parecia conhecer a causa. Eu conhecia a causa.

E, no entanto, lá estava eu, quatro anos depois, 32 dias antes do meu 32º aniversário, e o que fazia? Em algum momento, você não se torna condicionado contra isso? O filme me prejudicara tantas vezes ou, pelo menos, várias das experiências mais desagradáveis da minha vida deram-se em bizarra proximidade ao ato de assistir a ele. Como não associá-lo àquela dor? Por que eu assistiria a ele novamente? Aqui está o porquê: eu *amava* o filme. O que *Harry e Sally — Feitos um para o Outro* era para algumas das minhas amigas ou o que *Campo dos Sonhos* era para Nick, *A Princesa e o Plebeu* era para mim.

Era o meu filme reconfortante. Assistir a ele era, simplesmente, reconfortante. Sim, minha mãe admitira que meu nome era, em parte, uma homenagem à Princesa Ann, interpretada por Audrey Hepburn. Como qualquer menina poderia assistir àquele filme sem desejar ser Audrey Hepburn? Mas era bem mais que isso. Parte da explicação pode ser que eu mesma era uma repórter, uma colunista de viagens, e minha coluna, "Fechando a Conta", tinha o objetivo de ser um guia sobre como melhor explorar os lugares mais exóticos e interessantes do mundo. Um guia completo para aproveitar cidades excitantes, vilarejos peculiares ou ilhotas no meio do oceano Índico pelas quais poderia ser difícil visitar sem conhecimento. Não por acaso, eu devotei minha primeira coluna a Roma. Foi, de fato, uma ode ao filme, à experiência de ver Princesa Ann e o repórter Joe Bradley (Gregory Peck) explorarem a Cidade Eterna e escaparem de suas vidas reais. Era isto o que eu amava sobre o meu trabalho: poder explorar o mundo e constantemente escapar. Mas, no fundo, sempre me perguntei se, como a Princesa Ann de Audrey, eu não estava apenas torcendo para, caso alguma vez eu adormecesse num banco de praça, numa das centenas de cidades que visitava, eu acordasse e passasse o dia vivendo precisamente a vida com que sempre sonhara.

A outra razão por que eu amava o filme tinha a ver com a intensidade do romance entre Bradley e Ann: seu charme incandescente, a felicidade por trás de cada instante. Isso fazia com que eu me convencesse, como uma criatura racional, que minhas tragédias não poderiam ter qualquer relação com um filme tão romântico, tão cheio de esperança. Ou elas não viriam a ter. Não daquela vez.

Então lá estava eu, numa nova etapa do "desta vez, não": aos 31 anos, complacente, sonolenta. Minha bela e brilhante cadela, Amelia

— (batizada em homenagem à original e fantástica viajante e exploradora —, Amelia Earhart — seu apelido era Mila —, e eu passamos a manhã sozinhas. Nick estava trabalhando. Ele era diretor de cinema e dirigia, então, seu segundo filme, um suspense sobre vampiros que dominam Washington, D.C. Depois que o seu primeiro filme, uma história sobre uma viagem de carro (sem *nenhum* vampiro presente), fora bem-recebido num festival de cinema em que aparentemente era importante ser bem-recebido, ele começara a experimentar o sabor da fama. Eu estava tão feliz por ele; por nós dois, na verdade. Estivera presente nos primeiros momentos, quando filmávamos seus curtas-metragens na rua. Atuava tanto como assistente de direção quanto como atriz principal. A irmã dele, como produtora. Nossa cadela, Mila, como... a Cadela Mila.

Porém, ainda assim, desde o seu recém-conquistado sucesso, Nick havia se tornado levemente cansativo no modo como falava do seu trabalho. Para começar, ele o chamava de "meu trabalho". Era uma fase, eu sabia. Apenas uma que torcia para terminar logo. Além do mais, eu acabara de voltar de um mês exaustivo na estrada, tendo passado agosto viajando por três países diferentes (México, República Dominicana e Argentina), escrevendo textos para a "Fechando a Conta". Foi assim que decidi fazê-lo. Como um agrado para mim mesma. Com a doce Mila deitada sobre o meu colo, apertei um botão, o aparelho de DVD ligou, e eu pressionei PLAY.

Então, tudo surgiu na tela: os créditos em letras brancas, a intensificação da música da orquestra, os principais pontos turísticos de Roma ao fundo. O Vaticano. O Bolo de Casamento. As ruínas antigas. Até que as palavras *News Flash* apareceram na tela, e lá estava ela: a exuberante Audrey Hepburn no interior de uma carruagem, acenando para os seus subordinados, a mais triste princesa no mundo.

Após *The End* ser exibido e o último crédito cruzar a tela, eu olhei ao redor de nossa casa, da casa que dividia com Nick desde que nos mudáramos para Los Angeles, a casa que encontráramos depois que a outra pegara fogo. Nenhum vaso ou fotografia caiu no chão. Nenhum problema espontâneo da torradeira. E as tulipas novas que eu comprara numa feira no Arizona por 3,99 dólares não haviam imediatamente morrido. Elas permaneceram em sua posição suspensa de quase morte.

Eu acariciei a parte de trás da cabeça de Mila. Ela ergueu o olhar para mim e seus olhos encontraram amorosamente os meus.

— Acho que estamos bem — disse.

Então, a chave virou na fechadura.

Nick abriu a porta com um chute, equilibrando sua garrafa térmica, um exemplar do *Los Angeles Times* e seu celular. Ele mais parecia ter 16 anos do que 36, com seu boné virado ao contrário e vestindo uma das camisas de botão que ele sempre usava. Tudo isso para dizer que Nick parecia Nick, mas na versão exausta: quatro dias de barba por fazer e manchas escuras circundando os olhos.

Ele apontou para o celular para que eu soubesse que estava no meio de uma ligação. Então, fez um movimento circular com seu dedo indicador, aquele movimento que se faz quando quer que a pessoa do outro lado da linha termine de falar de uma vez. E, quem quer que fosse a outra pessoa, ela deve ter percebido a indireta, pois, menos de um minuto depois, Nick fechava o telefone e se dirigia até mim, largando todas as suas tralhas sobre a cadeira reclinável, criando uma pilha.

— Olá, estranha... — disse Nick, enquanto se reclinava para me dar um beijo de boas-vindas e segurava firme minha cabeça por trás com a palma de sua mão.

— Olá para você também — disse eu, permanecendo próxima dele mais um pouco.

Nós costumávamos passar longos períodos separados, mas, entre a minha coluna e as filmagens daquele longa, havia sido um intervalo particularmente difícil. O cheiro dele, sua doçura, pareciam mais uma exceção na minha vida do que a realidade.

Conforme Nick se ajoelhou e acariciou a barriga peluda de Mila — seu costumeiro cumprimento para dizer *Oi, querida, estou em casa* —, ele sussurrou ao ouvido dela:

— Olá, pequena...

Sentou-se, então, ao meu lado no sofá e esticou os braços atrás da cabeça. Perto assim, Nick parecia ainda mais arrasado: seus olhos estavam vermelhos e lacrimejantes da longa filmagem e das lentes de contato que ele recentemente começara a usar em lugar dos óculos com aro de metal que tinha desde que eu o conhecera.

Decidi não implicar com as lentes e decidi também não contar a ele sobre o telefonema da nossa agente de viagens. Iríamos para Londres em dezembro. Eu havia alugado uma casinha em Battersea cujo aluguel poderíamos de fato bancar enquanto Nick trabalharia num projeto lá. Eu mal podia esperar e já sonhava com o longo período que teria para visitar meus locais favoritos em uma de minhas cidades favoritas: ir ao teatro e me esconder em mercados de pulgas, passar tempo demais em livrarias e nenhum tempo nas proximidades da Torre de Londres. A agente havia ligado para pedir o depósito pela casa. Eu precisava saber se as filmagens na terra dos vampiros ainda estavam dentro do prazo previsto para me sentir segura. Mas aquilo teria de esperar.

— O que está assistindo? — perguntou ele.

— Estava. Já acabou. — Eu desliguei a televisão para prová-lo. — Só um filme. *A Princesa e o Plebeu...*

— Nós temos esse filme? Faz um século que não assisto — disse ele. — Sempre achei que é um pouco supervalorizado.

Eu nunca havia contado a Nick sobre *A Princesa e o Plebeu*, não a história completa; nunca contara a ninguém além de minha melhor amiga, Jordan. Sabia que ele me diria que estava louca. Mas eu não poderia culpá-lo. Também acharia que eu estava louca.

— Como foi ontem à noite? — perguntei, mudando de assunto.

Ele balançou a cabeça como quem diz: *melhor nem começar.*

Mas então, mudou de ideia, contando-me sobre um problema elétrico complicado na livraria em Pasadena que haviam alugado para filmar a cena clímax do filme. Era importante que *aquilo* desse certo. Não dera.

Quando ele terminou, baixou os olhos até quase fechá-los.

— Então — disse. — Annabelle Adams...

Eu ri. Não pude evitar. Nick nunca me chamava pelo meu nome completo. Chamava-me Annie — ou Adams, se estivéssemos discutindo a respeito de algo. Também era Adams quando ele queria ser particularmente doce e amoroso. Um negócio complicado, na verdade, quando eu refletia a fundo sobre aquilo: Adams aparecia somente em nossos melhores e piores momentos.

— Sim, *Nicholas Campbell...* — respondi, jocosamente.

Então estiquei meu braço e toquei o seu rosto. Ele se apoiou na minha mão e a prendeu entre sua bochecha e seu ombro.

— Precisamos conversar a respeito de algo — disse ele. — Eu tinha que falar sobre isso, mas você estava fora e eu não sabia ao certo como...

— Tudo bem...

Enquanto eu estivera em Punta Cana na semana anterior, assistira a um terapeuta de casais num programa matinal explicar como era agressivo da parte de uma mulher encarar diretamente seu marido ou namorado enquanto ele tenta falar sobre algo importante — isso faz com que os homens pensem em guerra ao invés de amor. Dica esquisita. Mas lá estava eu, seguindo o conselho da melhor forma que podia: escondendo meus joelhos sob minha camisa gigante e desviando meu olhar, como fora instruída a fazer. Pelo menos não olhei diretamente para ele quando continuou a falar.

— O negócio é que — disse Nick — minha terapeuta falou que talvez precisemos dar um tempo.

— Um tempo de quê? — indaguei.

Foi isso o que eu disse. Como uma grande e completa idiota. *Um tempo de quê* — do que eu achei que fosse? Mas isso demonstrava o quão incrivelmente improvável me era a ideia de nós darmos um tempo um do outro, naquele momento.

— Ela disse que eu preciso ficar um pouco sozinho por uns tempos — continuou. — Sem você.

Eu me virei para ele. Há palavras que nunca se pode retirar. Teria eu as escutado? Cinco anos. Estávamos juntos havia cinco anos. Não havia regras diferentes para dizê-las depois de tanto tempo? Não era necessário que todos estivessem completamente vestidos?

— Por quê? — perguntei.

— Ela diz que eu amo você — disse ele. — Mas também que estou me esforçando para amá-la. Que preciso parar de colocar os outros em primeiro lugar.

Eu olhei para o rosto de Mila. *Isso faz sentido?*, perguntei-lhe, silenciosamente.

Ela olhou de volta para mim: *Acho que vou tirar uma soneca.*

Enquanto isso, Nick continuou falando, mas era como se alguém tivesse colocado uma bola dentro da minha garganta. E eu não conseguia engoli-la e escutar o que era dito ao mesmo tempo. Em vez disso, olhei ao redor da nossa casa, a casa que eu havia decorado, mobiliado e onde fazia 95% do trabalho para manter tudo em ordem. Talvez não fosse muito boa em construir um lar. Tudo bem: isso era certo. Eu não passava tempo suficiente em casa para ser boa nisso — como podia ser verificado pela minha mala ainda feita e pronta ao lado da porta. Ainda assim, se Nick queria colocar tudo nesses termos, não havia sido eu quem fizera a maior parte dos sacrifícios?

— Ela disse que preciso descobrir o que eu preciso.

Ela disse. Ele continuava dizendo aquilo. *Ela disse*. Trezentas vezes até aquele momento, se eu estivera contando certo. Provavelmente porque ele sabia que, se tirasse o *ela disse*, suas palavras soariam mais duras. Esse foi meu primeiro pensamento claro. Meu segundo foi mais triste. O que eu havia feito para fazê-lo querer ir embora?

E foi quando ele começou a contar a verdade.

— Além disso — disse Nick, bem mais baixo —, pode haver outras razões para eu estar *confuso*.

Pelo menos ele teve a coragem de admitir.

— Pode haver outras razões? — questionei. — Você quer consultar a sua terapeuta primeiro?

Ele me lançou um olhar triste.

— Isso não ajuda — disse.

Talvez não ajudasse, mas também não fora tão despropositado. A "terapeuta" de Nick nem era uma terapeuta de verdade. Ele nunca fora a um terapeuta antes. Alguém do seu trabalho, porém, recomendara essa mulher, que estava mais para uma médium ou para conselheira existencial. Ou, como ela se referia a si mesma em seu cartão de visita azul-acetinado, uma CONSELHEIRA DE FUTUROS. Isso significava que, depois de escutar suas histórias, ela lhe dizia o que via no seu futuro e, então, ajudava-o a chegar lá ou a evitá-lo. Por, você sabe, 650 dólares a hora.

Foi então que eu percebi o que ele não queria me dizer.

— Quem é ela? — perguntei, embora já tivesse uma ideia: Michelle Bryant, a ex-namorada e paixão da época de faculdade de Nick.

Eles haviam estudado juntos na Brown, namorado por todos os quatro anos passados lá e morado juntos pelos últimos dois deles. Ainda viveram juntos numa pitoresca casa no Brooklin por mais dois anos depois que se formaram. Michelle era uma neurocirurgiã pediátrica na Universidade da Califórnia, em São Francisco. E, já que neurocirurgiã não parecia suficientemente impressionante, ela ainda se tornara uma consultora especial do FBI, responsável por estudar padrões cerebrais em crianças com propensão à violência. E mencionei que ela era deslumbrante? Como eu poderia culpar Nick por ainda querer ficar com ela? Eu queria ficar com ela.

— É Michelle? — disse, e aquilo soou mais como uma afirmação do que uma pergunta.

— Não! Eu já lhe disse que você não precisa se preocupar com ela.

Nick esqueceu-se de sua tristeza apenas por tempo suficiente para mostrar-se satisfeito com isso, como se fosse melhor o fato de ele não estar me deixando pela pessoa sobre a qual eu estivera insegura — mas por outra totalmente diferente.

— Ela trabalha n'*Os Obstinados*?

Os Obstinados era o título do filme de Nick. Ele o havia tirado de um poema de William Ernest Henley que amávamos, um dos vários poemas que emolduramos e penduramos perto da geladeira na cozinha. Os versos diziam: "Sob os golpes da sorte/ Minha cabeça sangra, mas permanece obstinada." Em momentos mais generosos, eu havia adorado que ele o usasse como título. Aquele não era, porém, um momento generoso.

— Não é nada desse tipo... — murmurou ele, baixinho. Então, para o caso de eu não ter entendido a explicação, balançou a cabeça para enfatizar. *Nada disso mesmo.* — Ela é apenas uma amiga... — disse.

— Apenas uma amiga?

Ele concordou com a cabeça.

— Uma amiga da minha cidade — explicou. — Eu juro, nada aconteceu ainda.

Ele parecia aliviado sobre essa parte também. Eu não conseguia compreender, contudo, por que ele pensava que o fato de me deixar por alguém com quem *ainda* não dormira faria eu me sentir melhor. Não conseguia compreender por que achava que eu escutaria quaisquer outras palavras além das que ele soltava acidentalmente. Ela é da minha cidade. Significando que sua cidade era em outro lugar. Significando que não era ali. Onde eu estava.

— Eu lamento, Annie — disse. — Mas a verdade é que... — Então, ele se interrompeu. Ele se interrompeu como se não soubesse se deveria falar aquilo. Mas então continuou: — A verdade é que você passa tempo demais fora, Adams. Está sempre fora.

— Você quer dizer que ela está aqui somente porque eu... não estou? — terminei para ele.

— Quero dizer que posso até ser eu quem está indo embora. Mas, sejamos honestos, você nunca está mesmo aqui. Nem estou certo de que quer estar.

Foi quando aconteceu. Quando meu coração se partiu, dentro do meu peito.

Cinco anos. Estávamos juntos havia cinco anos. Tínhamos uma vida em comum. Eu não deveria poder contar com isso? Ele me prometera que eu poderia, que deveria, no momento seguinte ao momento em que explicara que não estava certo sobre como se sentia sobre casamento. Mas nós, eu e ele, seríamos mais do que casados. *Pós-casados*, chamara. *O que é um pedaço de papel?* Naquele momento, era algo que eu teria exibido como prova de que ele não poderia simplesmente decidir aquilo. Do nada.

Seria aquele o momento adequado para apresentar meu outro argumento, o de que ele viajava tanto quanto eu? Não pareceu que fosse. Não pareceu que Nick estaria aberto para escutar isso, para escutar qualquer palavra vinda de mim. Estava muito ocupado olhando para baixo, cutucando suas unhas. Ele tirava a sujeira presa nelas não para me evitar, mas parecendo realmente compenetrado. Compenetrado e exausto.

Quando olhou de volta para mim, foi com um olhar que dizia: *Está resolvido?* Eu conhecia aquele olhar, é claro. Eu conhecia todos os olhares dele. Foram cinco anos.

Eu olhei de volta. *Ainda não, por favor. Preciso compreender isso.*

Não havíamos sentado ali, naquele mesmo lugar, no dia anterior? Havíamos. Eu chegara, exausta do aeroporto, mas ficara acordada para passar uns minutos com Nick antes de ele sair para o trabalho. Ele fizera rabanadas com pêssegos para nós, e eu o ajudara a reescrever a última cena do filme. A última filmagem. Ele parecera tão feliz quando resolvera tudo, tão feliz comigo por tê-lo ajudado. Abrira um largo sorriso e inclinara-se na minha direção. Inclinara-se na minha direção, no dia anterior, e dissera: *Você é inestimável... Sabe disso?*

Fora um momento, menos de miseráveis 24 horas antes, que parecia diretamente antitético àquele. Eu ainda não sabia que é sempre possível encontrar um momento perfeito logo antes de tudo desmoronar, e foi por isso que relembrei aquilo em voz alta, como se apresentasse uma evidência do meu lado da história. O lado, como eu acreditava no momento, do amor.

— Mas ontem... — disse. — Você falou que eu era inestimável.

Ele se inclinou e tocou meu rosto, e pensei que fosse dizer: *Você é, sou eu. Você é, e eu amo você, e minha amiga está apenas confundindo a minha cabeça. Você é, e eu preciso apenas de um tempo para ter certeza. Para lembrar com certeza. Que nós pertencemos um ao outro.* Mas ele não falou nada disso. E, embora eu acredite até hoje que não deve ter compreendido de verdade o que disse, que não deve ter compreendido o quanto aquilo soava mal, ele pronunciou aquelas palavras.

Esticou o braço e tocou o meu rosto.

— Você era — afirmou.

2

A graça de "Fechando a Conta", a razão para a coluna ter tido algum nível de sucesso, era que oferecia às pessoas uma sensação de controle. Elas recebiam uma lista de coisas que precisariam vivenciar em certo lugar: uma vista extraordinária ("Curta a vista para o Taj Mahal do Oberoi Amarvilas, em Agra."), um sabor extraordinário ("Experimente os rolinhos de bambu especiais do famoso T'ang Court, no distrito central de Hong Kong."), a descoberta de algo que não poderia ser encontrado em qualquer outro lugar ("Não se esqueça de comprar uma centena de novas folhas de papel na única fábrica de papel operante em Amalfi, que está em funcionamento desde 1592!"). Elas seguiam essas sugestões, curtiam e tiravam fotografias de si mesmas se divertindo — então, era como se não tivessem apenas aproveitado o lugar, mas também escapado de verdade de suas vidas reais. Próximo!

Porém, como o meu editor, Peter W. Shepherd, me disse recentemente: "Citando Steinbeck" — Peter era britânico, tinha por volta de cem anos de idade e era um dos meus seres humanos favoritos, mas, desde que começara a trabalhar em seu romance, descrito por ele como "*Boêmios Errantes*, só que britânico", ele passara a usar qualquer desculpa para iniciar suas frases com citações de Steinbeck —, "uma jornada é como um casamento. O modo certo de estar errado é acreditar que você a controla."

Obviamente, quer eu gostasse ou não, ele tinha razão. Havia uma imperfeição governando a "Fechando a Conta". Aquela sensação de controle era uma ilusão. A magia de Big Sur, por exemplo, consiste em passar um dia inteiro sentado sobre as rochas próximas à agência de correios, escutando o oceano atrás de si. A maioria das pessoas, porém, não tem tempo ou vontade de perder o dia todo sentado perto dos correios sem fazer coisa alguma. Mas poderiam passar 50 gloriosos minutos em Bixby Canyon Bridge observando a mais bela conjunção de rochas montanhosas e mar que já se viu. Sentindo ter concluído uma hégira perfeita e cortando isso de sua lista.

Em cada uma das minhas categorias na "Fechando a Conta", eu tentava dar aos leitores aquela sensação de fuga, de libertação dos obstáculos diários, de abandono da zona de conforto. Eu nomeei as categorias tendo isso em mente — chamei a seção da coluna dedicada a excursões turísticas de "Abra seus olhos", e outra seção, com dicas para os leitores se aventurarem fora dos circuitos habituais, de "Pegue a saída errada". E era bem cuidadosa para não escolher uma atração muito óbvia como algo a ser visto (nada de Estátua da Liberdade) ou muito comum como algo a ser saboreado (nada de experimentar a pizza de tudo do Ray's Pizza, no West Village). Porém, nenhuma categoria era mais valorizada por mim, do que a última da lista ("Descubra algo que não se encontra em qualquer outro lugar" — essa seção, além de precisar ser sempre cativante, concentrava a tarefa mais importante de todas: fazer com que as pessoas sentissem que, depois que conhecessem esta última atração, estariam prontas para voltar a suas casas.

Naqueles primeiros dias depois que Nick foi embora, eu ficava imaginando o que ele teria escrito se fizesse uma coluna de "Fechando a Conta" sobre mim. E o que estaria na última seção? Era isso o que eu mais queria saber. Qual fora o detalhe final que o ajudara a decidir que já havia me "vivenciado"? E que já estava pronto — que já era a hora — para partir?

Uma pequena bênção foi Nick ter sido quem foi embora após o término. Ele saiu naquela mesma tarde para ficar com sua família, ou com sua nova amiga, ou com o Village People. Eu não perguntei e Nick não me contou. O que ele disse foi que não voltaria à nossa casa, não ligaria nem começaria o processo de desentrelaçamento das nossas vidas (nossa conta bancária conjunta, nossa casa, nossos carros, nosso computador compartilhado, nosso investimento em uma única ação) até que eu estivesse pronta. Poderia ligar para ele quando quisesse fazer aquilo tudo. Quando estivéssemos mais curados. Ele usou essa palavra. *Curados*. É um milagre, quando penso no assunto, que eu não o tenha estapeado.

Estava chocada demais, no momento em que tudo aconteceu, para ficar muito irritada. Ou até mesmo muito triste. E então fiquei triste. Fiquei mais triste do que já me sentira antes. Após tanto tempo, o melhor modo como posso descrever aqueles primeiros dias é que eu não conseguia fazer muito além de ficar deitada durante a noite, escutando os rangidos dos pisos do assoalho. E, durante boa parte do dia, eu agia da mesma forma. Meu coração parecia ter saído do meu peito — realmente saído — e ido diretamente para algum lugar ao qual não pertencia, onde parecia pesado e entalado. Eu ficava lá, deitada, escutando nada, sentindo meu coração desse jeito.

Foi então que, no décimo dia, minha melhor amiga, Jordan — também conhecida como Jordan Alisa Riley, advogada de defesa internacional, linda e poderosa —, entrou como uma bala em minha casa com sua filhinha de 3 anos de idade, Sasha. Jordan usou sua chave, o que significa que não ouvi sua chegada até escutar um alto "olá". Um alto *Estamos aqui.*

Jordan e eu éramos melhores amigas desde a primeira semana do nosso primeiro ano de faculdade, quando fomos alojadas em quartos vizinhos no dormitório. A colega de quarto dela era doida — havia um santuário para *Uma Galera do Barulho* envolvido na história. Então, na segunda semana, Jordan já estava praticamente morando no meu quarto. E foi assim que aconteceu. Essa foi nossa linda e adorável história. Nós nos conhecíamos bem demais a essa altura — nos conhecíamos daquele modo verdadeiro e completo que só existe entre pessoas que convivem uma com a outra desde muito jovens. Antes do resto da vida. Antes de se tornar mais fácil e mais difícil conhecer a si mesmo.

Por exemplo, Jordan e eu nos conhecíamos tão bem que, na manhã do décimo dia pós-Nick, eu me levantei e tomei uma ducha, vesti uma calça jeans e uma camiseta roxa. Porque, ainda que não tivesse telefonado, sabia que ela viria e queria que visse que eu estava bem; na minha cabeça, roxo significava estar bem. Pessoas tristes e patéticas não usam roxo; usam preto. Ou talvez verde.

Essa também era a razão para eu estar sentada na cozinha, fingindo que trabalhava. Fiz isso por Jordan. Achei que aquilo faria com que ela se preocupasse menos comigo. E, como num bônus, achei que seria uma boa imagem a passar no caso de ela falar com Nick.

Porque havia isto também: Jordan era irmã de Nick.

Nós nos conhecemos, Nick e eu, no dia da minha formatura na faculdade. Nick gostava de dizer que se apaixonara por mim naquele dia, no dia da formatura, na primeira vez em que me viu. Eu sempre duvidei dessa história. Para começar, nós apenas começamos a sair juntos uns anos depois. Além disso, ninguém fica bem de beca.

Jordan parou na soleira da porta da cozinha com as mãos nos quadris, e me analisou.

— Bem, a boa notícia é que — disse ela — você emagreceu. Perdeu uns dois quilos, talvez três...

Eu empurrei minha cadeira para trás e me levantei para abraçá-la, envolvendo seu pescoço em meus braços, e Sasha agarrou minhas duas pernas. Jordan, enquanto isso, estava chorando. Ela chorava mais do que eu, o que me pareceu preocupante. Ela não era muito sentimental. Não era carinhosa. Embora escrevesse uma carta para o editor toda vez que "Fechando a Conta" saía, o que eu considerava uma prova da doçura secreta de seu coração. Ainda assim, em quase quinze anos de amizade, eu a vira chorar exatas duas vezes. Aquela era a segunda.

— Então, este é o plano — disse ela, afastando-se e secando as lágrimas. — Eu lhe trouxe um pouco daquela salada de couve nojenta que você ama, daquele restaurante vegano no Palisades.

— Você trouxe? — perguntei.

Ela confirmou com a cabeça.

— Aqui dentro está cheirando a peru, por sinal, mas eu comprei meio quilo daquela droga. E um tonel do seu café favorito. Então, pra começar, vamos nos sentar e você vai comer.

Não era exatamente uma pergunta.

— Tudo bem — respondi.

— Essa é a primeira etapa. Você fará isso *imediatamente* antes de a couve esfriar e ficar ainda mais repugnante do que já é — disse ela.

— Qual é a segunda etapa? — indaguei.

— Você vai ver.

Nós nos acomodamos na mesa da cozinha com Sasha pintando em seu caderno de colorir da Mulher-Maravilha, Jordan e eu sentadas uma ao lado da outra e o meio quilo de salada entre nós. A luz do sol entrava pelas janelas, iluminando a couve, fazendo-a parecer com kryptonita.

Enquanto eu me servia de um pouco de café, Jordan catou um pedaço de couve, cheirou-o e o devolveu.

— Bem — disse ela —, estava aguardando pacientemente pela sua ligação, mas vou para a Itália amanhã a trabalho e não podia mais esperar.

Eu beberiquei o café e tentei pensar em como explicar.

— Eu não queria colocá-la no meio.

— Colocar-me no *meio?* — Jordan inclinou-se na minha direção e fez com que eu a olhasse nos olhos. — O que é esse meio de que você fala? Só para constar, eu odeio o meu irmão por isso.

— Só para constar — continuei —, eu também não estou morrendo de amores por ele no momento.

— Ele obviamente enlouqueceu. Isso é só o começo. E essa tal de Pérola?

Pérola. Ela tinha um nome. Era Pérola.

Jordan balançou a cabeça e se recostou na cadeira.

— Eu nunca gostei dela, nem quando a *conhecia* — afirmou. — Ela morava no final da nossa rua. Nick lhe contou isso?

— Não exatamente. — Fiz uma pausa, não querendo perguntar e tendo de perguntar. — Como ela era?

— Há uns cem anos? A capitã das líderes de torcida, rainha do baile, o pesadelo de todas as meninas cujos seios demoraram a aparecer.

— Fantástico.

— E daí? — disse Jordan, em tom de desprezo. — Ela também é mais autoritária do que eu, e isso quer dizer o bastante! E *Pérola*? Sério mesmo? Quem tem um nome desses com menos de 90 anos?

— Uma atendente do Caffe Luxxe chama-se Pérola e ela deve ter uns 20, talvez 30 anos...

Jordan ergueu a mão para me interromper.

— A questão é que Nick está louco se ele pensa que, da minha parte, está tudo bem. Ele me perguntou se poderíamos todos jantar no próximo domingo. Eu respondi: "Parece ótimo. Num mundo em que *ótimo* significa o pior convite que alguém já me fez."

Eu ri, e isso fez com que Sasha olhasse para cima e sorrisse. O sorriso dela parecia com o de Jordan — tinha a mesma curvatura do lábio inferior, a mesma risadinha escondida —, o que era algo surpreendente, se considerarmos que Jordan era tecnicamente a madrasta da menina. Mas de certo modo fazia sentido. Jordan parecia amar Sasha como se fosse sua própria filha. A outra vez em que eu vira Jordan chorar? Quando Simon levara Sasha para visitar seus pais em Martha's Vineyard. Jordan não fora por causa do trabalho. Aquela foi a última vez em que ela optou por ficar longe de Sasha por qualquer que fosse a razão.

— Conclusão da história? Até onde eu sei, Nick tem menos de cinco minutos para parar com essa m-e-r-d-a e deixar de ser um c-l-i-c-h-ê.

Eu olhei para Sasha, que estava pintando novamente.

— Por que está soletrando c-l-i-c-h-ê?

Ela suspirou.

— Não sei. Acho que me empolguei. — Eu apertei a mão dela.

— Acontece que isso me deixa tão irritada, sabe? — disse ela. — E eu não estou defendendo o Nick, *pode ter certeza*. Mas, entre o Facebook, o BBM e todo tipo de tecnologia que deixa você a dois cliques de *qualquer pessoa* no universo, hoje em dia é preciso tentar *não* se envolver com alguém novo. É preciso tentar *não* se comunicar com uma antiga paixão e começar a declarar que *talvez sejamos feitos um para o outro*. Entende o que estou dizendo?

Neguei com a cabeça.

— Acho que não.

Ela me lançou um olhar.

— Estou dizendo que o obscuro é a nova moda — disse ela. — Todo esse bate-papo virtual pseudo-oculto em nome do amor... me deixa enojada. O que houve com os bons velhos tempos em que trair era realmente trair?

Eu me levantei e juntei os pratos para colocá-los na pia.

— Jord, eu preciso que me escute, está bem? Nick ama você mais do que qualquer um no mundo. Você é a melhor amiga dele também. Não fique zangada por minha causa. Ele não fez qualquer coisa de errado, na verdade. Acho que foi embora para não fazer. É justo. Não é divertido ou algo do tipo, mas é justo. Além disso, eu não sou inocente nessa história. Estou fora o tempo todo, como ele mesmo disse.

— Como é?

— Estou dizendo apenas que ele tem razão. É difícil manter uma boa relação com alguém que não está por perto. E sempre fui assim, certo? Eu me mudei doze vezes antes mesmo de completar 18 anos e agora viajo pela metade do ano por causa do trabalho. — Dei de ombros. — Acho que nunca passei mais de uma semana no mesmo lugar.

Os olhos dela se arregalaram, como se estivesse compreendendo algo pela primeira vez.

— Ah, sim, entendi! Então, é sua culpa sua mãe ser uma doida varrida e Nick ter um ataque de pânico de meia-idade precoce? Os dois problemas são culpa sua?

Antes que eu pudesse responder, ela começou a olhar ao redor do cômodo. Depois, virou-se para mim e perguntou:

— Onde está o cachorro?

— O que isso tem a ver com o assunto?

— Você o deixou levar o *merda* do c-a-c-h-o-r-r-o? — perguntou ela.

— Você soletrou a palavra errada — respondi.

— Você *ama* Mila. Daquele modo detestável e irritante que faz com que as pessoas falem de você pelas suas costas.

— Nick também a ama.

Ela me lançou um olhar chocado, mas eu me virei. Como poderia explicar aquilo? Até naquele instante, depois de Nick ter me magoado, a verdade era que eu não queria machucá-lo. Afinal de contas, o amor não é assim?

Jordan voltou-se para a filha e balançou a cabeça.

— Sasha, você acredita nisso? — perguntou. — Sua tia está sendo fiel a um *homem* mesmo diante do seu caráter duvidoso.

Não faça isso. Na verdade, é assim mesmo que não se deve fazer. Quando crescer e algum sujeito estiver sendo mau, dê um pé na bunda dele mais rápido possível. Entendeu?

Sasha continuou colorindo o caderno e sorrindo para sua nova Mulher Maravilha com um uniforme agora inteiramente laranja.

— Confirme que está me escutando, querida — disse Jordan.

— Eu confirmo, mamãe — disse ela. Então, escolheu um giz de cera diferente, com uma nova tonalidade de laranja, e começou a pintar os cabelos da Mulher Maravilha.

Jordan beijou a testa de Sasha e empurrou seus cachos macios para trás. Depois, beijou-a novamente.

— Então, estou pensando... — disse ela, voltando-se para mim. — E não quero saber de discussão.

Recostei-me e lhe ofereci um sorriso.

— Isso é chocante — comentei.

— Você virá comigo para Veneza, até a poeira baixar. Eu tenho um caso de defraudação por lá que deve durar umas doze semanas, mais ou menos. Alugamos uma bela casa perto do Rialto. Bem ao lado da melhor cafeteria do mundo. E, como bônus, *esta* casa — disse ela, gesticulando ao redor de si — estará a milhares de quilômetros de distância.

— Parece maravilhoso — comentei.

— Ótimo. Então está combinado.

Neguei com a cabeça.

— Tenho que trabalhar — disse.

— Bem não existem computadores na Itália? — perguntou Jordan.

Eu não tinha uma boa resposta, mas queria que ela compreendesse o quão impossível me parecia aceitar sua oferta.

— Eu não posso fugir da minha vida agora.

— Annie, eu acho que ela já fugiu de você — disse ela.

Eu a perfurei com os olhos.

— Não ajudou? — perguntou. — Desculpe. Eu sou péssima nisso. Simplesmente não quero que tudo piore.

— O que isso quer dizer? — perguntei, embora soubesse.

Eu não era uma daquelas mulheres que segue em frente com facilidade, que arruma um novo namorado na semana seguinte e um novo modo de encarar o antigo. Meu "processo" era um pouco menos complacente do que isso. Primeiramente, eu tinha de culpar a mim mesma por tudo que dera errado. E, depois, por tudo o que não dera.

— Venha para Veneza, Annie — disse Jordan. — Nick vai superar isso. A vida voltará ao normal. No intervalo, vamos nos divertir! Seja o oposto de você.

Seja o oposto de você: aquelas palavras me afetaram imediatamente, penetraram o nevoeiro. *Ser o oposto de mim?* Já era o décimo dia e aquilo foi a primeira coisa que me pareceu uma boa ideia. A primeira coisa que soou como um plano de verdade. Para seguir adiante com minha vida.

— Você me ajudaria muito também — continuou Jordan. — Simon e eu poderemos passar um tempinho a sós de fato. Sair para um jantar romântico às vezes. Fazer caminhadas. — Ela pausou. — Está vendo? Isso nem tem a ver com as suas necessidades. Eu estou basicamente usando você como babá.

Eu ri.

— Não sei, Jordan...

— Sim. Você sabe. — Ela olhou diretamente nos meus olhos. — Nós duas sabemos que Nick voltará para você. Isso é apenas a crise dos cinco anos. É algo que acontece de verdade. Eu planejo ir ao Marrocos durante a minha viagem. Aliás, precisarei de algumas recomendações de hotéis quando chegar o momento. Algum que tenha um spa.

Eu balancei minha cabeça.

— Não é simples assim.

— É, sim. Mas eu concordo com você que a sua crise chegou no pior momento *possível*. Nick está tendo o seu primeiro gostinho da fama e temporariamente se esqueceu de que ele é um nerd que... — os olhos dela arregalaram-se como se algo lhe ocorresse — que parou de usar seus óculos de nerd.

— E daí? — perguntei.

— E daí que eu deveria saber que algo estava acontecendo quando ele começou a usar aquelas lentes de contato. Como foi que perdi isso? — Ela balançou a cabeça, em negação. — É como se tivesse tirado o *cérebro* junto com os óculos. Igualzinho ao Porquinho em *O Senhor das Moscas*.

Eu olhei para ela, confusa.

— Os óculos de Porquinho foram quebrados, acho.

Ela acenou para que eu me calasse.

— Você está fugindo do assunto — disse ela.

— Que seria?

— Que Nick ama você. Ele a ama tanto que eu posso garantir que nada de *real* acontecerá com Pérola. Mas os homens se esquecem. Se muito tempo passa, eles se esquecem do que têm. Do quanto *desejam* o que têm. E você não deve sofrer enquanto ele se lembra. Não permitirei isso. — Ela fez uma pausa. — Além do mais, quanto mais cedo você parar de agir assim, mais cedo ele estará de volta. É assim que funciona.

Eu só podia concordar com aquela parte. Parecia-me que o universo era traiçoeiro assim mesmo — no momento em que se deixa de precisar de algo, no momento em que se deixa de ter tanta esperança, você ganha uma segunda chance.

Eu encostei minha testa na dela.

— Eu amo você — disse. — Caso não saiba.

— Então venha para Veneza comigo. E, só para variar, deixe que alguém tome conta de você.

— Seu irmão diz que ele faz isso — comentei. — Até demais.

Ela suspirou.

— Eu realmente *adoraria* que você parasse de se referir a ele desse modo.

Eu sorri.

— Pensarei sobre a viagem — prometi. — De verdade.

— Não, não pensará.

— Talvez não — disse. — Mas chega de falar de tragédias, está bem? Eu prometo a você que ficarei *bem*. Olhe para mim. *Estou* bem. E, para provar isso, amanhã, a essa hora, eu recomeçarei a viver. O que são cinco anos, afinal? Esqueça amanhã. Hoje à noite, vou sair e retornar ao mundo. Eu já tenho planos. *Grandes* planos...

Ela se recostou na cadeira.

— Meu Deus, você é uma péssima mentirosa — disse. — É divertido de assistir, na verdade.

— Quando foi que você percebeu? Na parte de já ter planos?

Ela pegou meu dedo mindinho e o apertou com força.

— É, essa parte poderia ter sido melhor — respondeu ela. — Além disso, sua camiseta roxa está do avesso.

3

Depois que Jordan foi embora naquela noite, chorei até dormir.

Eu pensei em: cinco Natáis e cinco Anos-Novos, dez aniversários e todos os Dias de Ação de Graças. Seis viagens atravessando o país, três até a metade, três sets de filmagem, uma reunião de dez anos da turma de faculdade. Duas idas ao hospital por intoxicação alimentar, um acidente de carro no México, três ossos quebrados, uma apendicite. Cinco mortes de avós (e avós postiços). Dia dos Namorados em Hong Kong, Dia dos Namorados em Nova York, Dia dos Namorados quase sem falarmos um com o outro dentro da mesma casa. O casamento da irmã dele, *dois* dos divórcios da minha mãe, quatro afilhados mútuos, um anjo de labrador chocolate. Um idioma compartilhado, uma família compartilhada, um plano futuro de viajar pelo mundo compartilhado. Duas semanas numa terrível cabana perto do Lago Michigan e a última noite, quando ele me deu um medalhão com quatro palavras gravadas atrás, como se fizessem perfeito sentido: *Para você, para sempre*. Nenhum dia em que não nos falamos, mesmo que fosse para brigar. Nenhuma noite em que eu não tenha lhe desejado boa-noite, ainda que não o desejasse de verdade. Nenhuma manhã em que meu primeiro pensamento não tenha sido: *Você*.

Então, acordei no meio da noite, me lembrando de algo mais. Lembrei-me de uma viagem que fizemos no início da nossa relação, com seis meses de namoro, quando fomos a Utah passar um feriado. Na primeira noite nos hospedamos numa cabana velha e rústica perto de Moab, um pouco fora da cidade, e, antes de dormirmos, eu perguntara:

— Como isto pode ser tão fácil?

— Vamos aproveitar enquanto dura — dissera ele. — Imagino que não será sempre tão fácil assim...

Eu devo ter transparecido preocupação. Ele tentara se corrigir imediatamente, aproximando-se de mim, confortando-me ao afirmar que fora um comentário bobo, que nossa relação sempre seria fácil ou, pelo menos, quase fácil. Claro que seria. Mas o problema era que *fácil* não fora a palavra que me incomodara.

Fora *sempre*.

Uma porção inexplicável de mim sentira medo desde o início — medo de contar com alguém, de confiar que ele sempre me apoiaria — ao mesmo tempo que isso era precisamente o que outra parte de mim desejava.

E eu me perguntava como foi que tinha chegado até ali.

4

Não foi na noite seguinte, mas na próxima, que eu decidi cumprir minha promessa à Jordan: eu retornaria à terra dos vivos. Um pouco depois das cinco, liguei o rádio, tomei um banho escaldante e apliquei minha maquiagem. Movimentar-me parecia ser a solução; então, não parei para pensar muito sobre qualquer etapa. Sequei os cabelos e os penteei, coloquei brincos compridos. Parecia que eu estava assistindo a uma filmagem de mim mesma quando vi o reflexo do meu rosto de relance no espelho: *Oi, você não é alguém que eu conheço?*

Escolher algo para vestir mostrou-se mais fácil do que eu imaginava, porque não lavara roupas desde que Nick fora embora, e havia precisamente duas opções restantes dentro do nosso armário: um quimono rosa-choque que eu comprara num mercado de pulgas em Camden Town, que, entre outros problemas — como o fato de ser um quimono rosa-choque —, estava dois números apertado; e o meu vestido amarelo. Envolto pelo plástico da lavanderia, protegido, pronto. Eu normalmente o reservava para casamentos ou eventos formais, pois vivia com medo de arruiná-lo. Era o meu vestido mágico, como Jordan chamava. O tipo de vestido que faz você parecer quatro centímetros mais alta, quatro quilos mais magra e faz com que seus seios pareçam maiores. Ao longo de toda a vida, se tivermos sorte, conseguimos encontrar apenas um desses.

E, naquela noite, era tudo o que tinha.

Eu me sentei sobre a cama para calçar minha sandália vermelha e decidir aonde poderia ir para estar vestida adequadamente. Meu bar costumeiro na Abbot Kinney não me parecia um bom candidato. A pessoa mais sofisticada de lá estaria usando uma camisa limpa.

Então, eu decidi que dirigiria pela Ocean Avenue até Santa Mônica e iria para um dos meus refúgios favoritos: um pequeno e luxuoso hotel à beira da praia, onde eu poderia me sentar a uma das mesas do pátio, uma das cinco mesas com vista para o mais belo pôr do sol que já se viu. Uma vista que consegue transportá-lo para bem longe de qualquer detalhe que lembre a vida real.

Este era o plano: uma fuga da vida real. Por aquela noite, pelo menos. Até eu dormir sem colocar o plano em prática. Ali mesmo, no final da cama, usando meu vestido mágico.

Eu não me lembro de me deitar. Mas, quando acordei, um dos sapatos estava meio para fora do pé, meu vestido mágico estava amarrotado e era meia-noite e vinte, o que, em Los Angeles poderia ser considerado tarde da madrugada. A maioria dos estabelecimentos já havia fechado ou estava prestes a fechar. Inclusive meu luxuoso restaurante e bar de hotel à beira da praia. Mesmo assim, me levantei, peguei minha outra sandália e, antes que pudesse convencer a mim mesma do contrário, recolhi as chaves do carro e saí pela porta da frente. Talvez tenha feito aquilo, em parte, para poder dizer à Jordan que fizera algo construtivo, ou talvez tivesse menos a ver com Jordan do que eu imaginava naquele momento, e forças que eu não compreendia já estivessem conspirando.

Tudo o que eu sei é que, quando entrei no restaurante e vi aquelas janelas de três metros e meio que se abriam para a praia e o mar e o resto do mundo, não me importei que as luzes estivessem apagadas e que o lugar estivesse vazio, que os móveis do pátio tivessem sido recolhidos há tempos, que a música ("The Fever", de Bruce Springsteen, creio eu) estivesse baixa. Ou que a única pessoa ali dentro fosse um cara de cabelos cacheados atrás do bar, que esfregava o balcão.

O problema era que o cara de cabelos cacheados atrás do bar não era o barman costumeiro, aquele com quem eu construíra uma relação ao longo dos anos, tão amigável que, uma noite, Nick e eu o ajudáramos a ensaiar o texto da audição que ele teria no dia seguinte para uma série de tevê, e aquele que eu acreditava ser a minha melhor chance de conseguir um drinque tão tarde da noite.

Fui até ele.

— Você não é Ray — disse.

Eu devo ter soado extremamente decepcionada, porque o sujeito soltou uma gargalhada.

— Não — disse ele. — Não sou mesmo.

Ele me lançou um sorriso, largo e espontâneo, e eu me senti grata pelo fato de as primeiras palavras saídas de sua boca não terem sido as mais óbvias: *Estamos fechados*. Então, notei o rosto dele. Tinha um rosto bonito: um queixo proeminente, olhos grandes, uma barba loira por fazer cuja cor combinava com seus cachos. Uma covinha significativa era aparente através da barba. Ele também usava uma jaqueta verde cuja cor combinava com seus olhos de forma um pouco perfeita demais.

— Isso significa que estou muito atrasada para a saideira? — perguntei.

— Oficial ou extraoficialmente? — perguntou ele, dando uma última esfregada no balcão.

— Qualquer resposta que me ajude a conseguir um bourbon sem gelo — respondi. — Com uma pitada de sal.

Foi quando ele sorriu novamente. Era um sorriso de arrasar, muito perto de ser perfeito demais para o seu próprio bem. Ele se redimiu, porém, porque também aparentava nervosismo e naturalidade. Acidentalmente perfeito. O que, de repente, pareceu ainda mais perigoso.

Ele jogou o pano sobre o ombro.

— Esse também é o meu drinque favorito — disse ele.

Eu balancei a cabeça.

— Esse não é o drinque favorito de mais ninguém — afirmei.

Mas, então, ele puxou um pequeno copo de trás do balcão, com uma pequena dose de bourbon e uma visível linha de sal.

— Um dos meus tios bebia assim quando eu era mais novo. Acho que me acostumei — disse ele. — Você pode provar, se quiser.

Ao invés disso, eu me equilibrei nas pontas dos pés e inclinei-me para o lado de dentro do balcão, para ter uma visão melhor.

— Por acaso você tem cem drinques diferentes alinhados aí atrás, esperando para mostrá-los? É uma excelente estratégia para conseguir gorjetas.

— Gostaria de se sentar? — Ele gesticulou em direção ao banco vazio bem na sua frente, sinalizando para que eu me sentasse.

— Sério? — perguntei, como se o assunto estivesse em debate. Como se eu já não estivesse aceitando entusiasmada: meu vestido foi subindo alto demais sobre as minhas pernas conforme me posicionava o mais próximo possível do bar, tentando achar uma posição confortável.

Acho que me movi de forma um pouco desajeitada, porque ele olhou para mim parecendo confuso.

— Você está bem aí?

— Estou bem — respondi. Estiquei minha mão, ainda tentando ser amigável e conseguir aquele drinque. — Sou Annabelle... embora quase todo mundo me chame de Annie... Adams.

Ele esticou o braço para apertar a minha mão, mas, antes que a alcançasse, escutei passos e nós dois nos voltamos para ver um rosto familiar. Era Ray, o barman costumeiro, em suas roupas comuns, andando em nossa direção. Ele tinha uma jaqueta de couro pendurada no ombro.

— Griffin, estou saindo, cara... — disse Ray. Então, ele se interrompeu, vendo que eu estava ali. — Ei, eu conheço você. É Samantha, certo? Samantha, do vestido bonito?

Eu sorri.

— Quase — respondi.

— Ray, esta é Annie Adams — disse o cara atrás do bar. Griffin, pelo visto.

Ray olhou de um para o outro.

— Bem, Annie Adams, do vestido bonito, realmente já fechamos por esta noite. Lamento. O show recomeça amanhã às quatro da tarde...

Comecei a me levantar, mas, antes que pudesse, Griffin colocou sua mão gentilmente sobre a minha, detendo-me exatamente onde eu estava.

— Está tudo certo, Ray. Annie é minha amiga. Eu pedi para que viesse até aqui para tomar um último drinque comigo enquanto termino o trabalho. Pode ir, vou fechar tudo para você.

Ray olhou de volta para mim.

— Você é amiga do Griff? — disse ele.

Eu sorri para Griff conforme ele servia meu bourbon, uma dose dupla com muito sal no topo.

— Claro — respondi.

— Então tudo bem. — Ray girou sua jaqueta de couro sobre a cabeça e virou-se para sair. — Até mais!

Quando olhei de volta para Griffin, ele segurava seu copo de bourbon e brindava na minha direção.

— Agora você deve estar feliz por eu não ser Ray.

— Muito — respondi, encostando no seu copo com o meu.

Então, eu tomei um longo e lento gole do bourbon. Senti-o morno e agradável descendo pela minha garganta.

— Mas esse realmente é um vestido bonito — disse Griffin. — Ele estava certo.

Eu dei de ombros.

— Não se iluda — disse. — É um vestido mágico.

— Eu não... — Griffin balançou a cabeça. — Não entendi.

— É como uma miragem. Mas tudo o que eu tinha era isto ou um quimono muito rosa, e o quimono não cabe mais em mim. — Fiz uma pausa. — Na verdade, para ser sincera, não estou certa se alguma vez já coube.

Ele começou a gargalhar — aquilo era engraçado? Aparentemente, era engraçado.

Griffin saiu de trás do bar e apontou para o banco ao lado do meu.

— Posso? — perguntou. — Vai parecer mais crível que nós nos conhecemos.

— No caso de Ray voltar? — indaguei e sorri.

Ele sorriu de volta e sua covinha acentuou-se.

— Exatamente — respondeu.

Eu bati de leve no banco e disse:

— Sinta-se à vontade.

Ele se sentou e apontou suas longas pernas na minha direção, de modo que ficamos um de frente para o outro. E percebi que a jaqueta que havia desabotoado — a jaqueta verde-berrante — era um dólmã de chef de cozinha. As palavras Chef Executivo estavam bordadas sobre o bolso, em letras brancas.

— Espere um minuto, *você* é o chef daqui?

Ele voltou o olhar para a própria jaqueta e puxou a parte escrita.

— Eu sou? — brincou em resposta à minha surpresa. — Uau, devo ser, se é isso o que está escrito na jaqueta.

— Desculpe... Eu apenas... Você estava lá atrás, então achei que trabalhasse como barman aqui. Durante o dia. Ou durante a noite, pelo visto. Achei que talvez fosse um ator.

— O que a faria pensar isso?

Eu não sabia como dizer, *Seus olhos, apenas para começar*, e não soar como uma maluca.

— Aparentemente, eu invento histórias — respondi.

Ele sorriu.

— Bem, a última vez que eu pisei num palco foi para uma produção de *Um Pijama para Dois*, na quinta série.

— Eu amo *Um Pijama para Dois* — disse eu.

— Você não teria gostado dessa versão. Confie em mim.

Eu lhe lancei um sorriso.

— E agora você é o chef daqui?

Ele confirmou com a cabeça.

— Temporariamente, pelo menos. A chef regular, Lisa, está fora pelos próximos meses de licença-maternidade. Estou apenas cobrindo esse tempo. Trabalhei no restaurante da irmã deles em Berkshires. Num lugar chamado Maybelline's. Fica a cerca de 30 quilômetros de Stockbridge.

— Eu conheço Stockbridge. Fui lá no ano passado. Ou bem perto de lá, pelo menos. Em Great Barrington, na verdade. Estive lá a trabalho. Se eu soubesse, teria ido ao seu restaurante e escrito sobre ele. Sou colunista de viagens. Escrevo uma coluna chamada "Fechando a Conta". Mas só podia escrever sobre Great Barrington. Era o assunto da coluna. Então, acho que não poderia ter escrito sobre você. Não daquela vez...

Minha voz começou a desvanecer contra a minha vontade, e Griffin inclinou sua cabeça, como se estivesse se perguntando se perdera algum detalhe novamente.

— Desculpe — disse. — Tenho dormido pouco ultimamente. Isso tem me feito falar... demais.

Ele esticou o braço e aproximou os dedos da minha bochecha, sem tocá-la, mas deixando-os bem perto.

— Mas você está com o rosto amassado de sono — disse ele. — Bem aqui.

Eu me arrepiei. Eu me arrepiei exatamente onde ele poderia ter me tocado. Ergui minha mão instintivamente e cobri aquele lado da face.

— É complicado — comentei.

Ele riu e disse:

— Estou certo de que é.

— Então, você não trabalha mais no Maybelline's?

— Não. Na verdade, vou abrir meu próprio restaurante em Williamsburg, no próximo inverno. Quando eu retornar a Massachusetts...

Olhei para ele, confusa, perguntando a mim mesma se não escutara errado.

— Você disse Williams*town*? — indaguei, pensando na charmosa cidadezinha em Berkshires. Lar do maravilhoso festival teatral de verão. Lar do Clark Art Institute. Lar de uma das minhas primeiras matérias na "Fechando a Conta".

— Não, Williams*burg*. Mas todos escutam Williamstown; você não foi a única — disse Griffin. — Fica a quase uma hora de distância. Em Pioneer Valley. Eu cresci em Williamsburg, na verdade, e é por isso que abrirei o restaurante lá.

Eu sorri.

— Que legal!

Ele sorriu de volta.

— Que bom que pensa assim. Então você pode voltar e escrever sobre o meu novo estabelecimento. Em troca de drinques.

— Fechado — respondi.

Ele se esticou por cima do balcão, pegou a garrafa de bourbon e serviu-nos um pouco mais, deixando-a sobre o balcão. Eu analisei a garrafa, cujo líquido estava sumindo com incrível rapidez.

— Então — disse Griffin. — Gostaria de elaborar?

Eu ergui o olhar para ele, confusa.

— O rosto amassado de sono. Suas complicações?

— Ah. — Dei de ombros, tentando pensar em como explicar. — Não tenho me comportado exatamente como eu mesma nestes últimos dias — disse.

Griffin tomou um longo gole de seu bourbon, como se meditasse sobre aquilo. Quando o fez, notei uma tatuagem em seu pulso, a imagem de uma âncora, ou metade de uma âncora, com a parte arredondada no final tendo sido abruptamente cortada.

E esta foi a minha primeira ação, a primeira prova de que não estava me comportando exatamente como eu mesma: toquei nela. Toquei na tatuagem, passando meus dedos sobre suas margens. Por que isso seria normal? E, ainda assim, de algum modo, era. Griffin não reagiu. Ele apenas olhou para o seu pulso, observou meu dedo passando por onde a tatuagem fora interrompida abruptamente, pela parte inacabada. A parte excluída.

— Há uma história por trás dela — disse ele. — Embora eu não esteja certo de que seja boa.

— Envolve uma antiga namorada? — perguntei.

— Sim. Envolve uma antiga namorada, meu aniversário de 18 anos e uma longa noite num estúdio de tatuagens no Canadá.

— Vocês acharam que seria uma ótima ideia compartilhá-la? Como um pingente de melhores amigos?

Ele assentiu com a cabeça e apontou para mim.

— Viu? — disse. — Essa é exatamente a razão pela qual eu tenho minha regra sobre falar de outras mulheres com a que está na minha frente.

— E que regra é essa?

— Não faço isso.

Eu ri.

— Entendi — disse. — Mas o que acontece quando uma nova namorada quer saber sobre uma ex? Sobre o seu histórico de relacionamentos com as outras que vieram antes. Como você faz?

— Ela tem direito a saber duas informações. O melhor momento. E o pior. O resto? As pessoas acreditam que isso as aproxima de conhecer tudo, mas não tenho certeza de que seja justo.

Servi-me de uma nova dose e tentei compreender aquilo.

— Com a pessoa com quem você namorou?

— Com todos. É como viver no passado, e nem sequer numa versão precisa dele. Nós apenas nos lembramos realmente de tudo por cinco anos. Depois disso, nossas lembranças, o que de fato fica gravado em nossas mentes, são nossas memórias dos fatos, não os fatos em si. E, cinco anos depois disso, o que resta é a nossa memória da memória. Entende?

— O suficiente para me sentir um pouco deprimida — respondi.

Ele sorriu e, então, ocorreu-me — como algo objetivamente verdadeiro — que aquele sorriso era devastador.

— Tudo bem, vou comprar a ideia — disse eu. — Conte sobre a namorada da tatuagem. Fale sobre o melhor e o pior momento.

— Bem, o melhor momento com Gia foi...

Eu sorri e disse:

— Gosto do nome Gia.

— Eu também — concordou. Ele assentiu com a cabeça, como se refletisse sobre o assunto e concluísse que era verdade. — O melhor de Gia provavelmente foi a tatuagem.

— E o pior?

Ele pegou seu copo de bourbon e o segurou próximo aos lábios por um minuto.

— Mesma resposta — disse.

• • •

De algum modo, nós terminamos na cozinha.

Essa parte me surpreendeu quase mais do que tudo o que aconteceu depois. Nós terminamos na cozinha, um pouco depois das três da madrugada, fazendo uma caixa de ovos mexidos. Ou, mais precisamente, Griffin fazia os ovos mexidos numa frigideira imensa. Enquanto isso, eu estava sentada de pernas cruzadas sobre a bancada, ao lado do fogão, virada para ele. Como se fosse algo que nós tivéssemos o hábito de fazer. Cinco horas antes, eu sequer o conhecia. Eu me lembro de pensar nisso enquanto o observava fritar os ovos. Eu me lembro de pensar nisso e de concluir que não parecia possível.

— Você está fazendo esses ovos de um modo *muito* parecido com o que a minha mãe costumava fazer — disse, observando-o acrescentar o leite. Observando o modo como ele mexia a panela.

— Eles são a minha especialidade — respondeu.

Dei de ombros.

— Minha mãe não era uma cozinheira muito boa.

— Ha, ha! — disse ele.

Griffin abriu uma pequena geladeira próxima ao fogão e retirou dela algumas garras de lagosta abertas e um belo bloco de queijo Gruyère.

— Está bem, ela não usava nada disso — afirmei.

— Espere até você saborear o produto final — disse Griffin.

Ele retirou seu dólmã e arregaçou as mangas da camisa de um modo engraçado, como se estivesse realmente trabalhando a sério. Algo, porém, caiu do bolso de sua calça jeans: uma pequena bombinha de asma vermelha. Ele se abaixou para recolhê-la e guardou-a.

Apontei para o chão, para o local onde o inalador havia caído.

— Você tem asma?

Ele confirmou com a cabeça e disse:

— Desde que eu era criança.

— Algum problema sério?

Griffin negou com a cabeça.

— Não, desde que eu era criança.

— O filho do meu segundo padrasto tinha asma. Quando ele vinha visitar, levava sua bombinha azul para onde quer que fosse. Eu costumava roubá-la e fingir que era minha. Eu meio que achava legal. Sugar o ar...

Eu fiz um gesto com as minhas mãos e perdi o equilíbrio — foi minha primeira dica do quanto o bourbon estava me afetando.

— Precisa de ajuda? — indagou ele.

— Tenho tudo sob controle — respondi. — Ou quase tudo, pelo menos. O que é quase um milagre, para falar a verdade.

— Por quê?

— Eu fiz algo terrível que envolve ter assistido a certo filme que eu amo, e agora estou sofrendo as consequências.

— Qual filme?

— *A Princesa e o Plebeu*.

Ele permaneceu em silêncio por um minuto, enquanto terminava de adicionar a lagosta e o queijo.

— Você sempre é sincera assim? — perguntou ele.

— Não, nunca. Nunca na história da minha vida — respondi. E, então, completei: — Desculpe.

— Não se desculpe. Eu concordo com você.

— Concorda comigo sobre o quê? — perguntei.

— *A Princesa e o Plebeu* é realmente um ótimo filme — respondeu ele.

Eu sorri.

Griffin retirou a frigideira do fogo ainda aceso, garfou uma porção generosa de ovos e assoprou lenta e deliberadamente sobre ela antes de estendê-la para que eu provasse o primeiro pedaço.

— Talvez você queira se preparar para isto — disse ele.

— Estou preparada — respondi.

Então, mordi um bocado de ovos e percebi o quão *despreparada* eu estava.

Eles estavam total e completamente deliciosos. A coisa mais deliciosa que já provara. Eu já experimentara vários tipos de pratos dignos daquela colocação — uma costela bovina coberta com mostarda em Salzburg, na Alemanha; baiacu em Kyoto; grilos cobertos com chocolate na Nova Escócia —, mas nada como aqueles ovos. Como se descreve algo tão bom assim? Eles pareciam algodão-doce, mas com gosto de ovos. Eram cremosos, saborosos e derretiam assim que tocavam a minha língua, assim que eu sentia seu leve gosto de sal marinho.

E talvez fosse em parte pelo efeito do bourbon, talvez em parte porque eu não tivera apetite algum desde que Nick partira. Mas não acredito que foi por isso. Não acredito que essas partes tenham sido as mais importantes. Não naquele momento. A parte importante era esta: se eu pudesse ter mergulhado dentro daquela frigideira, eu teria considerado seriamente fazê-lo.

Ao invés disso, eu peguei outro bocado enorme.

Griffin sorriu, sabendo que me conquistara. Eu tentei parecer indiferente.

— Nada mal — disse, de boca cheia.

— Nada mal? Eles são absolutamente *maravilhosos.*

Eu ri.

— São, sim — concordei. — São absolutamente maravilhosos.

— Obrigado — disse ele. — E, se algum dia você fizer aquela viagem de volta ao oeste de Massachusetts, talvez eu vá até o mercado de frutos do mar, na barraca do Lasse, comprar lagostas de verdade. Você nunca viu garras de lagosta tão vermelhas. Mas Lasse faz com que você se esforce para consegui-las. Ele vende os produtos *realmente* bons para os chefs locais somente às três da manhã, às vezes mais tarde, às vezes próximo das quatro, um pouco antes de ele sair para caçar lagostas com o filho. E, ainda assim, ele só as vende se estiver de bom humor. E somente para os chefs que gosta.

— Isso parece desnecessário.

Ele sorriu e disse:

— Você não provou aquelas garras de lagosta.

Então, Griffin pegou outro garfo de dentro da gaveta e também sentou-se sobre o balcão de pernas cruzadas, diretamente na minha frente, com a frigideira entre nós dois. Eu tentei mover todos os ovos para o meu lado da panela, deixando apenas uma pequena porção para ele.

— Humm — disse. — Arranje sua própria frigideira.

Ele se esforçou para não sorrir, e aquela covinha fez uma última aparição enquanto esperava que eu aquiescesse.

— Está bem — continuei, empurrando mais um bocado para o lado dele da frigideira. — Mas você me deixa sem escolha. Esse é o seu último pedaço.

— Que generoso — disse ele. Depois, inclinou sua cabeça e olhou para mim. Olhou de verdade.

— Então, como você está lidando com isto? — perguntou.

— Com o quê?

Eu estava sorrindo, com o olhar voltado para baixo, para os ovos, enfiando mais uma garfada nada elegante na boca.

— Com o que quer que o filme tenha causado.

Meu olhar encontrou o dele, eu fiquei mais séria por um momento e forcei-me a engolir a comida.

— Estou tentando ser o oposto de mim mesma — respondi.

Não ofereci maiores explicações. Esperei que pedisse alguma ou me elogiasse, dizendo que, apesar de ele não me conhecer direito, eu parecia bem como era. Mas ele fez algo melhor.

— Há algo que eu possa fazer para ajudar? — perguntou.

E foi então que o beijei.

5

Eu aprendi uma lição importante com a "Fechando a Conta" sobre como e por que as pessoas viajam para longe de casa, para longe de onde começaram. Existe, é claro, a razão mais óbvia: escapismo. Escapismo da monotonia do dia a dia. Muitos de nós corremos atrás do que desejávamos que a nossa vida diária fosse de fato. Mas há uma razão menos óbvia e talvez mais relevante para isso. Em algum momento, geralmente bem no meio de uma viagem, você consegue acreditar que aquela *é* a sua rotina. Você consegue acreditar que jamais retornará para casa de novo.

Quando eu acordei no quarto de Griffin na manhã seguinte, levei um momento para me dar conta de que não estava em casa. Levei menos do que isso para perceber que não queria voltar. Ainda não. Não queria retornar a como estivera me sentindo lá. Então, não me movi. Fiquei deitada ali, quase congelada, fingindo que dormia, na cama de Griffin.

Enquanto isso, ele andava pelo apartamento já de calça jeans e sem camisa, tentando ficar pronto para sua jornada de trabalho de doze horas.

O hotel dera a ele ótimas acomodações: uma suíte na cobertura do prédio, com móveis da Ralph Lauren e vistas para a areia da praia e o oceano além dela. Mas eu só conseguia olhar para Griffin, diante de mim, ainda parcialmente nu, tentando não demonstrar que estava pensando nele completamente nu. Pensando nele, pensando em mim mesma completamente nua. Acabei enrubescendo, como uma adolescente. Pior do que uma adolescente. Como uma pré-adolescente.

Eu desviei o olhar e cobri meu rosto corado, fingindo ainda dormir. Mas foi inútil. Fui flagrada, e Griffin já estava a caminho para sentar-se na beira da cama, ao meu lado. Eu puxei os lençóis para cima e tentei estimar o quão bizarro seria se os puxasse até cobrir toda a minha cabeça.

— Você acordou — disse ele.

Confirmei com a cabeça, o lençol sobre o meu queixo.

Ele apertou os olhos, como se refletisse sobre algo. Então, ao invés de me dizer o que era, lançou-me um sorriso.

— Então, amanhã é meu dia de folga, que é a boa notícia — disse. — O que diz de ir surfar comigo? Eu conheço um ótimo lugar, próximo a Malibu. Um lugar que vale a pena conhecer. E, se tudo correr bem, podemos ir dançar depois.

Eu não pude evitar sorrir de volta para ele.

— Ah... então estou sendo testada? — perguntei.

— O que foi? Você já se considera a favorita ou algo assim?

— Se não for, estou prestes a perder — respondi. — Eu não sei surfar.

— Mas gosta de dançar, não gosta? — indagou ele.

— Muito... — disse. — Gosto muito.

E meu sorriso sumiu. Porque eu gostava mesmo. Eu amava dançar. Mas Nick nunca me levara. A perspectiva de ir deixou-me radiante e triste ao mesmo tempo, porque não podia senão pensar que aquela pessoa que eu mal conhecia faria isso por mim.

— Você não disse algo sobre ser o oposto de si mesma? — provocou ele.

Eu dissera.

— Então, vamos surfar e dançar. Primeiro uma coisa, depois a outra. Temos um acordo? — perguntou Griffin.

Nós tínhamos.

6

— É apenas um jantar, certo? — perguntei.

Eu estava me olhando no espelho, observando meu corpo num pequeno biquíni amarelo. Fora o único traje de banho que eu conseguira encontrar — e não era o que eu gostaria de ter encontrado. Embora a parte de cima fosse decente, pois as alças se amarravam no ponto certo do meu pescoço, com estilo à Marilyn Monroe, isso não compensava, não *poderia* compensar, o modo como o corte da calcinha exibia o meu traseiro. Além disso, ironicamente (e não numa boa ironia), ele era do mesmo tom de amarelo que o meu vestido mágico.

— É *apenas* um jantar — repetiu Jordan para mim.

Ela estava do outro lado da linha telefônica, estirada sobre um sofá com Simon, em Veneza. Ocasionalmente, eu o escutava murmurar algo ao fundo, tentando ajudar — não porque realmente se importasse, mas para que ela largasse o telefone de uma vez e eles pudessem voltar ao filme daquela noite. Este havia sido o plano deles: assistir aos cem melhores filmes do mundo enquanto estivessem fora. Naquela noite, assistiam *No Tempo das Diligências*. Se eu achasse que Simon me escutaria, teria lhe dito o que ele, no fundo, já sabia:

que, independentemente de quando Jordan e eu desligássemos o telefone, seria tarde demais para os dois e para aquele filme.

— Na verdade — disse eu —, não é apenas um jantar. É um dia inteiro que inclui praia e... um passeio.

— Um encontro. Com o "estepe" — disse ela. — Isso é bom para todos. *Você vai.*

— Mas vou precisar usar um biquíni.

Ela pausou e disse:

— Isso é um pouco cruel. Você tem ido à academia?

Eu escutei Simon falando ao fundo: *O sujeito já não a viu nua? Não é sobre isso que vocês tagarelaram pelas últimas doze horas?*

E, de repente, a voz de Jordan tornou-se distante, mais afastada. Eu imagino que ela tenha coberto o fone para poder responder a ele, mas ainda consegui discernir sua voz abafada: *Isso*, disse ela, *é algo totalmente diferente de ter de usar um biquíni.*

— Exatamente! — gritei. — Obrigada, Jordan! Obrigada pela compreensão.

Eu comecei a desamarrar o top, meus dedos trabalhando sobre o nó, mas então Jordan voltou ao telefone.

— Você vai — disse ela.

Griffin me buscou numa picape Chevrolet de 1957. Azul brilhante com rodas de liga leve. Uma pequena faixa de tinta branca visível ao longo das portas. Eu o aguardava na frente de casa quando ele chegou.

Primeiramente, pensei que estive alucinando. A picape 1957 era o veículo sobre o qual eu fantasiava. Com todos os carros sofisticados de Los Angeles, era raro encontrar um daqueles, e era o meu favorito.

— Esse é o seu carro? — perguntei.

Ele usava calça jeans desbotada e uma camisa despojada e, conforme caminhava para o meu lado para abrir a porta para mim, parecia uma propaganda diante da picape. Uma propaganda de homem bonito.

— O que foi? Você gostou?

Eu assenti com a cabeça.

— Pode-se dizer que sim.

Ele me cumprimentou com um beijo macio e demorado no meu lábio inferior, como se já tivesse feito isso umas mil vezes antes. Como se tivesse o direito. Do jeito como se saíra, quase tinha.

— Você me contou — disse ele.

Eu sorri, um pouco confusa.

— Espere, o que quer dizer com "você me contou"?

— Na outra noite. Você me contou que amava essa picape. — Ele se inclinou na minha direção. — Então, eu encontrei uma para esta tarde.

— Você *encontrou* uma? — perguntei.

— Sim.

Eu entrei nela e deslizei minhas mãos sobre o painel.

— Onde?

Griffin deu de ombros.

— Um sujeito barra-pesada me devia um favor.

Eu ergui meu olhar para ele.

— Sério?

— Não, mas soou mais interessante do que "eu aluguei do lugar que o hotel recomendou".

Eu mordi meu lábio, comovida.

— Obrigada — falei. — Por arriscar sua vida e exigir esse favor.

Ele fechou a porta atrás de mim e a trancou.

— Coloque o cinto — disse.

Durante os anos em que Nick e eu morávamos em Los Angeles, havíamos frequentado várias das praias locais mais populares, como Zuma, Manhattan Beach, e até fomos a Redondo para uma festa na casa de amigos. Eu nunca estivera, porém, na praia para a qual Griffin me levou naquela tarde: El Matador, com falésias ao longo de toda a sua extensão, a oeste de Malibu. Era uma prainha, tão pequenina e afastada. Parecia um sonho, com sua areia perfeitamente branca e cavernas marinhas remotas. Tivemos que atravessar a caverna mais distante, pranchas de surfe e equipamento em mãos, apenas para chegar ao local de que Griffin mais gostava.

— Não consigo acreditar no quanto este lugar é incrível — disse eu, enquanto ele mexia na mochila.

Griffin estirou uma canga cor de aveia sobre o chão.

— Você não conhecia esta praia?

Balancei minha cabeça, negando.

— Estava perdendo, pelo visto.

— Nós compensaremos isso — afirmou ele.

Então, sorriu para mim, apertando bastante os olhos. Havia esquecido seus óculos escuros. Peguei minha bolsa e emprestei-lhe meu par sobressalente. Eles eram enormes, ovais e vermelho-cereja. Femininos e ridículos nele.

— Como estou?

— Perfeito — respondi, e sorri.

Ele me passou uma roupa de mergulho cujas pernas tinham sido desajeitadamente dobradas.

— Precisará se trocar — disse.

Eu encarei aquilo.

— Você trouxe um traje de mergulho para mim?

Ele confirmou com a cabeça.

— Parece que sim.

— Trouxe um traje de mergulho para mim, mas se esqueceu dos próprios óculos escuros?

— Você está enrolando — respondeu.

Eu apontei um dedo para ele.

— Mas... veja bem... Quando você me disse que iríamos surfar e eu lhe contei que nunca surfei antes, pensei que entenderia que isso significava que você surfaria e eu ficaria deitada na canga.

— Qual é a graça nisso? — perguntou ele.

Eu acho que não me afogar é divertidíssimo, quis dizer. Mas, de repente, não consegui dizê-lo, porque vizualizei tão claramente como seria se Nick estivesse diante de mim. Visualizei ele rindo de mim. Aquilo quase me fez cair. Fui repentina e inteiramente inundada por aquele sentimento. Pelo que havia perdido ao perdê-lo.

Sentei sobre a canga e tentei recuperar meu fôlego. E tentei retomar meu equilíbrio, antes de bancar a tola.

Griffin abaixou-se, apoiando-se nos joelhos, de modo que ficou sobre mim.

— Deveríamos resolver isso agora — disse. — Acabar logo com o problema.

Eu o encarei.

— Com o quê?

Ele se sentou sobre a canga, fez-se confortável e levantou o dedo indicador.

— Uma — disse.

— Uma?

— Uma conversa em que você me conta tudo o que desejar sobre ele e, então, nunca mais precisamos falar sobre isso novamente.

— Simples assim? Vamos jogá-lo pelo ralo? — caçoei. Então, tentei dizer o que realmente sentia. — Sinto-me um pouco estranha falando sobre ele.

— Eu compreendo. — Ele assentiu com a cabeça. — Mas não se sinta. Você está falando mais sobre ele ao não falar sobre ele.

Griffin estava certo. Porém, ao tentar ser sucinta, eu não sabia por onde começar nem onde terminar. Então, permaneci sentada em silêncio, enquanto o calor da praia aumentava e uma brisa forte empurrava meus cabelos para trás, deixando meu rosto exposto.

— Que tal se, em vez de contar tudo, eu contar o melhor e o pior sobre ele? — indaguei.

Ele sorriu.

— Ah, então, agora você quer fazer graça de mim — disse. — Justo...

— Não. — Neguei com a cabeça. — Não quero. Não estou fazendo graça mesmo. Talvez você esteja exercendo uma influência sobre mim.

— Tudo bem — disse ele. — Então siga em frente.

— Bem — comecei. — O melhor era quando acampávamos juntos. Viajávamos muito a trabalho, especialmente eu, mas, quando estávamos em casa, às vezes Nick voltava para casa no fim do dia, nós montávamos uma barraca no jardim dos fundos e dormíamos lá fora. Parece bobo, eu sei, mas acabávamos passando a maior parte da noite conversando, deitados dentro do mesmo saco de dormir, observando o sol nascer juntos. Isso me fazia feliz. E fazia com que me sentisse segura.

Griffin sorriu ainda mais, sem parecer nem um pouco ameaçado e sem me julgar.

— Isso é bom — disse.

Meneei a cabeça afirmativamente.

— O que era o pior?

Eu olhei diretamente para ele.

— Não me lembro de me sentir realmente segura em qualquer outro momento.

Assim que as palavras saíram, senti seu peso. Senti o peso do que não queria reconhecer. Que eu me sentira testada por boa parte do tempo em que Nick e eu estivemos juntos. E talvez parte daquilo fosse tanto minha culpa quanto dele — causado, talvez, pelo meu desejo de mantê-lo feliz porque o amava tanto e porque queria a sua aprovação. Mas a razão importava tanto assim? No final das contas, o resultado era o mesmo. Talvez fosse por isso, em parte, que eu queria tanto estar longe de casa, para não me sentir tão imediatamente afetada por aquilo. Por aquela parte de Nick, aqueles vinte por cento finais que sempre pareceram tão fora do meu alcance.

Griffin pegou minha mão, beijou-a rapidamente, bem no pulso, e ergueu-me com um puxão. Um movimento.

— Vamos entrar na água — disse.

— Espere, foi só isso? Não vamos discutir sobre o assunto?

— O que há para discutir?

Nada. Repentinamente, eu soube. Nada. Ou, devo dizer, não senti nada. A ansiedade no meu peito, aquele nó apertado, estava menor. Benigno. Porque não havia como negar. Não estava lá apenas desde que terminamos. Estava lá já fazia muito tempo. E talvez, naquele momento — talvez naquele instante com Griffin —, eu estivesse me libertando daquilo.

— Mas e você? — perguntei. — Não deveria me contar o mesmo? Sobre a sua última namorada?

Mas Griffin já removia a parte de cima do meu biquíni.

— O que está fazendo? — perguntei.

— Colocando-a em seu traje de mergulho.

O toque gelado e macio da mão dele contra as minhas costas arrepiou-me conforme ele removia as alças. Eu comecei a olhar ao redor da praia e percebi que havia outro casal bem distante e alguns surfistas no mar. Mas, naquele canto, estávamos a sós. Estávamos completamente a sós.

— Não se preocupe — disse ele. — Eu não vou olhar.

Então, ele olhou.

Naquela noite, como prometido, saímos para dançar. Usei uma saia balonê prateada, uma blusa de seda e meus sapatos de dança (sim, eu tenho um par de sapatos especial para dançar), que eram pretos, firmes e bem presos no meu tornozelo.

Dançamos a noite inteira. Todas as músicas. Até estarmos ambos encharcados de suor, com as roupas grudentas, gargalhando. Griffin não era o melhor dos dançarinos, mas ele amava música e aproveitava cada segundo, totalmente descontraído enquanto me rodopiava pelo salão, envolvido no momento comigo. Isso, porém, depois de um tempo, começou a cansar.

— Pare de me enrolar. É a sua vez — disse eu, a um dado momento, enquanto dávamos um intervalo e partilhávamos um refrigerante.

— Minha vez?

— Eu suponho que não seja seu primeiro amor — disse. — Fale-me sobre a garota antes de mim. O melhor e o pior. Você sabe, toma lá, dá cá.

Ele sorriu.

— O quê? Porque eu disse "dá"?

Ele meneou negativamente a cabeça.

— Você disse "amor".

Meus olhos se arregalaram.

— Não, eu não quis... Não quis dizer... — Balancei minha cabeça, tentando me recuperar. — Não é que isto seja *amor*. Ou que eu ame você. Ou que você me ame. Quer dizer... não foi o que eu quis dizer.

Ele me puxou para que eu levantasse, imobilizou minhas mãos atrás das minhas costas, beijou meu pescoço, segurou-me ali.

— O melhor sobre a última mulher que amei — disse ele — é que ela usava frases completas.

— Muito engraçado.

Ele começou a me puxar novamente para a pista de dança.

— E o pior? — perguntei. Mas eu já me deixava ser puxada, já me deixava esquecer. — Tudo bem, sei aonde isso vai levar. Mesma resposta.

7

Quando você vai de incrivelmente triste (triste como nunca) para feliz (feliz a ponto de cantarolar no chuveiro) num espaço muito curto de tempo, parece que o estado anterior jamais existiu. É como quando se tem uma gripe e não se consegue lembrar de já ter se sentido bem antes, ou quando se sente bem novamente e não se consegue reviver aquela sensação de estar doente, mesmo se houver alguém na sua frente tossindo horrores. Pode até lembrar-se da experiência. Mas realmente senti-la é algo que não acontece.

É um pouco como viajar. Você reencontra aquela animação, aquela leveza, e não consegue acreditar que deixara de se sentir assim. Mesmo sabendo que está fora da sua realidade. Acha mesmo que — se você agarrar-se a ela — sua recém-encontrada liberdade nunca desaparecerá novamente.

Naquelas primeiras semanas com Griffin, eu fui feliz. Não fui apenas um pouco feliz. Fui tão feliz que quase me esqueci de que, em algum lugar, lá no fundo, restava uma dor terrível. Minha felicidade era tão intensa — pelo menos em parte — porque minha dor que fora tão incrivelmente palpável antes o deixara de ser naquele momento.

Isso levou a dois acontecimentos que mudaram tudo.

O primeiro foi que eu precisei viajar a trabalho para Ischia — uma pequena e gloriosa ilha no mar Tirreno, na Itália. Passei cinco dias incríveis me perdendo pelos românticos jardins de La Mortella, observando os declives vulcânicos do monte Epomeo, aprendendo a fabricar mel com uma apicultora em Forio, saboreando tal mel diretamente do dedo dela.

E, enquanto voltava para Los Angeles, tive uma sensação que não me lembrava de sentir havia um longo tempo: estava animada de voltar para casa.

Ainda assim, quando, de fato, cheguei em casa, ao lugar que havia sido minha casa em Los Angeles, deixei de me sentir animada. Não me senti animada e não me senti relaxada. Senti algo diferente. Algo próximo de receio. Levei um minuto para perceber o porquê. Nick estivera lá.

Fazia sentido que ele fosse lá na época que sabia que eu estaria fora. Ele tinha meu calendário na sua agenda, sabia disso; eu mesma o colocara lá.

Meu problema não era Nick ter ido à casa. A casa era dele também. O problema é que ele quisera que eu soubesse que estivera lá. Olhei ao redor da cozinha e tentava compreender como sabia disso, e então a vi sobre a mesa. Ele deixara sua caneca de café ali. A que eu lhe comprara na Disneylândia, num feriado alguns anos atrás. Nós nos arrastáramos até lá para encontrar amigos dele do leste do país que estavam viajando com seus filhos pequenos. Acabou sendo um ótimo fim de semana; decidimos imortalizá-lo na forma de uma caneca estúpida e enorme, com uma foto estampada de nós dois, tirada numa cabine de fotografia. Os braços dele envolviam meu pescoço, meus lábios formavam um beijo, nós dois rindo, radiantes, em formato fotográfico.

Ele amava aquela caneca. E escolhera tirá-la da estante e deixá-la sobre a mesa. Não fora usada — estava limpa. Apenas tirou-a do lugar e a deixou ali para que eu a encontrasse.

Deslizei meus dedos sobre a borda da caneca. Meu instinto imediato foi tentar entender. Por quê? O que ele desejava que eu soubesse? Tentava me dizer que queria os seus pertences? Que sua viagem para outra terra acabara levando-o exatamente para onde queria estar? Ou que sua viagem para longe de mim se aproximava do fim e que ele desejava retornar? Eu estaria disposta a tornar aquela jornada mais fácil para ele? Estaria disposta a ajudá-lo com o que quer que fosse necessário para que se sentisse confortável para recomeçar tudo?

Meu celular vibrou e olhei para baixo para constatar que tinha várias chamadas não atendidas: duas de Griffin e uma do meu editor, Peter. Andei até a janela e observei o jardim, enquanto escutava a mensagem de Peter.

Sempre me confortava ouvir sua voz e visualizá-lo, careca e com seu rosto meigo, correndo por Manhattan enquanto falava comigo. Sua mensagem tinha vários minutos de duração e parecia que seu principal objetivo era me informar que nossa empresa estava no processo de ser comprada por uma empresa ainda maior.

— Eu queria apenas que você soubesse por mim, para que não se preocupasse muito, minha querida — disse Peter, com o som tumultuado das ruas nova-iorquinas ao fundo. — O novo editor é um cavalheiro do mais alto nível e "Fechando a Conta" está cem por cento a salvo. Eles não poderiam estar mais satisfeitos. Eu, por outro lado, estou cada vez mais irritado. Meu romance está estagnado e precisei descobrir por Nick que vocês dois terminaram? Citando Steinbeck: "Pode-se encontrar muitas dores quando a chuva cai."

Quando desliguei a mensagem de voz — incapaz de não me perguntar por que Nick se incumbiria de ligar para Peter —, o telefone vibrou novamente. Era Griffin, pela terceira vez tentando me encontrar.

Eu abri o celular.

— Você não dá muito tempo para uma garota se recompor, não é mesmo?

— É uma emergência — disse ele.

Meu coração parou.

— Que emergência?

— Tenho ingressos para o show da Wilco.

Senti que começava a sorrir e mordi o lábio.

— E como isso é uma emergência? — perguntei.

— É em Santa Bárbara — respondeu ele. — Se quisermos chegar a tempo de ouvir "Remember the Mountain Bed", temos que sair agora.

Eu poderia simplesmente apagar as luzes, parar de tentar entender os enigmas de Nick e sair.

Foi o que fiz.

Então, o segundo acontecimento se deu, o segundo acontecimento a mudar tudo: minha mãe veio me visitar.

Minha mãe veio me visitar e eu deixei Griffin conhecê-la. Ela era corretora de imóveis, mais recentemente em Scottsdale, Arizona, para onde ela e seu mais novo marido, Gil, mudaram-se havia cerca de um ano e meio. Ela era ótima em seu trabalho (ninguém sabia vender uma casa tão rápido quanto a minha mãe). E geralmente viajava para comemorar suas vendas. Embora aquela fosse a primeira vez que uma viagem a trouxera até mim.

Minha mãe não era exatamente fácil. E, considerando como as coisas estavam naquela época, eu poderia até mesmo ter evitado um encontro. Estava certa de que ela teria um milhão de perguntas sobre como eu fora de Nick para Griffin — saindo do ponto em que ela julgava saber o que acontecia na minha vida para uma vida sobre a qual nada sabia. Mas me senti culpada por saber que estava surpreendentemente preocupada comigo. Além disso, Gil vinha com ela. O doce e generoso Gil Taylor. E eu decidi que poderia dar tudo certo. Ela costumava se comportar melhor quando ele estava por perto. Todos nos comportávamos.

Então, decidimos nos encontrar em um restaurante rústico em Venice, chamado Gjelina. Griffin e eu chegamos lá primeiro, e acho que ele ficou chocado quando eles entraram (ou, talvez eu deva dizer, quando minha mãe entrou). A beleza dela causava essa reação. Parecia tanto mais velha quanto mais jovem do que era, com seus longos cabelos loiros perpetuamente presos em um rabo de cavalo, mostrando sua pele impecável. Seus cansados olhos azuis combinavam com seu vestido azul-claro. Calçava botas marrons na altura dos joelhos.

Conforme ela se aproximava da mesa, não exatamente sorrindo, Griffin apertou minha mão.

— Oi, oi, oi, bela menina! — disse Gil para mim, enquanto minha mãe estendia sua mão e se apresentava a Griffin.

Griffin, sendo gentil, não apenas se levantou para cumprimentá-la, mas também puxou a cadeira para ela.

— É um prazer conhecê-la, sra. Taylor — disse ele.

— Ah, não vamos começar assim. Pode me chamar de Janet, por favor — disse ela, abrindo um sorriso largo e forçado demais. — E não é sra. Taylor, Griffin. Ainda que esse seja o sobrenome do meu amado. É Adams. Continuo sendo apenas Janet Adams. Mantive o sobrenome do meu casamento com o pai de Annie. Não quis ter um nome diferente do da minha filha. Não sou assim. Embora eu tenha certeza de que, se ela algum dia *finalmente* se casar, não terá problema algum em mudar o dela.

Havia outra parte que Janet escolhera não mencionar. Se ela tivesse de fato mudado ou aumentado seu nome toda vez que se casava com uma nova pessoa, seria então Janet Adams-Samuels-Nussbaum-Taylor. Houvera um Everett no meio também. Mas esse fora apenas por uma semana. Uma semana complicada em que eu fizera 14 anos e nós nos mudáramos de Boston para Seattle. Daquela vez, fora Seattle. E, depois, voltáramos.

— Então, temos um homem novo à mesa esta noite — disse minha mãe, ficando à vontade. — Você já o treinou para ser um cavalheiro? Ou ele está só querendo impressionar a sua mãe?

Aquela era uma atitude clássica de Janet. Fazia uma pergunta aparentemente inofensiva, uma que não parecesse sugerir o que realmente queria dizer — e que, geralmente, queria dizer muito. Nós não nos falávamos com muita frequência, mas, quando conversávamos, minha mãe fazia perguntas, me *criticava* usando perguntas interessadas de modo que, se eu argumentasse, ela podia dizer: "O quê? Eu estava *apenas* perguntando."

Um excelente exemplo: quando eu decidi que queria ser jornalista, ela declarou: "Essa é uma decisão surpreendente. Tem certeza de que quer ficar presa atrás de uma mesa, escrevendo sobre como outras pessoas exploram o mundo? O quê? Eu estava *apenas* perguntando." E, quando conheceu Nick: "Ele é adorável, acho, mas muito devotado à carreira. Isso não torna difícil manter um relacionamento? O quê? Eu estava *apenas* perguntando..."

E, mesmo assim, lá estávamos nós, jantando no Gjelina, passando pratos de pão árabe, bebendo vinho demais, escutando os detalhes dos planos de minha mãe para relaxar na costa mexicana num hotel com uma piscina infinita à beira de penhascos — não o hotel que eu recomendara em minha última coluna.

Na melhor das hipóteses, o jantar estava indo bem; sendo mais honesta, estava bem *e* artificial, bem *e* maçante: um jantar entre pessoas que tentavam agir como uma família por uma noite, pessoas que passavam o restante do ano sem nem precisar agir como uma família.

Griffin estava tentando ser agradável, mas minha mãe não tornava isso fácil, mudando de assunto ou o interrompendo. Parecia que já havia se decidido contra ele e não desejava que algum outro detalhe interferisse na sua decisão.

Então, quando ele foi ao banheiro, eu me preparei. Preparei-me para o que ela diria, tentei imaginar qual seria o problema que encontrara nele. Era magro demais, sério demais, seus cabelos loiros faziam com que parecesse um menino de 4 anos de idade.

Ao invés disso, minha mãe voltou-se com os olhos diretamente concentrados em mim.

— Então, esse é o novo homem na sua vida? — perguntou. E prosseguiu: — Ele certamente ama você, não é?

Eu a encarei, completamente surpresa. Não, isso não faz jus ao que senti. Eu quase desmaiei.

— Como é? — disse.

Ela assentiu com a cabeça.

— É algo adorável. Uma bênção, de fato, ver um amor assim. Não acontece com frequência.

Eu perdera a habilidade de falar.

— Posso ver nos olhos dele — disse ela. — Gil, você não pode ver?

Gil podia.

Foi quando minha mãe se aproximou e segurou minha mão.

— Estou feliz por você, querida — disse ela, apertando meu polegar. — Estou feliz por você e egoisticamente feliz por mim. Por poder vê-la tão... à vontade consigo mesma ao lado de alguém.

Aquelas foram as palavras mais gentis que ela já me disse.

Então, como se percebesse o que estava fazendo, parou de falar.

— Mas ele não deveria usar os cabelos mais curtos, se trabalha numa cozinha? — perguntou. — Quero dizer, isso é higiênico? Ele pelo menos usa uma touca?

Eu neguei com a cabeça.

— Não sei, mãe.

— Você não deveria ao menos tentar descobrir? — perguntou ela.

Dei de ombros, negando com a cabeça.

— O quê? Eu estava *apenas* perguntando.

Aparentemente, ela ainda era a minha mãe.

• • •

Naquela noite, antes de dormirmos, Griffin disse, no escuro:

— Sua mãe é adorável.

Eu retirei minhas mãos dos olhos e tentei enxergar o contorno do rosto dele; a lua brilhava através da janela do quarto, aquela lua californiana numa perfeita noite de novembro.

— Minha mãe é muitas coisas, Griffin — disse eu. — Não tenho certeza de que adorável é uma delas.

Com Nick, aquele teria sido o momento em que eu teria mudado de assunto sem querer chegar perto daquele tópico tão vulnerável. A família dele era a imagem da perfeição: sua irmã amorosa, seus pais generosos, com um casamento estável. Nós costumávamos visitá-los regularmente e falar com eles toda semana. Eu nunca quis que Nick soubesse o quão problemática era a minha própria família, mesmo nos menores detalhes. Ele não parecia interessado em saber daquilo.

Mas Griffin estava esperando. Ele ainda estava esperando, pelo visto, que eu dissesse algo.

— Você é próximo da sua família? — perguntei.

— Bem, eles certamente não são as pessoas mais fáceis do mundo, mas que família é? — perguntou. — E sim. Em resposta à sua pergunta. Eu faria qualquer coisa por eles.

Eu neguei com a cabeça.

— Bem, nós não somos assim. Depois que meu pai foi embora, minha mãe passou a se concentrar principalmente em quem quer que seu novo marido fosse. Ela tentava fazer o melhor que podia, mas simplesmente não conseguia se concentrar em mim, na nossa vida diária, em fazer do nosso lar... um lar — disse eu. — E, com todas as mudanças depois daquilo, passou a ser como se eu não tivesse isso.

— Uma família ou um lar?

— Faz diferença? — Dei de ombros. — Provavelmente é por isso que viajo tanto agora. Pelo menos em parte. Eu não sei como viver de outro jeito.

Ele permaneceu em silêncio por um minuto.

— Tudo isso pode ser difícil para você entender...

— Bem, e se eu não tentar? — disse ele.

— O que quer dizer? — perguntei.

— E se, ao invés de tentar compreender tudo, eu apenas ficar do lado da sua mãe?

Eu me virei para ele.

— Não quer dizer do meu lado?

— Não, quero dizer do lado da sua mãe.

— Não estou entendendo... — disse eu.

— Vou simplesmente partir do princípio que, apesar de tudo que sua mãe tenha feito de errado, pelo menos uma coisa maravilhosa ela fez. Você. Ela foi consciente o suficiente para fazer você. Eu posso fazer vista grossa para o resto. E você pode ter a liberdade de sentir o que quiser por ela. Sem julgamentos. — Griffin beijou minha bochecha lentamente, imprimindo sua marca. — Eu ainda acharei que ela é adorável.

Comecei a chorar. Aquilo fora a coisa mais generosa que alguém já me oferecera, e ele o fizera sem qualquer esforço.

— Esse é um bom plano — disse.

Ele sorriu.

— Estou feliz que tenhamos um.

8

Ele me pediu um mês depois. Três meses a partir do dia em que nos conhecemos. Três meses. Noventa e um dias. Do outro lado do solstício de inverno. Uma estação havia passado. Mas apenas uma.

A pergunta não começou como um pedido. Ele não me pediu para casar com ele de primeira. A princípio, apenas me pediu para ir com ele.

— Está chegando — disse ele. — Tenho que voltar para casa.

— Quando?

— Semana que vem. Já conversamos sobre isso.

Conversáramos. Conversáramos sobre aquilo, mas eu evitara pensar a respeito. Janeiro — de outro ano — sempre me parecera tão distante. Onde eu estaria em janeiro? A forma como eu estava vivendo me impedia de pensar muito no futuro. Eu vivia de um modo que não me permitia pensar.

Agora, porém, lá estávamos: sentados no bar, depois do horário de funcionamento, a dois bancos de distância de onde havíamos nos sentado na primeira noite. Onde tudo começara. As pessoas dizem que a história sempre se repete, mas não acho que seja exatamente assim. Acredito que as coisas simplesmente se tornam parecidas. Você acaba se encontrando quase de volta onde começou, mas em um local levemente diferente. Como uma evidência do tempo que transcorreu, de tudo o que aconteceu. Nós estávamos, fisicamente, a dois bancos de distância. Eu conseguia visualizar, como uma promessa recentemente quebrada: a imagem de mim mesma, no passado, sentada no banco do bar. Vestido lá em cima. Preparando-me para tudo que viria, sem saber o que era. O princípio dos eventos.

— Agora vem a parte difícil — disse Griffin. — Temos de falar sobre o que faremos.

— O que faremos? — Eu neguei com a cabeça. — O que podemos fazer?

— Eu ficaria aqui. Eu ficaria aqui para ver onde isso vai dar. Mas preciso voltar. Já deveria ter voltado, na verdade. Finalmente tenho a chance de ter meu próprio restaurante. É o que sempre quis. Logo ao lado da rua principal, próximo à livraria e à igreja. — Ele começou a fazer um diagrama com as mãos. — É uma grande oportunidade para mim. E você pode escrever sua coluna de qualquer lugar, certo?

Eu meneei a cabeça negativamente.

— Não posso.

— Por quê?

Eu não dissera uma palavra sobre Nick, nem uma palavra, não desde a minha explicação do melhor/pior sobre nós. Aquilo era um milagre. Imediatamente, porém, pensei: *Gostaria de ter contado a Griffin. Gostaria que ele já soubesse.* Não posso seguir alguém para outro lugar. Eu atravessara o país por Nick e onde terminara? Não iria com ele somente porque estava me pedindo.

E foi quando, como se lesse a minha mente, Griffin fez algo que eu não esperava. Ele se agachou sobre um joelho.

— O que está fazendo? — perguntei.

Então, dissemos, ao mesmo tempo:

— Isso é loucura.

Às vezes, você não sabe. Aquilo pelo que vinha esperando a vida toda. Não sabe até que esteja acontecendo.

— O negócio é que eu sei que devemos ficar juntos. Eu soube desde o segundo em que a vi entrar usando aquele vestido... — Ele balançou a cabeça. — Não posso explicar exatamente por quê. Na verdade, não estou certo se desejaria, mesmo que pudesse.

Ele estava certo. Uma parte de mim concordava com aquilo. Mas também seria uma loucura. Uma parte de mim concordava mais com isso.

— Pode recusar, se você quiser — disse ele. — Faça o que desejar. Mas não acho que deva negar. Acho que devemos ser corajosos. Acho que devemos começar essa vida agora. Exatamente onde estamos...

As palavras saíram da minha boca antes que pudesse refletir sobre elas. Quando tudo começou a acontecer — tudo o que se desenrolou —, eu me perguntei: não era assim que deveria ser? Não era assim que deveria começar?

— Não posso — disse.

Ele pareceu arrasado e eu senti isso em mim. Nunca sentira algo exatamente assim antes. Era como se eu estivesse me ferindo e ele me mostrasse a imagem daquela dor. Estava lá no rosto dele. A imagem de como era escutarmos o que mais temíamos. Nossas inseguranças. Quando deixamos que elas sejam aquilo que nos guiam. Como, mesmo quando tentamos mascará-las com cautela, elas quase sempre, *por fim*, causam mais danos do que se tentássemos descobrir como fazer algo melhor, mais corajoso. Algo ousado.

Seja o oposto de você. As palavras de Jordan ressurgiram na minha mente, gritaram para mim. Então, Nick disse: *Às vezes, parece que você nunca está mesmo aqui; acho que não estaria mesmo que pudesse*. E foi quando eu soube que tinha de dizer o que realmente sentia.

Dei de ombros.

— Eu sei que isso é loucura e impossível, e qualquer terapeuta digno do seu diploma me diria que sou maluca. E talvez eu seja maluca. Talvez seja mesmo. Mas eu não posso olhar para você e dizer que não.

Ele se levantou.

Foi assim que eu aceitei.

Parte 2

Felizes para sempre

Agora, veja só você, é preciso correr o mais rápido que puder para permanecer no mesmo lugar. Se quiser chegar a algum outro, deve correr ao menos duas vezes mais do que isso!

— LEWIS CARROLL

9

Uma das primeiras lições que "Fechando a Conta" me ensinou foi o quão incrível o início de uma viagem pode ser. Como não há nada comparado à percepção, logo no início da jornada, de que todas as opções estão prontamente disponíveis. Em um dia você pode fazer um passeio num conversível de Bruxelas a Amsterdã ou passar uma tarde quente em Don Alfonso, em Sant'Agata sui Due Golfi, saboreando o limão mais fresco do mundo — com casca e tudo — ou uma noite cantando no karaokê na Townhouse, em Tóquio. Você pode fazer um milhão de escolhas ou nenhuma, e nem faria diferença ainda. Levei algum tempo para perceber o quão valioso é esse sentimento — e por quê.

Não é só porque, no início de uma viagem, o mundo inteiro pareça brilhante e radiante e cheio de possibilidades, mas também porque tornamos a crer nisso. Antes que os problemas apareçam, antes que sintamos que o tempo está contra nós, antes que façamos uma escolha ruim. Antes que percebamos que somos a razão para algo estar dando terrivelmente errado. No início, conseguimos crer que, desta vez, faremos tudo dar exatamente certo.

Quando Griffin e eu entramos em Williamsburg pela primeira vez — passando de carro pela tranquila rua principal, pela torre da igreja e pela agência dos correios, com todas as árvores de Natal ainda enfeitadas e uma neve branda caindo sobre os restos de uma nevasca forte de um dia passado —, eu não compreendi o que me comoveu tanto, por que me senti tão feliz. Mas peguei minha câmera e imediatamente comecei a tirar fotos. Eu havia, ao longo dos anos, atravessado uma centena de ruas principais compostas de elementos similares. Na verdade, conseguia pensar em muitas outras que eram mais pitorescas. Porém, havia algo diferente daquela vez. Algo bizarramente específico. Como se eu já tivesse estado ali. Ou talvez como se soubesse que voltaria novamente. Que estava vendo tudo pela milésima vez ao invés de pela primeira. Algo que você reconheceria apenas de uma forma — como o lugar onde você deveria estar.

E eu devo ter transparecido meu entusiasmo, pois Griffin baixou minha câmera e me olhou nos olhos. Lançou-me seu mais largo sorriso.

— Causa uma boa primeira impressão, não é? — disse.

Eu consenti com a cabeça.

— Sim — respondi.

Griffin virou à direita na rua principal, depois outra vez, até chegamos lentamente ao bairro residencial da cidade: perfeitas casas de madeira alinhadas como pedras preciosas, brilhantes e ofuscantes contra a neve. Seguimos caminho — as casas ficavam mais distantes umas das outras, o espaço entre elas crescia, fazendas começavam a surgir. Então, viramos à direita pela última vez, entrando na rua Naples, e ele reduziu a velocidade do carro.

Lá estava ela. Uma casa modesta de madeira, completamente isolada. A casa de Griffin. Minha casa dos sonhos. Não digo isso de forma indulgente — como se fosse a casa mais especial que eu já vira ou a casa que sempre desejara —, quero dizer literalmente; já vira aquela casa em meus sonhos. Sonhos noturnos e matutinos. Com as mesmas venezianas azuis e pilares fortes, uma varanda de madeira completa com cadeiras de balanço. Duas janelas espiando do andar de cima, como olhos. Uma chaminé de tijolos brancos. Que me fazia sorrir.

O casamento ocorreu, obviamente. Numa pequena capela próxima à fronteira de Las Vegas, no meio do trajeto da nossa viagem. Envolvera um vestido de alças cor de marfim, um casal de testemunhas com 70 anos, alianças simples de ouro e um poema, "Felicidade", que Griffin lera em voz alta para mim. Houvera uma muito divertida (e bem rápida) minilua de mel que consistira na nossa viagem de carro atravessando o país. Houvera isso. Mas nós dois, sentados no carro, na rua Naples — com o menor trailer do mundo preso atrás de nós, carregando as partes da minha antiga vida que eu decidira levar comigo (algumas cadeiras listradas, minhas estantes de arquivos, minhas fotografias favoritas de Mila): aquele foi o momento. Eu observava aquela casa que estava certa de já ter visto antes, e aquele foi o início da minha nova vida, do meu novo casamento.

Eu girei minha aliança no dedo.

— Então — disse eu. — É aqui que moramos agora?

Ele assentiu com a cabeça.

— É aqui que moramos agora — respondeu. — Preparada para entrar?

Antes que eu pudesse responder, Griffin fechou a porta do carro e deu a volta para abrir a minha. Ele abriu a porta para mim e me ergueu em seus braços, me carregando pela calçada coberta de neve, pausando diante da porta da frente e se preparando para atravessarmos a soleira e entrarmos na casa.

Eu estava rindo, um pouco desconfortável, em grande parte porque me sentia envergonhada. Não era boa em demonstrações românticas de afeto, especialmente as mais tradicionais. Eu costumava acreditar que as achava bregas. Somente mais tarde me ocorreu que não era que eu as achasse bregas, mas que estava acostumada com aquilo. Griffin, porém, parecia determinado a mudar isso, e ia confiantemente em direção à porta da frente, girando a maçaneta enquanto ainda me segurava, levando-nos para dentro, para cima do capacho verde no corredor, em que se lia BEM-VINDO.

— Chegamos — disse Griffin, e me beijou.

Porém, outra pessoa respondeu:

— Olá...

A voz de um homem ecoou lá de dentro da casa, e Griffin me soltou, de bunda no chão, sobre o capacho da entrada, exatamente em cima do BEM-VINDO.

Eu olhei para cima, chocada. Primeiramente para Griffin, que parecia irritado, e depois para o sujeito que ele encarava enfurecidamente, que estava parado diante de nós, despreocupado, tomando um picolé. Ele tinha uma barba de quatro dias por fazer e seus cabelos estavam desgrenhados. Nada disso podia, contudo, esconder o quão bonito era, com penetrantes olhos verdes e um sorriso igual ao de Griffin. Havia uma criança a cada lado dele, uma com seu próprio picolé e a outra segurando o que parecia ser um regador amarelo de plástico. Elas tinham 5 anos de idade, talvez 6. E eram gêmeos. Gêmeos ruivos, praticamente idênticos e muito adoráveis.

— Mas que merda, você quase me matou de susto — disse Griffin.

— Não pode ser mais educado? — pediu o sujeito. — Estamos na presença de crianças impressionáveis.

Griffin abaixou-se para me levantar do chão.

— Você está bem? — perguntou. — Machuquei você?

— Não...

Eu neguei com a cabeça conforme Griffin me erguia. Estava mais surpresa do que tudo, olhando para cima na direção dele, para baixo na direção dos dois garotinhos. Eles exibiam sorrisos enormes, aparentemente se divertindo com tudo aquilo. Eram lindos garotinhos, com aqueles cabelos ruivos e enormes olhos verdes. Pareciam-se demais com o homem que eu supunha ser seu pai: tinham o mesmo formato de rosto, os mesmos olhos verdes. Mas seus incríveis cabelos pareciam ter saído de outro canto.

— Vocês não vão cumprimentar o tio Griffin com um abraço? — disse o sujeito. Então, ele deu leves tapinhas na cabeça dos dois, simultaneamente.

Tio Griffin.

Aquele era Jesse. Obviamente era o irmão de Griffin, Jesse. Griffin não levara fotografias de família com ele para Los Angeles, mas fazia todo sentido. Ele me dissera que Jesse tinha filhos pequenos (contara que eram gêmeos?), Sammy e Dexter, se eu lembrava corretamente. Eu sabia que eles viviam em Boston, que não era tão longe do oeste de Massachusetts. Jesse fazia doutorado no MIT. E a esposa dele — como era mesmo que Griffin dissera que ela se chamava? — era proprietária de uma floricultura em Cambridge. Isso era o que eu sabia. E, naquele momento, também sabia que, por detrás daqueles olhos e daquele picolé, Jesse parecia um pouco mentalmente instável.

— Eles estão participando de uma competição de silêncio agora — disse Jesse, gentilmente empurrando os meninos na direção de Griffin. — Vamos lá, rapazes. Não é necessário falar.

Os gêmeos correram até o tio, que os envolveu em seus braços, apertando-os — cada mão segurava um corpinho, e seus olhos permaneceram grudados no irmão.

Foi quando eu percebi bem do outro lado de Griffin e dos garotos, ao pé da escada, várias malas enormes e pilhas de roupas. Equipamento esportivo. Brinquedos de criança. Tudo isso parcialmente desempacotado e esparramado pela escada, esparramado por todo o caminho até o corredor do andar de cima, que, pelo menos do meu ângulo, parecia um total e completo desastre, com telas caindo de suas molduras e o carpete rasgado. E o distinto odor de suco de uva vindo de algum canto que eu não tinha certeza se gostaria de visitar.

Griffin deve ter seguido a direção do meu olhar, porque voltou-se para lá também e, então, encarou o irmão.

— Jesse, há quanto tempo está aqui? — indagou.

Jesse deu de ombros.

— Não muito.

— Quanto *não* muito?

— Não muito — respondeu ele. — Umas cinco semanas.

— Cinco *semanas*? — disse eu.

Foram as primeiras palavras que falei. E Jesse voltou-se para mim — pela primeira vez —, como se apenas então notasse que eu estava lá. Na frente dele. Depois de cair dos braços do seu irmão.

— Olá — disse ele.

— Olá — repeti.

Então lhe acenei brevemente, ainda surpresa por ter aberto minha boca.

— Por que não me contou que estava aqui? — perguntou Griffin.

Jesse voltou a atenção para o irmão e deu de ombros.

— Não quis preocupar você — respondeu ele. — Pareceu desnecessário.

Griffin soltou os gêmeos, que correram, sem uma palavra, pelas escadas, segurando o riso, lutando bravamente para não tropeçarem e caírem sobre a enorme pilha de objetos que cobria o chão. Eu os observei saírem e meus olhos voltaram-se para Jesse após eles desaparecerem, seguidos pelo som de uma porta batendo. Um único barulho.

— O que ganham por vencer a competição de silêncio? — perguntei. — Eles parecem incrivelmente empenhados.

— Cem dólares — disse Jesse.

— É um bom prêmio — elogiei.

Isso fez com que Jesse sorrisse.

— Acho que desenvolve um certo nível de comprometimento — afirmou.

Griffin perfurou o irmão com o olhar.

— Onde está Cheryl, Jessie?

— Cheryl me expulsou de casa — respondeu ele.

— Ela o expulsou? — disse Griffin.

Jesse concordou com a cabeça e sua voz enfraqueceu.

— Sammy não larga o regador dela desde então. O garoto até dorme com o negócio. Isso significa que ele está traumatizado, certo? Nós provavelmente o traumatizamos. Dex parece estar lidando com tudo isso um pouco melhor, mas ontem à noite ele bateu em Sammy para tentar pegar aquele regador. Então, não posso realmente aceitar isso como sinal de progresso.

Griffin apenas encarou o irmão.

— Cheryl expulsou você de casa? Por que ela faria isso?

— Bem, ela precisava de um tempo para refletir — respondeu Jesse. — Isso acontece.

— Quando, Jesse? Quando isso acontece?

— Bom — respondeu o outro —, quando você descobre que o seu marido engravidou outra mulher.

Eu o encarei, incrédula: *o que foi que ele disse?* Como se lesse meus pensamentos, Jesse assentiu com a cabeça novamente.

— É complicado — disse ele.

Olhei para Jesse por tanto tempo que alguém poderia ter se perguntado se eu achava possível que ele retirasse suas palavras e dissesse algo diferente no lugar delas. Talvez, porém, eu o tenha encarado por tanto tempo porque estava com medo de olhar para qualquer outro lugar — de encontrar os olhos de Griffin e ver o que ele pensava, ou não pensava, sobre o que seu irmão acabara de revelar.

Mas Griffin nada dizia. As próximas muitas palavras, eu supus, teriam de partir de Jesse. E, então, elas vieram. E foram direcionadas a mim.

— Desculpe — disse-me ele. — Griffin é um pouco mal-educado. Sou Jesse. O irmão dele. Quem é você?

Ele estendeu a mão, que eu imaginei que estivesse grudenta por conta do picolé. Mas eu a apertei.

— A esposa de Griffin — respondi.

10

— Ele é, na verdade, um gênio, acredite ou não — explicou Griffin. — Isso foi certificado. O QI dele é fora do normal, e ele pulou duas séries quando éramos crianças. Conseguiu uma vaga para o MIT quando tinha 16 anos. Embora isso talvez tenha trazido mais problemas do que benefícios...

Estávamos deitados na cama — minha primeira noite em nossa cama —, e eu admirava o teto; apenas a luz do abajur ainda estava acesa. Eu piscava os olhos muito rapidamente, enquanto tentava não deixar aquele nó apertado tomar conta do meu peito, enquanto tentava não me concentrar no buraco do tamanho de uma pessoa pequenina na parede, próximo à porta do quarto, resultado de uma partida de paintball que dera errado. Ele agora estava coberto por um lençol, que era incapaz de isolar o mundo lá fora.

Em vez de me concentrar demais em tudo isso, tentei discernir os desenhos no teto sobre mim, ainda visíveis sob a luz tênue: intrincados e belos padrões, números e palavras entremeados, letras isoladas, um sistema inteiro que eu não conseguia compreender, bem acima da minha cabeça. Griffin acabara de se deitar na cama, depois de uma longa conversa com Jesse, da qual eu não participara, em que o irmão provera alguns detalhes sobre essa outra mulher — que conhecera na faculdade — e menos detalhes sobre o que ele faria agora.

Naquele momento, Griffin sussurrava. Eu sabia por que e não estava certa de por quê. Jesse e as crianças estavam num quarto do outro lado do corredor, assistindo a um filme — *Os Caçadores da Arca Perdida*, creio eu — em alto volume. Eles riam e gritavam para a tela, gritavam mais alto do que o filme em si. A competição de silêncio aparentemente chegara ao fim.

— Eu queria que você não tivesse tido uma primeira impressão tão ruim dele — disse Griffin.

— Não foi tão ruim — afirmei. — Sério...

Então, eu engoli em seco, porque não estava certa sobre o que dizer a seguir. Uma primeira impressão ruim parecia, contudo, a terminologia errada. A mãe de alguém ser escandalosa ou bizarramente quieta seria uma primeira impressão ruim. O amigo de infância de alguém beber vinho demais e ficar abobado. Mas encontrar seu cunhado casado morando em sua casa com os filhos gêmeos porque engravidou uma mulher que não era a sua esposa? Aquilo era outra coisa.

Ainda assim, tentei pensar em algo solidário para dizer, algo para afastar nós dois de nossos pensamentos. A verdade, porém, era que eu me via criticando Jesse. E esse não era o único problema. Aquela era a primeira vez, desde que eu conhecera Griffin, em que havia algo que eu não sabia como dizer a ele.

Griffin virou-se para o lado para olhar para mim e apoiou sua mão sobre o cotovelo.

— Eles não têm para onde ir agora — disse ele. — Quer dizer, acho que poderiam se mudar para a casa da minha mãe, em Nova York, mas Jesse ainda não contou a ela exatamente o que está acontecendo. Ele não quer lidar com a reação dela, e não posso dizer que o culpo por isso.

— Eu compreendo — disse.

E compreendia. Pelo que Griffin me contara a respeito de sua mãe. Ela era professora de Geologia na Universidade de Nova York. Uma profissão adequada para uma mulher que era o pilar de sua família, preenchendo o lar com tanto amor. Mas, aparentemente, ao mesmo tempo que era tão amorosa, era também incrivelmente emotiva. Especialmente quando se tratava dos filhos. E emoções fortes naquele momento não ajudariam em nada.

— Ele precisa apenas de um tempo para resolver tudo isso. E, com os gêmeos matriculados num jardim de infância aqui perto e Jesse se sentindo seguro sobre isso... — disse Griffin. — Acho que não me sentiria bem em mandá-los embora agora.

— Não. — Balancei minha cabeça, ganhando mais resolução. — Não, claro que não. Eu nunca pediria que você fizesse isso. Nunca pediria que o mandasse embora. Ele é seu irmão. E precisa de você.

— Mas você é a minha esposa — disse ele. — E também precisa.

Ele me envolveu firmemente em seus braços, de modo que eu pudesse entender que aquilo contava também.

— Eu ficarei bem — respondi. — Prometo.

— Este é um momento tão ruim para tudo isso, sabe? Nós acabamos de chegar aqui. Estamos tentando nos adaptar. Você está tentando se acostumar com tudo. É um momento tão ruim...

Eu me aproximei dele.

— Griffin — disse. — Eu nem sequer tenho certeza se existe um bom momento para se mudar para a casa do irmão porque se engravidou uma mulher. Não tenho certeza se isso funcionaria em qualquer momento como cartão de visita.

Griffin riu e beijou-me docemente a testa.

— Você tem razão nisso — disse ele.

— Nós ficaremos bem — afirmei. — Teremos apenas de, você sabe, trancar a porta quando fizermos sexo.

— E nos certificarmos de que o lençol está bem-preso na parede — disse ele.

Eu sorri.

E foi isso o que ele fez.

11

Eu acordei na manhã seguinte desorientada e mais do que levemente confusa. Não foi muito diferente de quando se cochila à tarde e acorda à noite, sem qualquer luz para auxiliá-lo, com a confusão mental se espalhando: por que estava dormindo? Que dia é hoje? Estou em casa?

Parte da razão da minha confusão foi que o quarto de Griffin ainda estava escuro demais — parecia que ainda era o meio da noite —, devido a cortinas marrons que iam até o chão e pareciam bloquear qualquer forma de luz. Provavelmente não era algo ruim para um chef que frequentemente precisava dormir em horários estranhos. Conforme eu acordava, porém, não gostei de não saber que horas eram ou se a noite já acabara. Ou por que Griffin havia sumido.

Eu me virei de bruços, empurrei uma grossa cortina para fora do caminho e espiei o mundo lá fora. O sol de inverno brilhava forte e intensamente. Era tão forte, na verdade, que me lembrava de uma manhã californiana. Eu pus a mão sobre o vidro da janela, esperando que o calor a aquecesse, mas ele estava gélido. Queimou minha mão. O pequeno termômetro à margem da vidraça marcava absurdos quatorze graus negativos.

Eu saí da cama, vesti uma calça de moletom e um par extra de meias, e desci para a cozinha, onde encontrei Jesse e os gêmeos à mesa, tomando o café da manhã. Jesse vestia um terno amarrotado e lutava para dar o nó na gravata que tinha ao redor do pescoço, enquanto os gêmeos se concentravam em comer seus waffles. Ou, para ser mais exata, Dexter concentrava-se em passar sua língua pelo círculo que ele havia feito no centro do seu waffle e em girá-lo ao redor do próprio rosto. Sammy, enquanto isso, enfiava seu waffle dentro do regador. A calda de bordo (ou o que restara dela) concentrava-se em duas poças abaixo dos pés deles.

— Bom dia — disse eu.

Jesse levantou o olhar e sorriu para mim, na soleira da porta.

— Olá, cunhada — disse ele.

— Olá — respondi, ainda no mesmo lugar, um pouco sem graça. Meus pés, apesar das meias, ainda estavam absorvendo bastante frio do assoalho de madeira. Então, enquanto eu tentava permanecer parada, também pulava de um pé para o outro.

— Gosta de café? — indagou Jesse.

— Somente das primeiras quatro xícaras que tomo — respondi. — A quinta já não é tão boa.

— Então você está no lugar certo. Venha e sente-se por um minuto — disse ele. — Temos um café realmente maravilhoso.

Ele apontou com sua gravata na direção da fina e prateada garrafa térmica ao centro da mesa. Sua evidência.

Dirigi-me até a mesa e acomodei-me no assento vazio ao lado dele, enquanto Jesse desistia de sua gravata por um segundo, abria a garrafa, despejava um pouco de café na tampa que servia de xícara e a passava para mim.

O vapor fumegava da superfície e eu o inalei, segurando a xícara em minhas mãos e sorvendo um longo gole.

— Uau — comentei. — Você não estava brincando. Este café é bom. De outro mundo, na verdade.

— Você não está enganada. Há aproximadamente três habilidades que eu domino, e fazer café é uma delas. — Ele voltou o olhar para a sua gravata, forçou um nó e depois o desfez. — Eu trouxe minha prensa francesa de casa. Ela tem por volta de mil anos. É parte do truque.

Eu sorri conforme assoprava o líquido e tomava outro gole.

— E para que serve a garrafa térmica prateada? — perguntei. — É parte do truque também?

— Não, ela serve apenas para levar o café para Boston — disse ele. — Eu tenho uma reunião em Cambridge esta tarde.

Eu parei no meio do gole.

— Ah, eu pensei que...

Ele ergueu a mão para me interromper.

— Por favor, da forma como estou me comportando, oferecer-lhe um bom café é o mínimo que posso fazer — disse ele. — E também é, neste momento em particular, o máximo.

Ele me lançou um sorriso meigo, enquanto sua mão segurava a gravata torta, ainda completamente desfeita.

— Quer ajuda? — perguntei.

Ele negou com a cabeça.

— Eu consigo — disse ele. — Provavelmente quando for tarde demais. Mas consigo.

— Parece um bom plano — falei.

Ele voltou a olhar para baixo, para a sua gravata, tentando atar o nó mais uma vez, enquanto eu tomava o café.

— Mas gostaria que me entretesse com a história de como você e meu irmão mais velho se apaixonaram — disse ele. — Não acredito que não fiquei sabendo de nada sobre vocês dois. Numa outra realidade, isso me deixaria bastante irritado.

Eu ri.

— Aconteceu tudo tão rápido — respondi.

— As únicas leis da matéria são aquelas que nossas mentes fabricam, e as únicas leis da mente são fabricadas para ela pela matéria.

Eu olhei para ele, totalmente confusa.

— James Clerk Maxwell. O sujeito que criou a teoria clássica do eletromagnetismo — explicou. — Eu gosto de pensar que é outro modo de dizer que grandes eventos tendem a acontecer ao mesmo tempo.

Eu sorri.

— Gostei — disse. — Muito... É isso que está estudando?

— De certo modo — respondeu ele. — É uma versão atualizada disso. Estou trabalhando com uma cientista chamada Jude Flemming, já ouviu falar dela? Acredito que não, a não ser que esteja por dentro do mundo da física óptica.

— Não recentemente.

— Bem, a dra. Flemming é incrível; inspiradora, de fato. Ela tem cerca de 40 anos e já é chefe do departamento. Para não dizer que está mudando consideravelmente o modo como nós entendemos campos ópticos — explicou.

— Para aqueles de vocês que entendem — disse eu.

— Exatamente. — Ele sorriu. Então, apontou em direção ao balcão. — A propósito, Griffin lhe deixou um recadinho de amor ali. Ele não quis acordá-la, mas teve que dirigir até o restaurante para encontrar um empreiteiro. Ele lhe deixou algumas orientações para o caso de você querer ir até lá dar um "oi".

Eu concordei com a cabeça.

— Ótimo, mas eu achei que ele tivesse me dito que não iria para lá até as onze ou algo assim — respondi. — Que horas são?

— Meio-dia e quarenta e cinco.

— Meio-dia e quarenta e cinco? — perguntei.

Eu não acreditava naquilo. Nunca, na vida, em toda a minha vida até então, havia dormido até tão tarde. Em toda a minha vida, eu nunca havia dormido até qualquer horário próximo daquele: meu trabalho começava às seis da manhã na maioria dos dias e deveria ter começado às seis da manhã *naquele dia* para que eu não me atrasasse tanto em enviar a coluna mais recente ao Peter.

— São aquelas cortinas marrons, não são? — perguntou ele. — Elas vão iludi-la, se não tomar cuidado.

— Você tem razão — disse eu.

— Nós acordamos tarde também, e agora estou completamente atrasado para a minha reunião — disse ele. — A não ser que dirija a 130 quilômetros por hora até lá. Quem eu estou enganando? Mesmo que eu dirija a 130.

— Com quem é a sua reunião? — indaguei.

— Com a minha orientadora — respondeu ele.

— Jude Flemming?

— Jude Flemming — confirmou ele. — Preciso pedir a ela um adiamento na entrega da minha dissertação. Eu fico um pouco nervoso de pedir qualquer coisa a ela.

— Dá para entender. — Eu me servi de mais café. — Está muito atrasado com sua dissertação?

— Bem, por volta de nove anos.

Eu parei no meio do gole.

— Tenho motivos — disse ele.

Consenti com a cabeça.

— Tenho certeza de que sim — afirmei.

Então, ele se levantou, com a gravata frouxa em torno do pescoço, e começou a pegar vários objetos ao mesmo tempo: as chaves, a garrafa térmica quase vazia, uma pasta surrada sobre o balcão.

— Então, você acha que poderia levá-los? — perguntou.

Eu olhei para ele, confusa.

— Levar quem?

— Sammy e Dex — disse ele. — Para a escola. Para o turno da tarde, pelo menos. Dá para ir caminhando daqui. E me ajudaria muito mesmo. Eles têm treino de futebol mirim mais tarde e isso os manterá ocupados até eu voltar, mas você pode levá-los até lá?

— Eu? — perguntei, virando-me para os gêmeos, que ainda estavam absortos nos waffles e sequer olhavam na minha direção. — Mas eles não me conhecem, Jesse. Não seria estranho?

Jesse voltou-se para eles também.

— Tudo bem, rapazes, esta é a sua tia Annie. — Ele tapeou de leve o topo da minha cabeça. — Digam "oi" para ela.

Eles se viraram para mim e me analisaram; nenhum dos dois disse uma palavra ou acenou.

— Olá, rapazes! — Sorri para Sammy, que segurava firme seu regador de plantas. — Gostei do seu regador — falei.

Ainda assim, nada.

— Tudo bem, então, aquele dos meus garotões que quiser que Annie o leve para a escola deve dizer seu nome *o mais alto que conseguir*, agora — disse ele. — O vencedor ganha cem dólares.

Os dois meninos ergueram suas mãos lá no alto.

— *Eu! Eu!* — gritaram num crescente uníssono.

Então, Dex balançou seus braços e berrou:

— Sou Dex! Sou Dex!

E Sammy ergueu seu regador amarelado, usando seu bocal como microfone e acompanhou o irmão:

— Sou Sammy! Sou Sammy!

Jesse sorriu para mim, com sua gravata magicamente feita.

— Muito bem — disse ele. — Um problema resolvido.

12

Devemos ter chamado atenção enquanto caminhávamos para a escola, com o vento e a neve caindo: Sammy e Dexter estavam um em cada lado de mim, empacotados em enormes casacos de inverno que cobriam inteiramente seus corpinhos (e o regador de Sammy espiando por debaixo do seu), eu em um casaco de lã fino para a ventania, todos nós de mãos dadas, berrando para os carros que passavam, berrando para sinais de trânsito, berrando para o céu.

Mesmo com os cem dólares sobre a mesa, os meninos pareceram nervosos e infelizes ao verem seu pai sair e, então, numa tentativa de alegrá-los, eu sugeri que brincássemos de um jogo de encontrar coisas conforme caminhávamos.

Eu não estava certa se aquilo era apropriado para a idade deles, mas Jordan jogava com Sasha e isso me pareceu confiável o suficiente naquele momento. E os garotos pareceram gostar. Nos vinte e poucos minutos que levamos para ir de uma porta à outra — do tranquilo bairro da cidade até seu levemente menos tranquilo centro —, eles encontraram trilhos de trens, uma sorveteria fora de funcionamento, uma bicicleta quebrada, vários bonecos de neve, uma barraca de frutas fechada (com uma placa que dizia: VEJO VOCÊS EM MAIO!), uma girafa (ou, melhor dizendo, uma estátua de girafa no jardim de alguém) e cães de tamanhos variados (os gêmeos se interessaram bem menos pelas pessoas que caminhavam com os cães).

Quando nos aproximamos da escola, eles também encontraram a mercearia de Williamsburg, onde eu cometi o erro de parar. Porque lá, na prateleira dos jornais, logo na frente da loja, havia cópias de vários periódicos, inclusive do *New York Times*, que apresentava uma pequena propaganda d'*Os Obstinados*. O anúncio consistia na foto de um sinistro playground à noite, com a imagem borrada de um casal nos balanços; tão borrada que eles poderiam passar despercebidos. Mas não poderia passar despercebido o que vinha ao final da cena, em letras pretas em negrito. Seu nome: NICK CAMPBELL.

Meu coração ficou apertado. Meu coração ficou apertado apenas de ter o nome dele na minha frente, onde eu não podia ignorá-lo.

Depois que Dexter encontrou a mercearia, eu quase completei, dizendo: *Engraçado, porque eu encontrei um fantasma.*

Quando entramos no pátio da escola primária, porém, eu já havia me recuperado, o que foi bom, pois, apesar de a escola não ser impressionantemente grande, era impressionantemente agitada: uma considerável quantidade de crianças terminava seu recreio da tarde, outro grupo começava uma partida de basquete, outro jogava bola, todos agasalhados com gorros, luvas e casacos de inverno. Eu avistei uma professora à porta da frente, com uma prancheta e grossas luvas nas mãos, que nos direcionou para a sala do jardim de infância no final daquele andar.

Conforme caminhávamos até lá, eu até ouvia música saindo de dentro da sala. Fui alegremente surpreendida ao espiar pela porta aberta e descobrir uma radiante e colorida sala de aula coberta por pinturas e arte, e toda a turma do jardim de infância, com vinte crianças, envolvida num tumultuado jogo de estátua. Ao som de Bach.

Eu bati levemente na porta e um dos dois adultos em volta do grupo tumultuado de baixinhos dançantes abriu-me um largo sorriso. Ela correu até a porta com seu rabo de cavalo saltitando no topo da cabeça.

— Oi, oi, oi! — disse. — Estávamos nos perguntando quando vocês dois chegariam aqui! Vamos, estamos ouvindo Suítes Francesas.

Ela conduziu os gêmeos para dentro e, quando eles se juntaram à disputa musical, ela escorregou para fora da porta e se juntou a mim no corredor.

— Sou Claire, a professora de Sammy e Dexter — disse ela.

Então, apontou para a outra mulher dentro da sala de aula que vestia um moletom enorme da Universidade de Massachusetts, com calças de mesma cor.

— É aquela é Carolyn, a professora assistente. Ela estuda educação infantil na faculdade. Está aqui duas vezes por semana. Às vezes, três. Nem preciso dizer que são dias bem melhores.

Eu sorri.

— Imagino que sim — disse eu. — Sou Annie. Sou a... Bem, acho que sou a tia deles.

As palavras soaram meio estranhas saindo da minha boca, mas aquela era a explicação mais simples, ou foi o que pensei.

Acontece, porém, que Claire cruzou os braços sobre o peito e um sorriso tomou conta de seu rosto.

— Eu não sabia que Cheryl tinha uma irmã! — disse ela. — É *fantástico* conhecê-la. Eu sei que ela e Jesse estão numa situação meio complicada no momento, mas ela tem se comunicado regularmente comigo. Ela é uma mulher forte, a sua irmã...

Eu balancei minha cabeça, querendo corrigir o engano, e rápido.

— Não, na verdade não sou parente de...

Mas, antes que eu pudesse terminar, houve um alto estrondo dentro da sala. Nós nos voltamos para ver Sammy e Dex, ainda em seus longos casacos de inverno, de pé em cada lado do aparelho de som, agora virado de cabeça para baixo no chão.

— Ora, ora — disse ela. — Essa é a minha deixa. Foi um prazer conhecê-la, Annie. Espero vê-la em breve.

— Seria bom — respondi.

Ela começou a entrar, mas, então, retornou, pois algo lhe ocorrera.

— Na verdade, quer saber? No fim da semana que vem é cedo demais?

— Como? — perguntei.

— Bem, os meninos têm um passeio do colégio para o Museu das Crianças. O museu de ciência e natureza em Hartford? — Ela balançou a cabeça, como se já imaginasse o caos da situação. — Sendo como for, está faltando uma mãe na excursão. E mais um par de mãos seria definitivamente bem-vindo. Mãos de tia contam. Você gostaria de se juntar a nós? Ainda estará na cidade até lá?

— Eu devo estar, mas realmente nunca sei ao certo qual será minha agenda de trabalho. Sou colunista de viagens e com certeza estarei pegando a estrada em breve. Na verdade, nunca fiquei um intervalo assim tão grande sem viajar, mas acabei de me casar e...

— Ótimo! — disse ela. — Então está combinado! Que bom. Obrigada! E, se tiver um minuto antes de ir embora, deveria descer pelas escadas dos fundos e checar nosso pátio. A exposição de arte do feriado ainda está lá. Nossa professora de artes, srta. Henry, é mais do que incrível. E os gêmeos fizeram um desenho de uma árvore de Natal roxa. Está um arraso!

Eu ri.

— Tenho certeza de que está.

— Vá ver por si mesma. — E então ela apontou para o meu casaco de lã conforme entrava. — E, se vai ficar por aqui, precisará de um casaco de verdade ou vai pegar uma gripe terrível. E boa sorte em tentar livrar-se dela antes de a primavera chegar.

— Obrigada pelo conselho.

— Disponha.

A porta fechou-se e eu fui deixada no corredor silencioso. Encarei a porta fechada por um segundo, observei através da pequena janela enquanto a professora se misturava à bagunça para levantar o aparelho de som e fazia com que as crianças voltassem a dançar. Então, eu segui pelo caminho que ela indicara, desci as escadas em direção ao pátio, parcialmente porque desejava ver a árvore roxa e parcialmente porque não estava assim tão ansiosa para enfrentar o frio do lado de fora com meu casaquinho fino.

Fiquei feliz de ter feito isso. Assim que pisei no pátio, eu vi o quão certa Claire estava. Uma mostra realmente maravilhosa de pinturas, colagens e desenhos a carvão estava pendurada sobre as janelas. Eu fui cativada e caminhei lentamente pelo local, observando as obras de arte de cada série: bonecos de neve e renas, cenas coloridas de bonequinhos em jantares de Ação de Graças. Havia ainda um belo desenho de várias peras entre a coleção da segunda série. (Eu não estava certa de como peras tinham qualquer relação com os feriados de final de ano, mas o desenho era bonito assim mesmo.)

Eu encarava tão fixamente as peras que demorei um minuto para perceber que não estava sozinha ali. Havia outra mulher, que havia entrado pelo lado oposto, arrastando um carrinho de metal. Era pequenina em seu vestido midi de gola alta e um belo e chamativo cachecol laranja, seus longos cabelos loiros caindo pelas costas. Ela esticava o braço bem acima de sua cabeça para remover um dos desenhos do lugar.

Apesar de estar nas pontas dos pés, ela se esforçava para alcançar as duas margens inferiores ao mesmo tempo e parecia pouco equilibrada. Então, fui até ela e segurei o lado superior esquerdo, de modo que nós duas conseguimos soltar totalmente a pintura.

— Ah, obrigada! — disse ela, abrindo-me um largo sorriso conforme enrolava a folha de papel marrom e gentilmente a depositava sobre o carrinho. — Um a menos. Faltam mil.

— Parece que cheguei aqui na hora certa — comentei.

Ela consentiu com a cabeça, pendendo-a para o lado, e eu não pude deixar de notar que, de perto, ela era ainda mais estonteante, com feições delicadas, maçãs do rosto pronunciadas e cílios escuros.

— Está procurando por algo em especial? — perguntou-me.

— Uma árvore de Natal roxa, creio.

— Ah... — O sorriso dela alargou-se enquanto apontava na direção de várias pinturas um pouco à frente do corredor, para uma floresta de árvores de Natal roxas agrupadas sob a placa JARDIM DE INFÂNCIA.

— Imagino que você conheça um dos alunos de Claire — disse ela.

— Dois, na verdade.

— Eu tento fazer o melhor possível com eles, mas neste ano dei aula para as crianças do jardim de infância 24 horas depois de terem assistido *As Aventuras de Barney*. O que posso dizer?

Eu ri.

— Então, você deve ser a incrível professora de artes que Claire mencionou?

— A professora de artes, a professora de economia doméstica, a professora que está enlouquecendo — disse ela, colocando o cabelo atrás das orelhas. — Mas eu aceitarei de bom grado a descrição de Claire ao invés da minha. E você, quem é?

— Annie — respondi. — Annie Adams. Acabei de me mudar para a cidade.

— Bem-vinda! — disse ela. — Eu notei por alguns detalhes que você não era daqui, na verdade. Sabe, além de eu ter vivido minha vida inteira aqui e jamais tê-la visto.

— Que detalhes?

Ela apontou para os meus tênis All-Star e depois para o meu casaco.

— Você pode ficar realmente doente vestida desse jeito — disse ela.

— Estou percebendo isso — comentei. — Eu me casei recentemente e meu marido é daqui. Cresceu aqui, na verdade. Mas, além de uma viagem aos Berkshires no último verão, eu nunca havia passado por esta região. Então, acho que ainda estou descobrindo como será.

— Frio.

— E bonito — disse eu, esperançosamente.

— E frio.

Então, ela se esticou para pegar outra pintura e começou a puxá-la. Havia uma fita azul colada na parte inferior. Ela indicava, em letras douradas, que aquele ganhara o primeiro lugar. E foi aí que eu me dei conta de que todas as obras tinham uma fita azul colada na parte de baixo. Primeiro lugar para todas elas.

Ela deu de ombros.

— *Deveria* haver um vencedor, mas eu não sou uma grande fã de competições — explicou. — Então, decidi que era um empate entre duzentos.

— Parece uma boa solução — disse eu.

— Pareceu menos uma boa solução quando todas as crianças começaram a me perguntar qual delas havia ganhado mais. — Ela balançou a cabeça, incrédula. — O quê?

Então, conforme ela guardava mais uma pintura no carrinho, eu olhei para a longa parede completamente coberta de obras de arte.

— Quer saber? Não estou com pressa. Posso ajudá-la com isso?

Ela lançou-me um sorriso radiante e feliz.

— Sério? Tem certeza de que não se incomoda? — perguntou. — Eu ia pedir ao zelador para me ajudar, mas lembrei que não temos um.

Eu ri e peguei o desenho na minha frente — dois bonequinhos de palito tocando bateria com coxas de peru —, tirando gentilmente a fita adesiva das margens.

— Seria um prazer ajudar.

Ela retirou o cachecol do pescoço e ofereceu-o a mim.

— Bem, por favor, use isto enquanto trabalha. Eu mesma o fiz, tem bastante lã.

— É tão macio — disse, enrolando o cachecol em torno do meu pescoço e me sentindo instantaneamente melhor; o frio começou a deixar o meu corpo.

— Excelente, porque eu não estava aguentando vê-la tão exposta — disse ela. — E vou lhe dar mais algumas lições de como se aquecer em Williamsburg conforme trabalhamos.

— Não preciso só comprar mais roupas? — perguntei.

Ela suspirou e respondeu:

— Quem dera fosse assim tão fácil.

Eu sorri e voltei-me para o próximo agrupamento de pinturas, percebendo que chegávamos, então, à série de árvores de Natal roxas. E, então, me vi diante de uma árvore dupla contendo os nomes SaMMMMMy e DeXXXXX. Escritos assim mesmo. Infelizmente, não eram árvores exatamente bonitas, ainda que se desconsiderasse o roxo. Alguém poderia confundi-las com mastros de bandeira. Ou com pretzels.

Eu passei meus dedos sobre as árvores de qualquer jeito, sobre as letras dos nomes deles.

— São eles — afirmei.

— Eles, quem?

— Meus sobrinhos — respondi. — Sammy e Dexter Putney...

— Sammy e Dexter? — perguntou ela.

E, então, empalideceu. Empalideceu a tal ponto, diante dos meus olhos, que repentinamente compreendi o que significa quando se diz que alguém "parece ter visto um fantasma". De repente, eu estava vendo um.

Ela me encarou por um longo minuto.

— Então, você é parente da esposa de Jesse ou algo assim? — indagou-me. — Deve ser parente de Cheryl, certo? Ela tem uma meia-irmã, acho. Ou talvez seja apenas uma amiga da família. O tipo de amiga que chamam de tia...

Mas ela começou a falar bem baixo. Começou a falar bem baixo e com a voz de alguém que já sabe a infeliz resposta para uma pergunta.

— Não. Na verdade, sou casada com o irmão de Jesse, Griffin — respondi. — Casamos recentemente.

O ar começou a ficar pesado. Eu não sabia como ou por quê, mas conseguia senti-lo condensar-se ao nosso redor.

— O quão recentemente?

— Nós nos conhecemos em Los Angeles, enquanto ele estava substituindo a chef de um restaurante próximo de onde eu moro. Ou onde morava, pelo visto.

Sorri, mas ela não retribuiu. Então, continuei falando.

— Tudo aconteceu muito rápido, na verdade... — disse. — Provavelmente não devo nem contar o quão rápido ou você terá uma impressão errada de mim. Nunca fiz algo assim antes. Algo impulsivo assim. — Senti que enrubescia um pouco. — E sempre odiei pessoas que dizem que você sabe quando algo é para ser. Eu nunca tive certeza sobre nada. Nem sobre um par de meias.

Ela me encarava como começasse a acreditar que eu era uma lunática.

— Bem, talvez tenha tido certeza sobre um par de meias em determinado momento. Para a academia ou algo assim...

Nada. Ela nada dizia. Eu continuava falando e contando mais do que ela deveria querer saber, mais do que qualquer um gostaria. Mas não conseguia parar. Não conseguia parar de tentar fazer algo para deixá-la menos pálida.

Foi naquele momento que eu percebi, no interior do seu pulso, a outra metade da tatuagem de Griffin. A outra metade da âncora. A metade direita. A metade mais bem-feita.

— Ah, meu Deus, espere. Você é Gia?

Ela meneou afirmativamente a cabeça.

— Sou Gia.

— Griffin me falou sobre você! Mas acho que não mencionou o seu sobrenome — disse. — Mas ele me falou da tatuagem. Eu a adoro. Quer dizer, adoro a tatuagem. Mas também adoro o fato de vocês dois terem feito isso juntos.

Eu ainda sorria. Esta foi a pior parte: eu ainda sorria quando disse aquilo. Ainda não sabia que não deveria estar sorrindo. Então, Gia, minha nova amiga, afastou-se de mim. Deu as costas e caminhou para longe de mim, com pressa.

E eu entendi.

13

Outra descoberta que eu fiz escrevendo a "Fechando a Conta", uma descoberta que não deveria ser subestimada, foi a alegria que as pessoas sentem quando podem fingir ser alguém diferente por um tempo. Quando você viaja, pode tornar-se qualquer pessoa. Ninguém o conhece. Ninguém lhe diz quem — baseado em sua história ou no que pensam sobre a sua história — decidiram que você é. Quando viaja, tudo é desconhecido e possível novamente. Como acontece com um emprego ou um namorado novo. Como acontece com um primeiro beijo. Por um curto, perfeito momento, você consegue ver a si mesmo — consegue sentir a si mesmo — como alguém novo. Até o inevitável (e sempre surpreendente) lembrete: você ainda é você.

Eu caminhei pela cidade atordoada, com o mapa para o restaurante de Griffin dentro do bolso do meu casaco de lã, errando o caminho várias vezes. Então, encontrei um edificio pequeno, parecido com um celeiro — discretamente escondido da rua principal, a não ser que você soubesse onde procurar —, com uma incrível chaminé vermelha, vários andaimes ao redor e uma placa — vermelha como a chaminé — ainda sem nome, recostada no chão diante da porta da frente, esperando ser pendurada.

Entrei — "Exile on Main St." dos Rolling Stones soava em toda a sua glória de um aparelho de som num canto — e encontrei o lugar ainda em construção, progredindo para transformar-se no que prometia ser: pisos inacabados, marcas nas paredes, fios elétricos saindo do teto. Um buraco grande e retangular do outro lado do salão, onde eu imaginei que ficaria a área do bar. Um candelabro de metal muito bacana esperando ser colocado acima dele, e Griffin apoiado na estrutura enquanto falava com vários homens.

Quando olhou para cima e me viu parada ali, lançou-me um enorme sorriso e foi até mim.

— Você está aqui — disse ele.

— Estou aqui.

Griffin me puxou para um canto desocupado e me deu um longo beijo.

— É loucura que eu tenha sentido saudades suas hoje? — Afastou-se para olhar para mim. Então, começou a deslizar suas mãos sobre o meu rosto. — E por que você está tão gelada? Não pode se vestir assim. Vai acabar pegando uma pneumonia.

— Eu gostaria que todos parassem de me dizer isso. E eu gostaria que parasse de aumentar.

Ele olhou para mim, confuso.

— Aumentar?

— O tempo que vou passar no hospital.

Ele começou a rir, mas aquilo rapidamente se tornou uma tosse e, ainda mais rapidamente, tornou-se algo assustador, deixando-me totalmente incerta sobre o que fazer, enquanto ele se apoiava nos joelhos, tentando e fracassando em recuperar o fôlego. Ele conseguiu alcançar o inalador no bolso, colocou-o sobre os lábios e inalou longa e profundamente. Sua respiração e a tosse finalmente começaram a diminuir.

— Você está bem? — perguntei.

Ele assentiu com a cabeça, e sua voz retornou.

— Estou bem — disse. — Parece muito pior do que é de fato.

Porém, ele permanecia descansando sobre os joelhos.

— É por causa de toda essa poeira — explicou. — Entrou direto nos meus pulmões. É difícil.

— Talvez não seja uma boa ideia ficar por aqui — sugeri.

— Definitivamente não — disse ele.

Mas Griffin se ergueu de novo e sorriu enquanto falava. Somente então percebi o quão depressa meu coração batia.

— Não se preocupe — pediu. — Parece pior do que é.

— Você já disse isso...

— Então acho que deve ser verdade.

Ele pegou minha mão e a apertou firme, depois apertando-a novamente, como que para dizer, *Estou bem, é sério.*

Eu apertei a dele de volta, *Fico feliz em saber.*

Então, fez um gesto em direção ao teto e a tudo ao seu redor, com orgulho.

— E aí? — perguntou. — Sei que é apenas a base do lugar, mas o que acha? O que você acha do nosso empreendimento até agora não nomeado?

Eu olhei para Griffin por outro segundo e depois olhei ao nosso redor, tentando visualizar o restaurante — como ele seria —, apesar das obras. A base já dava pistas do quão maravilhoso ele pareceria: vigas e caibros à mostra, mesas rústicas de tamanhos diferentes, um fogão a lenha e luminárias por toda parte. E, é claro, aquela grande lareira que dava origem à chaminé vermelha.

— Acho que ficará incrível — disse. — Realmente incrível.

Ele abriu um enorme sorriso.

— Os Stones estão sendo absorvidos pelas paredes. — disse Griffin. — Dando um sabor especial ao ambiente.

— Talvez você devesse chamar o restaurante de Stones, então?

— Acho que não.

— Que tal Restaurante da Annie, então? Ou somente... Annie's? Todos gostam de um lugar chamado Annie's. Acho que ambos têm um toque especial.

Eu sorri para que ele soubesse que estava, em grande parte, brincando. Como resposta, meu marido me envolveu em seus braços.

— Vou pensar nas duas ideias, com certeza — disse ele, inclinando-se e beijando o canto do meu rosto, ficando ali. — E como está sendo o seu dia? Fiquei um pouco preocupado. Liguei para casa algumas vezes e você não atendeu.

— Eu acabei levando os gêmeos para a escola.

Pensei ter sentido, então, uma leve tensão, como se os lábios dele se afastassem de minha bochecha. Mas logo depois, quase com a mesma rapidez, ele voltou para mim, a boca pressionando minha pele.

— Que bacana da sua parte.

— Não foi nada de mais — disse eu. — Jesse precisava ir a Boston para uma reunião com sua orientadora.

— Claro que foi — insistiu. — Você não está em cima do prazo para entregar a coluna?

Outro lembrete de que eu estava quase atrasada, enquanto Peter ansiosamente me lembrava disso por telefone e por e-mail a intervalos crescentemente mais frequentes. Um prazo final que se aproximava não apenas para entregar a nova coluna, mas para decidir o próximo lugar que visitaria. A resposta não estava nem perto de me ocorrer.

Mas eu apenas sorri e dei de ombros.

— Foi divertido, na verdade — comentei. — Vi um pouco da cidade. Passei um tempo com os gêmeos e visitei a escola deles. Além disso, conheci Gia.

Desta vez, eu sabia que não estava imaginando sua tensão.

— Você conheceu Gia? — perguntou ele.

Confirmei com a cabeça.

— No pátio da escola. Nós acabamos conversando por algum tempo e ela me pareceu adorável. Um pouco como se pudesse competir em pé de igualdade com Martha Stewart. Mas eu realmente pensei que talvez tivesse feito uma primeira amiga aqui. Sei que isso soa como se estivesse no colégio, mas foi como se eu já a conhecesse ou algo assim. Ela me pareceu simplesmente... adorável.

— Você mencionou...

— Ela não é?

— Não — disse ele. — Ela é. Ela é adorável.

Eu olhei para cima e meu olhar encontrou o dele.

— Certo. Então estou tentando compreender como foi que a ofendi. Tudo o que sei é que ela se afastou de mim muito depressa depois que lhe contei que havíamos nos casado. Por que ela se importaria com isso? Vocês namoraram no colégio.

Griffin fechou os olhos e balançou levemente a cabeça.

— Merda — disse ele.

— O quê? Ela não pode ainda estar apaixonada depois de todo esse tempo. Isso é loucura. Quer dizer, eu nunca vou superar você, mas...

Griffin abriu os olhos, voltou-se para mim e não riu da minha brincadeira. Ou, pelo menos, de mim.

— Annie — começou ele —, eu nunca disse que Gia tinha sido apenas minha namorada do colégio. Eu nunca lhe disse isso.

— O que quer dizer? Disse, sim.

Quebrei a cabeça buscando a informação que queria, até me lembrar da conversa em que estivera pensando, aquela em que ele a mencionara: nós dois sentados no bar do hotel, meus dedos sobre a metade dele da tatuagem, Griffin contando sobre a noite em que a fizera.

— Você disse que fez essa tatuagem aos 18 anos, certo?

— Certo — concordou ele.

Então eu comecei a compreender o que aparentemente estava ignorando.

— Você e Gia ficaram juntos por mais tempo do que isso? — perguntei.

— Certo — concordou ele novamente.

— Por mais quanto tempo? — questionei.

Griffin olhou para trás, para os trabalhadores, e percebeu que alguns deles olhavam na nossa direção, esperando por ele.

— Talvez devêssemos ir lá fora por um minuto. Vamos lá para fora conversar sobre isso.

— Por mais quanto tempo, Griffin?

Ele olhou diretamente para mim, no fundo dos meus olhos, e disse:

— Treze anos.

— Treze *anos?*

Eu fiquei boquiaberta. Sempre detestei essa expressão, ainda detesto: alguém ficar "boquiaberto". E, ainda assim, por escrever uma coluna de viagens, era surpreendente a quantidade de vezes que Peter julgava apropriado que eu ficasse: boquiaberta diante do hotel Burj Al Arab, boquiaberta diante do Big Ben. Boquiaberta diante da catedral de Milão. Nunca me senti assim, ou nunca escrevi que me sentia, pelo menos. Mas, parada diante do meu novo marido e compreendendo que ele estivera com outra pessoa antes de mim por quase *uma década e meia*, não estava certa de que outra forma poderia expressar o sentimento. Nenhuma outra palavra parecia servir.

— Olhe, é tudo um pouco complicado — explicou. — E eu realmente não queria preocupá-la com isso, por todas as razões que lhe contei na Califórnia. Não acho que seja bom para um novo relacionamento entrar em tanto particulares assim.

— Que tal entrar em alguns particulares? Somente alguns poderiam ter sido suficientes — disse eu. — E o que você sabe sobre novos relacionamentos, de qualquer jeito? Você teve a mesma namorada desde que era um feto.

Ele me ignorou, o que foi provavelmente a decisão mais sábia a se tomar naquele instante.

— Não consigo acreditar que você esteve com uma pessoa por tanto tempo — continuei. — Não consigo acreditar que esteve com *outra pessoa* por todo esse tempo.

Eu o senti borbulhando dentro de mim, o ciúme, e também algo como uma revelação: se tempo era ao menos parte da medida do amor verdadeiro, quanto tempo levaria e quanto tempo teria de levar para que conhecêssemos um ao outro do modo como conhecíamos aqueles que vieram antes.

— A parte importante é que já havíamos terminado bem antes de nós ficarmos juntos — disse ele. — Terminamos antes mesmo de eu ir para Los Angeles.

— Quanto tempo antes, Griffin? — indaguei. — Seis meses?

— Quase nove — respondeu ele.

— Ah, bem, então...

— Eu ia falar sobre isso, mas eu queria conversar com Gia antes. Achei que ficaria mais fácil quando soubesse como ela estava lidando com a situação. Eu esperava que sair da cidade por uns tempos ajudaria que ela aceitasse melhor a nossa separação. Que ela entenderia, por mais difícil que fosse, que nos afastarmos foi realmente o melhor. Para nós dois.

— Então você a deixou?

— Deixei.

— Por quê?

Ele pareceu magoado.

— Annie, Gia e eu já não estávamos bem muito tempo antes de a relação terminar — disse ele. — Não posso explicar exatamente. Não poderia mais continuar daquele jeito, se é que isso faz algum sentido. Certamente não fez para ela...

Eu assenti com a cabeça. Porque aquilo fez sentido — pelo menos a parte de Gia não compreender. Esta é a brutalidade de uma separação, não é? Que as pessoas que partem julguem que fizeram todo o possível enquanto as pessoas abandonadas julgam que todo o possível sequer fora tentado ainda.

— Olhe, nós podemos falar mais a respeito. Podemos falar sobre tudo isso hoje à noite, se ajudar. Mas você precisa acreditar nisto. Precisa acreditar que nós já não tínhamos mais nada antes de eu conhecer você. Deveria ter sido mais claro sobre quanto tempo a nossa relação durou. Mas realmente é passado. Acho que você sabe que isso é verdade.

Eu sabia daquilo; sentia, na realidade. E foi naquele momento, quando um pouco da confusão e do ciúme diminuíram, que escutei a primeira parte do que ele dissera. E comecei a processar a informação.

— Espere um minuto — disse. — Mas ela sabia, certo? Ela soube por você? Que está casado agora?

Ele não respondeu.

— Você não contou a ela?

Ele balançou a cabeça, negando.

— Eu tentei centenas de vezes. Mas ela não atendia minhas ligações. Não respondeu aos e-mails em que dizia que precisava contar algo a ela e que precisávamos conversar. E me pareceu cruel revelar tudo por escrito. Achei que seria mais gentil esperar até voltar para encarar a situação de frente e contar a ela pessoalmente.

— Então está me dizendo que fui eu quem informou à sua namorada, após treze anos de relacionamento, que você se casou com outra pessoa menos de um ano depois de terminarem?

Meneei minha cabeça em negação e olhei para baixo. Foi então que vi o que ainda estava usando ao redor do meu pescoço.

— E eu roubei o cachecol dela!

— Annie, calma...

Saí para a rua e Griffin seguiu-me de perto. Eu não sabia aonde queria ir; talvez apenas para algum lugar em que aquela conversa pudesse recomeçar. Mas, então, virei-me e olhei para ele. Griffin parecia tão chateado. Ele parecia tão chateado que isso me fez parar.

Olhei para meu marido.

— Sou uma pessoa terrível — declarei.

— Por que você diria isso?

Eu não sabia exatamente como responder. Não sabia como explicar que, por mais chocantes que as revelações dele fossem, algo estava me incomodando ainda mais. Quase me matava. Quase me matava que Nick *talvez* tivesse encontrado outra pessoa tão rapidamente. Quase me matava tentar entender por que ele se vira atraído por alguém tão diferente de mim — alguém que parecia tão capaz de preencher a vida dele de uma forma que eu não conseguiria. E, naquele momento, sem que sequer tivesse me dado conta, eu me tornara essa outra mulher para outra pessoa. Eu me tornara essa outra mulher para ela e me mudara diretamente para sua cidade, sem qualquer aviso. Sem mencionar que, além do mais, eu estava me mantendo aquecida pelo cachecol laranja feito por ela.

Foi então que me ocorreu.

— Como isto poderia não ser a pior parte? — perguntei.

Ele olhou para mim, confuso.

— Que você esteve com ela por treze anos? Como isso poderia não ser a pior parte? — perguntei. — Ou a melhor?

Ele assentiu com a cabeça.

— Chegou perto — disse ele.

14

Eu voltei para casa depois que já havia escurecido. Deixei Griffin no restaurante, terminando o serviço do dia, peguei o carro e fui encontrar um casaco para mim. Sentia que não estava pronta para processar todas as novas informações que pareciam insistir em chegar até mim — por Jesse, por Griffin, por *Gia* —, porém, um casaco novo e mais grosso era algo com que eu conseguiria lidar. Mas, conforme dirigia pelas calmas ruas de Williamsburg — incrivelmente calmas, ao que parecia, com somente um punhado de pessoas do lado de fora —, o único estabelecimento que consegui encontrar foi um pequeno brechó, com a maioria das luzes já apagadas, parecendo quase fechado.

A vendedora — uma adolescente, para ser mais exata — me olhou como se eu fosse louca quando entrei. Pelo menos achei que ela tivesse me olhado assim embora fosse um pouco difícil distinguir sua expressão por debaixo do enorme chapéu roxo que usava. E dos óculos roxos que combinavam.

— Olá — disse eu.

Ela assentiu com a cabeça.

— Está tudo quieto lá fora, não é mesmo? — perguntei.

— Bem, já passa das cinco — disse ela.

— Sim, claro... — respondi. Então balancei, a cabeça, confusa. — Espere, o que quer dizer com já passa das cinco?

Ela deu de ombros e disse:

— É a regra das cinco.

Por um minuto, achei que ela também soubesse que havia alguém novo na cidade (eu) e que fazia uma piada à custa da nova moradora. Mas, então, quando comecei a rir — tentando ser bem-humorada —, ela não me acompanhou.

— Por que isso é tão engraçado? É apenas a *regra*. — Ela revirou os olhos como se não acreditasse que aquilo não tivesse esclarecido a situação para mim. — Depois das cinco da tarde, de novembro a março, raramente há mais de cinco pessoas nas ruas por aqui.

— Isso é mais ou menos a quantidade de pessoas andando por Los Angeles em qualquer época do ano — disse.

Eu comecei a rir. Ela, por outro lado, não parecia muito animada.

— Posso ajudá-la com algo? — indagou.

— Poderia apenas me indicar onde ficam os casacos de inverno?

Ela moveu a cabeça em direção aos fundos da lojinha e aos dois últimos casacos ainda disponíveis: um sobretudo de lã preta com corações de lantejoulas vermelhas e verdes coladas por toda a sua superfície. Num tamanho pequeno. E o mesmo sobretudo num tamanho extragrande.

Quando eu entrei na casa pouco depois, na cruel e enorme versão extragrande do casaco, encontrei Jesse à mesa da cozinha, ainda vestindo seu terno. Ele estava a caminho de terminar dois engradados de seis cervejas e saboreava comida chinesa diretamente das caixinhas de embalagem sobre a mesa.

— Belo casaco, moça! — disse.

Eu me sentei no lado oposto ao dele à mesa.

— Não é um bom momento para me caçoar a respeito disso — comentei.

— Quem está caçoando de você sobre isso? Ele é bem legal. — Demorei um pouco para entender que falava sério. — Bem legal mesmo.

Então, estendeu um dos recipientes na minha direção.

— Yakisoba de camarão?

Eu neguei com a cabeça e respondi:

— Não, obrigada. Não estou com fome.

— Tem certeza?

Eu olhei o interior do recipiente e os brilhantes e coloridos macarrões me olharam de volta.

— Você tem razão, estou. — Suspirei. — Estou sempre faminta, aparentemente, mesmo quando estou totalmente deprimida. E é por isso que, entre o casaco pequeno e o extragrande, não houve muita dúvida.

Jesse lançou-me um olhar confuso.

— Vou fingir que entendi isso — respondeu.

— É provavelmente o melhor a se fazer — disse eu.

Ele me passou, portanto, o yakisoba e mais um pacote de molho de mostarda picante para acompanhar. Conforme eu derramava o molho sobre o macarrão, ele começou a degustar o conteúdo de uma caixinha identificada como CARNE AGRIDOCE COM BRÓCOLIS, enchendo a boca de forma impressionante.

— Então, por que você está deprimida? — perguntou, ainda mastigando.

Eu fiz uma pausa antes de responder.

— Conheci Gia.

Ele arregalou os olhos.

— Gia Henry?

— Há mais de uma? — indaguei.

Então, os olhos dele se arregalaram ainda mais, e eu vi que fazia as conexões entre as crianças e a escola, a escola e Gia, Gia e o sobretudo com corações de lantejoulas.

— Cara — disse ele. — Isso foi meio que culpa minha, não foi?

Eu dei de ombros e respondi:

— Griffin foi quem namorou alguém por *treze anos* e não achou necessário me avisar que tinha acabado de romper o relacionamento. Ou que ela mora ali na esquina.

— Não fique zangada com ele por causa disso. Todo mundo mora ali na esquina. Williamsburg é assim. Ninguém vai embora. Ou não vão para muito longe. Somos todos uma família disfuncional.

— Isso não é nada reconfortante.

Ele sorriu e disse:

— Bem, conforte-se com o fato de que, na verdade, ela mora a umas três esquinas daqui.

Eu ergui meu olhar para ele.

— Você tem que caminhar até a estrada North Farms. Depois, entrar na rua Mountain... — Ele movia os dedos, marcando as direções que seria preciso tomar. Para chegar até ela. — Então, subir a ponte para High!

Os macarrões ainda estavam na minha boca, gordurosos, quentes e escorregadios, e eu tive que me esforçar para continuar mastigando.

— Ela morava aqui? Nesta casa? — perguntei.

— Talvez? — disse ele.

Como aquilo poderia me surpreender? Com treze anos, onde mais eles estariam vivendo, senão debaixo do mesmo teto? Do *meu* teto. Que fora dela antes.

Jesse empurrou-me uma cerveja. Eu a alcancei e abri.

— Este está se tornando um grande dia — disse.

— Ah, por que está tão preocupada, de qualquer jeito? — Ele balançou a cabeça, em negação. — Vocês duas são completamente diferentes.

— É por isso que estou tão preocupada — respondi. — Eu sei que acabei de conhecê-la, mas, pelo menos aparentemente, ela parece combinar mais com Griffin do que eu.

Ele acenou com a mão.

— O que as aparências lhe dizem? — rebateu. — Além do mais, aquilo foi mais um caso de lealdade. Não um caso de amor.

Eu peguei a cerveja e dei um longo trago. Depois, dei outro.

— Isso quer dizer o que, exatamente? — disse.

— Quer dizer que as pessoas permanecem juntas por motivos diferentes. Ao longo do tempo, os motivos mudam. — Ele pegou o macarrão de volta. — Você sabe quando está diante do amor verdadeiro e quando está diante de algo mais próximo da amizade.

— E, com eles, era mais próximo de amizade? — perguntei.

— Bem, a princípio, não. No início, eles eram loucos um pelo outro...

Jesse começou a gargalhar ao recordar-se de algo aparentemente *hilário* envolvendo o quão louco meu marido era por sua ex-namorada. Eu devo ter olhado para ele de forma significativa, porque parou de rir e seus olhos se arregalaram, nervosos, e tentou mudar a direção pela qual ia o nosso assunto.

— O fato é que, sim, claro, eles se amaram quando eram bem jovens, mas algo mudou — continuou. — Viraram a família um do outro, mas não sentiam mais aquela atração inicial. Aquela atração, você sabe, que faz com que se sinta seguro sobre alguém.

— Quem consegue ter isso o tempo todo? Quem, na história deste mundo, conseguiu manter isso para sempre?

Ele parou com os macarrões perto da boca enquanto refletia a respeito.

— Joanne Woodward e Paul Newman... e provavelmente alguém mais.

Eu balancei minha cabeça, incapaz de impedir o riso. Mas, ainda que aquilo pudesse ter feito com que me sentisse melhor (porque ele claramente não teria dito aquilo tudo sobre amor e lealdade se não achasse que seu irmão e eu pendíamos para o lado do amor), acabei sentindo, na realidade, algo diferente. Aquilo fez com que eu me sentisse na defensiva. Na defensiva pela garota com belos cabelos loiros que eu acabara de conhecer. Na defensiva por mim mesma também. E por todos nós que entregamos anos de nossas vidas — que entregamos as melhores partes de nós mesmos — para alguém que, no final das contas, decide que não estava suficientemente seguro para lutar por nós.

— Acho que é mais complicado que isso — afirmei.

Jesse deu de ombros e disse:

— Tudo bem.

— Eu acho, ou pelo menos costumava achar, que o amor verdadeiro chega com o tempo, depois que aquela atração inicial de que você falou toma uma forma diferente. Quando se começa a compreender que há algo mais concreto entre vocês — disse. — Algo que vale a pena preservar...

Ele inclinou a cabeça e olhou para mim, confuso.

— E como isso é diferente do que eu acabei de dizer?

Balancei minha cabeça, em negação.

— Eu não sei — respondi. — Estou começando a duvidar que tenha qualquer ideia sobre o que faz o amor dar certo.

— Reconfortante, vindo da esposa do meu irmão.

Eu sorri para ele, tentando melhorar o clima. Mas também pensava sobre o que dissera Jordan; Jordan, cujas ligações eu estava evitando retornar; Jordan, a quem tentava ignorar. Enviava-lhe e-mails curtos, desconsiderava os hostis vindos dela. O que dissera naquele dia? *Se muito tempo passa, os homens se esquecem do que têm. Do quanto desejam o que têm...*

Seria a troca do amor por algo mais próximo de lealdade na verdade apenas outro nome para aquele exato momento — aquele exato desafio — e para a incapacidade de enfrentá-lo? Seria aquilo apenas uma desculpa para Jesse fazer o que fizera com a esposa? E para Nick? E para o meu novo marido?

E o que tudo isso dizia sobre o que eu estava fazendo ali?

Senti-me despreparada para refletir sobre aquelas questões, especialmente sobre a última e o adendo à última, que começara a me cercar: o que exatamente eu *faria* ali?

Apertei meu casaco contra o corpo, e a parte interior dos corações de lantejoulas arranhou meus braços.

— Então, como foi hoje, no final das contas? — perguntei, direcionando o assunto para um território mais fácil. — Com a orientadora da sua dissertação?

— Não tão bem — disse ele.

— Não conseguiu adiamento?

Ele meneou a cabeça, negando, e pegou um rolinho primavera.

— Não — respondeu.

— Simples assim?

— Simples assim. Eu tenho oito semanas. Ponto final. Oito semanas antes de estar diante de uma banca para a qual eu não poderia estar preparado em trinta semanas. Mas o que posso fazer? Jude não tem muita simpatia pelos meus problemas pessoais.

— Jude sabe?

— Jude sabe — disse ele, assentindo com a cabeça.

Aquilo me surpreendeu e me fez pensar se Jesse não haveria compreendido errado a minha pergunta.

— Não, o que eu quero dizer é... Ela sabe o que está havendo? Na sua vida pessoal? — perguntei. — Ela sabe que você engravidou uma mulher? Uma que não é a sua esposa?

— Imagino que sim — disse ele, colocando o rolinho inteiro dentro da boca e começando a mastigá-lo. — Considerando que foi Jude que eu engravidei.

Eu não sabia o que dizer. Na minha imaginação, Jesse engravidara uma aluna do doutorado ou talvez até mesmo da faculdade; uma garota de 22 anos que o fizera sentir-se jovem e admirado. Que o fizera sentir-se como novo. Que confundira ser desprendida com ser descuidada e acabara se envolvendo com um homem casado, pai de dois filhos. Mas aquilo estava tomando outras proporções, algo com sua própria série de dificuldades. Algo que poderia envolver campos ópticos.

Eu ergui minha mão para impedi-lo de me contar mais.

— Quer saber? Lamento ouvir que você não conseguiu um adiamento. Lamento mesmo. Mas eu não posso lidar com isso agora — disse.

— É... — concordou ele. — Foi isso o que ela disse também.

Então, Jesse levantou o olhar de volta para mim, como se algo lhe ocorresse.

— Seu editor ligou, a propósito, logo que eu entrei pela porta. Um sujeito britânico. Acho que ele disse que seu nome era Peter W. Shepherd? — Jesse pronunciou o nome dele com sotaque britânico.

Eu assenti com a cabeça.

— Ele mesmo.

— Parecia um pouco nervoso.

— Ele é um pouco nervoso.

— Também não estava particularmente feliz — informou-me. — Disse algo sobre desistir de tentar contatá-la pelo celular agora que você vive na roça. Eu quis dizer a ele: *Cara, isto aqui é o oeste de Massachusetts, não as colinas do Tennessee.* Mas ele possivelmente diria algo como: *Há alguma diferença?* Então foi provavelmente bom que eu tenha ficado quieto.

— Provavelmente.

— Sendo como for — continuou —, eu detesto ser o mensageiro disto, mas, caso você não esteja no clima para outras surpresas hoje, ele disse que precisa ligar para ele o mais rápido possível. Essas foram suas exatas palavras. Aparentemente, ele tem algumas notícias ruins para dar.

Eu apertei o casaco mais firme ao meu redor, incapaz de sentir os corações como antes, incapaz de me deixar sentir outra sensação ruim.

— É claro que ele tem — respondi.

15

Em todo o tempo que escrevi a "Fechando a Conta", eu estive no escritório de Peter, no centro de Manhattan, umas poucas vezes. Não conseguiria nem contar o número de ligações telefônicas entre nós: Peter tornara-se uma voz calma que pairava livremente, e seu rosto meigo era algo que eu parecia ter aumentado em minha mente. Essa era uma das razões por que era tão desconcertante sentar-me diante dele, do outro lado da sua mesa lustrosa e moderna, encarando uma fotografia em preto e branco do seu amado Steinbeck, que ornamentava a parede acima da sua cabeça. Ele parecia uma versão alternativa de si mesmo, menos meigo, mais reservado, e com uma verruga bastante grande na ponta do nariz. Eu não conseguia parar de me perguntar como é que não havia percebido a verruga antes. E por que eu só conseguia olhar para ela agora?

Fazia cinco dias desde que ele telefonara. Cinco dias desde que Peter me dissera que nós precisávamos conversar pessoalmente. Então, lá estava eu em meu vestido preto justo e meu blazer preto, meus cabelos presos num severo coque, parecendo como se estivesse indo a um funeral. Esperando abrir o jogo, seja lá o que o *jogo* fosse.

— Minha querida, você conhece aquela anedota em que o médico diz ao seu paciente que ele tem uma notícia boa e outra ruim?

Aparentemente, o *jogo* era uma piada.

— Acho que não...

— Bem — disse Peter —, um médico entra na sala de exames e conta ao paciente que ele tem uma notícia boa e outra ruim, e pergunta qual deseja ouvir primeiro. O paciente escolhe a má notícia. O médico, soturno, lhe conta que ele tem apenas alguns meses para viver e que precisa colocar seus assuntos pendentes em ordem. Nesse ponto, o entristecido paciente ergue os olhos e pergunta ao doutor: "Qual é a boa notícia?" O doutor sorri e diz: "Esta manhã, eu joguei minha melhor partida de golfe em anos."

Eu ofereci-lhe um sorriso conciliatório.

— Foi engraçado, Peter.

Peter balançou a cabeça, rindo.

— Não foi? — perguntou. E, depois, ficou sério. — Então, qual você gostaria de ouvir primeiro, minha querida: a boa ou a má notícia? É sua escolha.

— Eu devo dizer a má? — indaguei.

— Parece apropriado — disse ele. — E a notícia ruim é que estou sendo forçado a deixar meu cargo no jornal pelo novo editor-chefe, Caleb Beckett, o filho, que, além de não ter *nenhuma* experiência jornalística, também parece ser um grande imbecil pós-adolescente.

— Não estou entendendo — disse eu, lembrando-me de nossas conversas alguns meses antes, quando o jornal mudara de dono.

— Você não me disse que gostava do novo editor? Que ele era um cavalheiro do mais alto nível?

— Eu disse. Ele é. Mas este é Caleb Beckett, o *pai*. Estou falando de Caleb Beckett, o *filho*. O filho dele. E foi ele que acabou de se tornar o editor-chefe e quem recebeu a liberdade de fazer o que quiser por aqui para transformar o jornal na menina de seus olhos. Exceto talvez... alugar um carro.

Eu inclinei minha cabeça, tentando compreender.

— O garoto tem 24 anos — disse ele.

Eu meneei a cabeça em tom afirmativo.

— Entendi.

— Bem, ele tem quase a sua idade, mas podia muito bem ser uma criança, pelo modo como está tentando fazer tudo. Australianos...

— Peter, o que eu não estou captando aqui?

— Caleb está trazendo todo esse maldito pessoal da televisão para administrar a empresa. Antigos colegas de classe dele de Yale que sequer leem jornais. Eles leem na internet. Em seus estúpidos telefones eletrônicos.

— Eu lamento muito, Peter. Lamento tanto. Você é um editor *incrível*. Eles são mais do que sortudos de ter você. — disse. — E acredite quando eu digo que não estou nem um pouco entusiasmada de ter que trabalhar para alguém assim.

— Bem, é aí que chegamos à pior das más notícias — disse ele. — Isso não será uma opção.

— O que quer dizer?

— Quando o seu contrato acabar mês que vem, eles decidiram que não irão renová-lo.

Eu olhei para ele, chocada.

— Vão acabar com a "Fechando a Conta"?

Ele meneou a cabeça afirmativamente.

— Vão, querida. Eles estão, de fato... fechando a conta.

Lancei um olhar sério para ele.

— Não foi uma boa piada? — perguntou ele, sinceramente surpreso.

Eu neguei com a cabeça, tentando compreender.

— Mas você disse que eles estavam tão felizes comigo. Que eu atraía anunciantes, que era o alicerce da seção de viagens, que a coluna estava cem por cento a salvo.

— Parece que cem por cento é um número bastante traiçoeiro.

Eu olhei para a mesa dele. Acabara de perder meu emprego? Depois de todo aquele tempo? Parecia impossível, impossível que aquilo acontecesse sem nenhum sinal de aviso. Deveria haver segurança em números, não deveria? E eu tinha pelo menos alguns números a meu favor: colunas, anos, leitores. Nada disso havia desaparecido. E parecia estar aumentando.

Então, comecei a me perguntar se talvez estivessem lá e eu os ignorara: os sinais. Talvez não tenha olhado com atenção suficiente para vê-los. Talvez estivesse olhando para um lugar completamente errado para poder fingir que eles não estavam lá, para não ter que enxergar o que tentavam me dizer.

— Querem tornar a seção de viagens algo grande — disse Peter. — Criar apelo internacional. Tudo tem de ser uma plataforma. O pacote completo, com um filme baseado na vida deles e um McLanche Feliz. Apenas isso vende jornais hoje em dia. Entende o que quero dizer?

— *Você* entendeu o que quis dizer? — perguntei.

— Talvez devêssemos olhar pelo lado positivo — disse Peter. — Já faz algum tempo que você não é mais tão dedicada à coluna. Não do jeito que costumava ser. Talvez seja um bom momento para seguir em frente.

Ele continuou falando, embora a um dado instante eu tenha parado de escutá-lo. Apenas fiquei ali, sentada, tentando digerir aquilo. Estava acabado. "Fechando a Conta" havia acabado. A única parte da minha vida adulta com a qual pudera contar. A única coisa que me fazia me sentir livre.

Finalmente, olhei de volta para Peter.

— E qual é a boa notícia? — indaguei.

— A boa notícia? — Ele ficou radiante. — Bem, no início desta semana, vendi meu romance a uma brilhante e jovem profissional de uma certa editora no final da rua — disse. — Sairá numa livraria próxima a você por volta desta época, no ano que vem.

Eu sorri e meu coração ficou um pouco mais leve.

— Isso é ótimo, Peter — afirmei. — Isso é realmente ótimo.

— A editora disse que considera o romance mais na linha de Jack London do que de John Steinbeck, todavia. Acredita nisso? Acho que, no final das contas, não podemos mesmo controlar essas coisas.

— Acredito que não.

Então, forcei um sorriso ainda maior e olhei diretamente nos olhos dele, tentando controlar minhas lágrimas.

Peter esticou-se ao longo da mesa e pegou minha mão.

— Não fique tão triste, minha querida — disse ele. — Há males que vêm para o bem. Terá um milhão de oportunidades para escrever em Los Angeles. Eles têm uma das melhores revistas de viagem do país. O *Los Angeles Times* está lá. O *LA Weekly* tem feito coisas interessantes...

Meu coração apertou e começou a inchar dentro do meu peito.

— Eu moro no oeste de Massachusetts agora, esqueceu?

— Isso é algo permanente? — perguntou ele, genuinamente surpreso.

— Peter...

— Bem, lá não é o fim do mundo. Tenho vários contatos em Williamstown para você. Eles têm algumas oportunidades maravilhosas, tenho *certeza*, para se escrever sobre teatro e arte.

— Eu vivo em William*sburg*.

— Certo — disse ele. — Provavelmente menos por lá.

Então a ficha caiu. Se eu ainda morasse em Los Angeles, isso já seria assustador. Mas, na Califórnia, tinha contatos e potencial para seguir adiante. Para encontrar outras oportunidades. Onde eu estava naquele momento, havia praticamente nada.

— Posso perguntar algo a você? — indaguei.

— Qualquer coisa, minha querida.

— Disse que eu não venho me dedicando há algum tempo? Ao trabalho. Minhas colunas não têm sido boas?

— Claro que têm sido boas — respondeu. — Mas têm sido diferentes recentemente.

— Defina diferente.

— "Parcial ou totalmente distinto em natureza, forma ou qualidade" — declamou. — "Dissimilar. Divergente..."

Eu lhe voltei um olhar sério.

— No que concerne a mim.

— Minha querida, você provavelmente conseguiria escrever 1.500 palavras até dormindo agora. Poderia visitar novas cidades e descobrir seus deleites também dormindo. Nada disso é o problema. Eu sei disso.

— E qual é?

— É isto o que você realmente quer? — disse ele. — Continuar escrevendo essa coluna para sempre?

— Eu não sei — disse, verdadeiramente.

— Bem, sei *disso* também — disse ele. Então, fez uma pausa. — Tudo tem seu tempo, minha querida.

Eu assenti com a cabeça.

— Mas como isso me diz o que fazer agora?

Eu devo ter soado como se esperasse que Peter me desse a resposta. Acontece, porém, e nós dois sabíamos, que a pergunta era mais para mim mesma do que para ele.

Então, me lembrei de algo. Do momento em que Nick me dissera que eu era inestimável. Voltou-me num ímpeto. O exato momento. Eu o havia ajudado a reescrever aquela cena final do filme e, depois que ele dissera, *Você é inestimável*, falara algo mais, algo sobre o quanto eu visualizava bem as coisas. E pensei na caixa de lona verde sob a cama, onde guardava as fotografias que eu havia tirado — centenas e centenas de fotografias que tirara — durante todos os anos em que escrevera a "Fechando a Conta".

Mostrara as fotografias a Nick algumas vezes, e ele fora levemente lisonjeiro. Em certos momentos, mais do que levemente. Mas, naquele instante, quando Nick me elogiara, eu me sentiria suficientemente corajosa para indagar o que não tivera coragem de perguntar-lhe antes: o que ele acharia se eu tentasse fazer algo com elas? Com as fotografias. Se tentasse fazer algo com a minha paixão por tirá-las. Porém, quando resolvi fazer a pergunta, ele já estava concentrado em seu roteiro. Já estava concentrado no que tentava consertar e no que tentaria fazer depois. E, então, eu deixei passar. Minha pergunta. Qualquer resposta que ele poderia ter me dado.

Olhei para Peter.

— Talvez tudo isso venha a ter um final feliz — disse eu. — Talvez eles queiram que eu faça algo diferente por aqui? No jornal? Essa é sempre uma possibilidade, certo?

Peter esticou-se ao longo da enorme mesa e segurou minha mão, apertando-a com firmeza.

— É claro, mas não acho que deveríamos contar com isso — comentou. — É um pouco como disse Steinbeck, não é mesmo? "Descobrimos, depois de anos de luta, que nós não fazemos as viagens; são as viagens que nos fazem."

Quando ele me soltou, eu fechei meus olhos.

— Peter, você acha mesmo que ainda deveria estar citando Steinbeck? — indaguei.

— Não, minha querida — respondeu ele. — Provavelmente não.

16

Você descobre isto bem cedo. Mesmo as viagens mais irritantes, decepcionantes e desanimadoras terão um grande momento. Na verdade, é especialmente em viagens terríveis que o grande momento encontra um modo de brilhar. O carro alugado enguiça no meio da noite, o hotel luxuoso acaba se mostrando um pesadelo infestado de mofo, você tem uma séria crise de gastroenterite no exato momento que o avião aterrissa no paraíso. E, apesar disso, faz um passeio de bicicleta à luz do luar ao longo da costa da Irlanda, faz uma caminhada por Aspen durante o verão, acorda, curado, em sua última manhã em Anguilla, a tempo de ver o pôr do sol mais radiante que seus olhos jamais vislumbraram. E esse raro momento de alegria, em especial por ser tão dificilmente conquistado, parece se tornar a verdade completa. Esse momento de perfeição faz com que o resto da viagem terrível tenha valido a pena.

Enquanto voltava de Nova York, o trem lotado da Amtrak empacou duas vezes. A primeira vez foi perto de Stamford, em Connecticut, por 45 minutos. Depois, perto de Bridgeport, por mais de uma hora. Quando finalmente cheguei a Williamsburg, já era tarde, quase dez da noite, e a casa escura me fez pensar que todos estivessem dormindo, ou todos menos Griffin, que eu julguei ainda estar no restaurante. Não o culpei por isso. Com tão pouco tempo antes da pré-inauguração, eu também ficaria por lá o máximo que pudesse, se fosse ele. Para fazer tudo para que o evento fosse o mais tranquilo possível.

Além disso, considerando o quão atordoada eu me sentia por tudo — pela minha nova casa, minha nova vida e, naquele momento, minha nova falta de emprego —, quase me convenci de que estava grata pelo silêncio.

Mas, então, acendi a luz da sala de estar e me deparei com Griffin ali, de pé, segurando um narciso em sua mão direita, e o cômodo inteiro cheio de narcisos em vidros de geleia e velas ao longo do peitoril da janela.

Eu senti um sorriso começar a formar-se e perguntei:

— O que está havendo aqui?

Ele me entregou minha flor.

— O que quer dizer? É assim que planejo recebê-la daqui por diante... — disse ele, com um sorriso se abrindo nos lábios. — Com uma sala coberta de flores. Talvez até mesmo um jantar à luz de velas de ovos e lagosta.

Eu ergui meu olhar para ele, ainda um pouco confusa.

— Mas onde está Jesse? — indaguei. — E os gêmeos?

— Eu organizei um banquete no Pizza Hut e uma sessão tripla de cinema em Hadley para eles — disse. — Não estarão de volta até bem tarde. Temos a casa para nós. Temos a casa para nós por quanto tempo desejarmos...

Eu o envolvi em meus braços e fiquei ali, contra o seu peito, conforme ele aninhava a minha cabeça. Sua força me cercava e me preenchia.

— Desculpe estar passando tanto tempo no restaurante. Desculpe não ter estado por perto tanto quanto gostaria de estar.

— Você não precisa se desculpar. Não quero que se desculpe... — disse eu. — Fui mandada embora.

— Eu pressenti isso.

Suspirei e me sentei no sofá macio, passando meus dedos lentamente pelo meu cabelo.

Griffin sentou-se ao meu lado.

— Sei que pode se dizer que foi para o melhor — comentei. — Quer dizer, estava até pensando que talvez fosse melhor não ter a coluna. E achei que isso me forçaria a refletir sobre o assunto. Que me forçaria a descobrir o que realmente quero. Mas agora que ela foi tirada de mim...

— Agora que foi tirada de você, o quê? — perguntou ele.

— Agora ela é o que eu realmente quero — respondi.

Griffin riu um pouco, aproximou-se e acariciou gentilmente as minhas costas.

— Vai ficar tudo bem. Eu juro para você... — disse ele. — E sei que provavelmente não está sendo fácil imaginar começar tudo de novo daqui. Sei que Berkshires não é exatamente o bastião da atividade jornalística.

Ergui meu olhar para ele, inclinando minha cabeça.

— Você acabou de dizer "bastião"?

— Sim — respondeu. — Achei que você gostaria.

Eu sorri para ele.

— Gostei.

— Então, já temos algo positivo.

Ri contra a minha vontade. Então, balancei minha cabeça, em negação.

— Eu fiquei sentada, totalmente imóvel, por toda a viagem de trem até aqui, tentando descobrir o que fazer agora. E não pareço ter conseguido chegar a qualquer coisa parecida com uma resposta.

— Bem, o que você quer fazer agora? — perguntou ele.

— Não faço ideia — disse, e foi nesse momento que eu me lembrei do que havia pensado no escritório de Peter. Daquela conversa com Nick. A conversa anterior à última conversa com Nick. A quase conversa.

— O quê? — perguntou ele. — Vejo que está pensando em algo. O que está bolando aí?

Eu balancei a cabeça.

— É bobagem — respondi. — É realmente... Não sei. Muito bobo até para mencionar.

— Tente.

— Eu tirei muitas fotografias. Desde que comecei a escrever a "Fechando a Conta". Viajando tanto, o que mais começou a me interessar foi a forma como as pessoas viviam em todos aqueles lugares. Então, comecei a fotografar... casas. — Dei de ombros. — Diferentes casas. Em todas as diferentes cidades para as quais eu ia. Casas que de algum modo me impressionavam. Talvez aquilo me ensinasse algo sobre como ter uma, sobre como construir um lar para mim. Se é que isso faz sentido...

Ele permaneceu em silêncio por apenas um minuto.

— Você as trouxe para cá? — perguntou.

— As casas?

Ele sorriu para mim e ignorou minha piada sarcástica.

— Claro. Ou talvez — disse ele — suas *fotografias*.

Eu concordei com a cabeça.

— Elas estão numa caixa de lona. Lá em cima no quarto.

— Posso vê-las?

— Agora?

Ele se levantou e esticou a mão para que eu a segurasse, me puxando para me ajudar a levantar.

— Agora está bom para mim — disse ele.

Nós espalhamos todas elas sobre o chão, todas as fotografias que eu tirara, todos os negativos, todos os rolos de filme que ainda precisavam ser revelados. Seis anos de uma paixão secreta nos encarando de volta: casas em cidades tão distintas umas das outras quanto Hai Phong, no Vietnã, e Marietta, na Geórgia; casas na base de falésias na vila de pescadores de Klima, na ilha grega de Milos; e casas em meio a reformas perto de um minúsculo rio em Winchester, no Tennessee; uma única cadeira de balanço em frente a uma casa de apenas um quarto em Cuba. Nós as espalhamos e nos sentamos no chão, observando o que estava e que não estava ali.

Griffin levou bastante tempo olhando cada fotografia — e depois olhando novamente — antes de dizer algo.

Finalmente, quando falou, não sorriu. Não a princípio. Só mais tarde.

— Eu acho que elas são boas — disse ele. — Acho que são muito boas.

Lancei-lhe um olhar descrente.

— Não é uma opinião tendenciosa ou algo do tipo.

Ele balançou sua cabeça, negando, e seus olhos retornaram às fotografias.

— Bem, é a minha opinião, mas acho que são fotos impactantes. São interessantes. E surpreendentes. E excepcionais. — Olhou diretamente para mim. — Elas me fariam querer conhecê-la, se eu já não a conhecesse. O que, para mim, é normalmente a primeira indicação de que estou diante de algo fantástico.

Eu não pude evitar um sorriso.

— É mesmo? — indaguei.

— Sim, é mesmo, de verdade.

Cobri meus olhos de vergonha.

— Podemos, por favor, mudar de assunto agora? — Então, dei uma espiada nele. — E obrigada — disse.

Griffin sorriu para mim e respondeu:

— De nada.

Ele moveu as fotografias com cuidado para fora do caminho e, com menos cuidado, puxou-me na sua direção até que minhas pernas envolvessem a cintura dele e as palmas de suas mãos segurassem a parte detrás do meu pescoço.

— Ainda preciso de um plano. Em toda a minha vida, eu *nunca* tive um plano.

— Talvez você não precise agora.

— O que isso quer dizer?

Ele deu de ombros.

— Acho que, às vezes, fazemos planos demais quando nos sentimos menos seguros e queremos nos assegurar sobre a situação... — Ele pausou. — Você tem algo que quer fazer. Algo que gosta de fazer. Algo que faz bem. Por que não começamos com isso? Por que não deixa esse ser o plano, por ora?

— Eu não posso simplesmente... decidir isso.

Ele se inclinou para a frente e nossos rostos ficaram a menos de um centímetro de distância.

— E se você acabou de decidir? — perguntou.

Eu o beijei. Beijei-o suave e docemente. Então, beijei-o mais uma vez.

— Eu realmente amo você — disse.

— Eu também realmente amo você — respondeu ele.

Griffin começou a me despir, devagar no início, e depois mais freneticamente. Afobadamente. Mãos segurando meu pescoço, mãos segurando minhas coxas. Ali mesmo, no chão, ao lado da cama. A cama estava distante demais.

E ocorreu-me, de repente. Ocorreu-me, apesar do meu dia, apesar dos meus últimos dias, o quão feliz eu estava. Ocorreu-me daquele modo em que já se sabe que o momento será lembrado depois. Quando você já, acidentalmente, guardou aquilo dentro de si.

E eu não podia senão pensar — conforme minha última peça de roupa era atirada para longe, para trás de mim — que aquele momento entre nós dois se tornara várias coisas: uma decisão, um recomeço para o nosso recomeço.

Não se tornara, porém, a hora ideal para conhecer a minha sogra.

17

— Olá, Griffin.

Levantamo-nos num salto, em rápida sucessão; a mãe de Griffin estava diante de nós, estagnada em seu lugar, enquanto tentávamos nos recompor: Griffin virou-se e vestiu sua calça, e eu tentei puxar meu vestido preto para cobrir meu peito. Incapaz de encontrar a alça, desajeitadamente segurei o vestido ali. Escutei o zíper da calça jeans de Griffin ser fechado. Tentei não morrer ao ouvir aquele som.

A mãe de Griffin, por outro lado, não parecia de modo algum constrangida. Ela continuou parada ali diante da porta do nosso quarto, aparentando surpreendente elegância para a meia-noite, numa saia lápis, parecendo a encarnação original de seus filhos, com a pele de Griffin e os belos olhos de Jesse. Seus próprios cabelos prateados batiam pouco acima dos pequenos ombros.

— Sra. Putney — disse eu. — Ou deveria chamá-la de Emily?

Ela me encarou e não respondeu. Não fez diferença. Eu aparentemente continuaria a falar, tagarelando do modo como fazia quando queria melhorar uma situação, desesperadamente tentando mudar o rumo dos eventos.

— É tão bom finalmente conhecê-la — disse eu. — Griffin fala de você com tanto carinho. Estou muito feliz por conhecê-la pessoalmente.

Emily olhou para mim como se eu estivesse falando russo, e comecei a desejar estar mesmo fazendo isso.

— Curiosamente, tenho uma cadela chamada Mila, que soa muito como Emily.

Era assim que eu achava que mudaria a situação? Ao dizer a ela que o seu nome parecia com o da minha cadela?

— É mesmo? — comentou.

Eu assenti com a cabeça, relutante.

— Não quero dizer que seus nomes rimam ou algo assim, embora quase rimem, eu acho... se você disser muito rápido... ou muito devagar... — Comecei a desvanecer. — Eu a amo demais.

Emily virou-se e olhou para o filho.

— Atropelei uma bola de futebol na garagem — disse ela. — Você precisa de luzes acesas lá fora, Griff. Luzes instaladas nas árvores. Não sabe disso? Poderia ter sido uma pessoa.

— Mãe, o que está fazendo aqui? — Ele puxou a camisa para baixo, escondendo a parte de sua barriga que ainda aparecia. — À meia-noite?

Eu me estiquei para alcançar meu sutiã, tentei empurrá-lo para baixo da cama. Primeiramente, com as minhas mãos; depois, quando senti que Emily voltava o olhar para a minha direção, de modo ainda mais desajeitado, com a lateral do meu pé.

— Recebi uma ligação que me informou que meus filhos estão destruindo suas vidas, então, julguei que deveria averiguar ao vivo o que está acontecendo — disse ela. — Eu entrei no carro depois da aula desta noite e cá estou. Tão cedo quanto possível. Para descobrir. Então, comece a falar.

— É complicado.

— Torne um pouco menos, se não se incomodar — disse Emily, com os braços cruzados sobre o peito.

Aquele confronto era tão estranho — e eu ainda estava tão chocada por conhecer a mãe dele, que aparentemente julgava apropriado escancarar a porta do quarto de Griffin sem bater, e depois fazer cobranças — que levei um minuto para perceber o que ela acabara de dizer. O que a levara até ali. Até a nossa frente. Que seus filhos (plural) estavam destruindo suas vidas. A de Jesse *e* a de Griffin. O que Griffin estava destruindo, na mente dela? Ele era um chef bem-sucedido, abrindo seu primeiro restaurante. Estava indo muito bem. Tudo o que havia mudado era que se casara comigo. E foi então que eu comecei a compreender que *aquele* era exatamente o problema dela.

— Espere. Jesse ligou para você? — perguntou Griffin, surpreso.

— Não — disse ela. — E isso é realmente muito reconfortante. Gia e Cheryl ligaram. Elas ligaram juntas.

Foi quando Emily Putney voltou-se para mim. Foi quando ela decidiu que queria lidar comigo.

— Você deve ser Annie — afirmou.

E, então, ela me lançou um olhar. Lançou-me um olhar — como posso explicá-lo? — que me fez querer dizer não. Que me fez seriamente considerar isso. Antes que eu pudesse, contudo, escutei alguém subindo velozmente a escada, pulando pelo menos dois degraus por vez.

Todos nós nos voltamos para olhar para Jesse, que estava sem fôlego e carregando os gêmeos, um debaixo de cada braço, o rosto e as mãos deles cobertos de molho de tomate, suco de laranja e açúcar.

— Oi, mãe! — Jesse abriu um grande sorriso para ela. — Eu reconheci o seu carro lá na frente! Você sabe que foi a bola de futebol dos meninos que você estourou com o seu pneu traseiro, certo?

— Querido — disse ela —, de todas as muitas perguntas que precisam de resposta agora, não estou certa de que essa será a primeira a ser respondida.

Todos se dispersaram em rápida sucessão: Emily foi colocar as crianças para dormir e os meninos mais velhos dirigiram-se para o andar de baixo para conversar com ela. Eu, enquanto isso, tomei uma ducha e fui para a cama sem sequer guardar as fotografias, apenas tentando convencer a mim mesma a dormir, a dar um fim àquele dia.

Mas não consegui. Fiquei apenas deitada lá no escuro, meus olhos lentamente se ajustando à luz prateada da lua que entrava no quarto, até que eu me vi os estudando novamente. Aqueles belos desenhos no teto do quarto, as letras e números que formavam uma espécie de fórmula que eu ainda não compreendia. Era isso que eu tentava fazer — entender aquela fórmula — quando Griffin subiu e deitou na cama comigo.

Esperei que ele se desculpasse — por sua mãe, pela inconveniente intrusão dela em nossa casa ao fim de um dia já complicado para mim —, mas ele ficou em silêncio, com o braço cobrindo os olhos, esperando para ver se eu queria conversar. Esperando para ver se eu diria em alto e bom som o que começava a sentir por dentro: que tudo aquilo estava se tornando demais para mim.

— Minha mãe sabia que nos casamos — disse Griffin, finalmente. — Eu liguei para ela quando saímos de Las Vegas. Você precisa saber disso. Liguei para ela bem antes disso, quatro dias depois de nos conhecermos, e lhe contei que queria me casar com você. No dia que você me aceitasse. Precisa saber disso também.

Eu me virei para ele e perguntei:

— É mesmo? — Ele assentiu com a cabeça. — Isso é muito fofo.

Ele pausou.

— Acontece apenas que ela conhecia Gia havia muito tempo, Annie, é isso. Elas eram próximas. Gia sempre foi boa com ela. Paciente com tudo o que Emily pode ser — disse ele. — Pode levar um tempo. Para ela se ajustar.

— Emily ou Gia?

— Ha, ha.

— Ela acha que você cometeu um grande erro, não acha? — disse eu. — Quero dizer, comigo. Ela está preocupada que tenha sido a escolha errada?

— Acho que ela está somente um pouco confusa. Mais confusa do que preocupada. Porque, sabe, aconteceu tudo tão depressa com você, depois...

— Depois que esteve com Gia por tanto tempo?

— É.

Eu fiz uma pausa, então, porque, apesar de não ter gostado daquilo — de não ter gostado de ser o bode expiatório —, eu compreendia. A dúvida de Emily. Era uma que eu tinha, que estava um pouco receosa de esclarecer, para ser sincera. Como poderia culpar Emily por se perguntar o mesmo?

E foi quando eu perguntei. Mais ou menos.

— Por que ela acha que você foi capaz? De se comprometer comigo? E não com ela? Qual é a teoria?

— Bem, você não pode levar isto para o lado pessoal — continuou ele, como se aquilo fosse uma resposta. — Minha mãe... ela pode ter ideias muito rígidas sobre como tudo deve ser.

— Sério? Eu nem havia notado.

Griffin riu. Eu me lembrei de quando ele conhecera minha mãe. No quão gentil fora com ela, e no quão generoso, e em como não quis culpá-la por nada. Parte de mim queria corresponder àquela generosidade em relação à mãe dele, em relação ao que a entrada inesperada dela estava produzindo em mim.

Mas não conseguia. Naquele momento, grande parte de mim não desejava em nada ser generosa. A mãe de Nick havia me amado, havia me tratado como uma segunda filha mesmo *antes* de Nick e eu ficarmos juntos. E como eu estava começando desta vez? Aparentemente, esperando que minha sogra descobrisse um modo de me *suportar*.

Ainda assim, ao invés de exigir de Griffin que ele analisasse a mãe dele mais a fundo para mim — ou de exigir isso e depois fazer comparações injustas (pelo menos em voz alta) com as sogras do meu passado, as que pareceram predispostas a gostar de mim desde o início —, eu fiz o melhor que podia. Olhei para os desenhos no teto, os relaxantes desenhos, analisando-os novamente.

— Estou louca — disse eu — ou isso é algum tipo de esquema? Como uma lista? — Para esclarecer, apontei para cima, girando meu dedo ao longo dos contornos dos desenhos. — Na obra de arte do teto.

Griffin congelou. Apenas por um segundo. Mas, naquele instante, eu entendi o que ele sabia e temia que chegaria. Mais um pouco da verdade. Mais do quão interconectado tudo aquilo ainda estava. Parte de seu passado, parte de nosso presente.

— São receitas, na verdade.

— Receitas? — perguntei.

Ele concordou com a cabeça.

— Receitas dos primeiros pratos que eu cozinhei profissionalmente. Quando trabalhava para um serviço de bufê perto de Boston.

— São receitas de quê?

— *Confit* de carne de porco e pimentões, um guisado de cordeiro. Bolo de limão.

— Bolo de limão seria bom agora.

Eu olhei para o teto sob uma nova perspectiva, distinguindo as palavras como ingredientes, os números como quantidades, os desenhos entre eles literalmente como um caldeirão que misturava tudo. Deslumbrante e incrível.

Então, identifiquei o que havia passado despercebido — como pude não percebê-lo? —, a voltinha nas letras "l" me lembrando de algo. Lembrando-me da voltinha de outros "l" que eu vira recentemente. Lembrando-me, imediatamente, de onde.

— Gia desenhou isso?

— Sim — respondeu ele. — Foi Gia que desenhou.

— A sua mãe ajudou?

Eu estava fazendo graça. Ou tentara fazer graça quando dissera aquilo. Mas, então, Griffin não respondeu.

Virei-me para o outro lado e fui dormir.

18

Havia um e-mail esperando por mim de manhã, encaminhado por Jesse, que o recebera de Cheryl, lembrando a todos nós que eu deveria ir ao passeio do colégio dos gêmeos para Hartford naquele dia. Claire enviara a mensagem para Cheryl e pedira a ela para encaminhá-la a sua irmã — eu, aparentemente —, terminando com uma carinha sorridente. *Minha irmã?*, foi o que escreveu Cheryl no e-mail para Jesse, seguido de uma série de impropérios bem menos amigáveis do que a carinha sorridente.

Era a última coisa que queria fazer. Estar na escola o mais tardar às nove e quinze da manhã, pronta para monitorar a excursão. Não, retire o que eu disse: a última coisa que queria fazer era me levantar e começar a guardar as fotografias ainda espalhadas pelo chão do quarto. Não, retire o que eu disse: a última coisa que eu queria fazer era levantar, lidar com o meu marido — e ir ajudá-lo no restaurante, como havia prometido — e depois ter de organizar as fotografias no chão. Não, retire o que eu disse: a última coisa que queria fazer era esbarrar na minha sogra no caminho para ajudar Griffin no restaurante, no caminho para organizar as fotografias.

Então, eu deixei Jesse nos dar uma carona para a escola antes de ir para o MIT para tentar trabalhar na sua dissertação (e evitar sua mãe).

Mas, quando ele estacionou perto da escola — o micro-ônibus já aguardava na frente e os gêmeos saltaram para fora do carro —, Gia estava parada lá, preparando-se para embarcar, usando um par de óculos escuros grandes. Óculos escuros que, sem dúvida, teriam ficado ótimos com seu cachecol laranja.

— Droga — disse Jesse no momento em que Gia erguia os olhos e nos encarava através do para-brisa do carro.

— O que faremos? — perguntei.

— Acenamos? — disse Jesse.

Eu, enquanto isso, estava preocupada com o problema levemente menos imediato.

— Ela vai? É o Museu das Crianças — disse. — Um museu de *ciências* para crianças. Não há aulas de arte para dar ou algo do tipo?

— Pelo visto, não neste momento.

Respirei fundo e me enrolei ainda mais firme no terrível casaco que me envolvia, enquanto abria a porta do passageiro do carro.

— Bem, então vamos — disse eu.

— Vamos aonde?

Ela ainda olhava diretamente para nós. Ela ainda olhava diretamente através do para-brisa pelos seus óculos grandes.

— Cumprimentá-la.

— Nem pensar. — Ele balançou a cabeça, em negação. — Seria muito constrangedor.

— Muito constrangedor?

— Sim.

Eu o encarei.

— Jesse, você vai mesmo me mandar lá para fora, totalmente sozinha?

— Não a estou mandando a lugar algum — disse ele, ligando o carro. — Se você quiser escapar, topo levá-la. Eu a levarei a qualquer lugar que deseje ir. Bem, a qualquer lugar entre aqui e o MIT.

— Nossa, quanta generosidade — respondi.

— Disponha — disse ele. — Eu sou assim.

Não foi fácil, mas Gia e eu conseguimos evitar uma a outra por todo o trajeto até Hartford — eu me sentei na frente do micro-ônibus, e ela, atrás, coordenando as crianças ao seu redor numa espécie de competição de jogo mágico musical.

Nós conseguimos evitar uma a outra no museu em si, por toda a manhã — tudo o que eu conseguia fazer era manter meus olhos grudados nos gêmeos e nos outros baixinhos que me haviam sido confiados enquanto eles corriam de uma quase tragédia para a próxima. Nós conseguimos evitar uma a outra até mesmo quando distribuímos sanduíches de manteiga de amendoim no refeitório do museu — Gia, de algum modo, conseguiu fazer isso com distinção, enfeitando cada pacote com uma flor rendada.

Mas, então, logo antes de nos prepararmos para deixar o museu, de retornarmos ao ônibus e tomar nosso caminho rumo a Williamsburg, ocorreu de levarmos várias garotinhas ao banheiro no mesmo intervalo de três minutos. Assim sendo, no finalzinho do passeio escolar — quase livres uma da outra —, encontramo-nos cara a cara. Ou melhor, lado a lado. Diante da pia, olhando para o mesmo espelho embaçado.

— Olá... — disse ela.

— Olá — respondi. — Longo dia.

Ela concordou com a cabeça.

Comecei a lavar minhas mãos com rapidez, tentando apressar minhas meninas para sair. Então, algo me ocorreu e decidi usar uma tática diferente. E ser mais corajosa.

— Olhe — disse eu. — Gia.

Ela encontrou meus olhos pelo espelho.

— Queria apenas lhe dizer o quanto eu lamento. Não sei se importa ou se torna algo melhor, mas queria que soubesse. Que eu não sabia sobre você. Ou sobre a... história de vocês. Não de verdade, pelo menos.

— Por que isso melhoraria algo? Griffin sabia.

Não era um argumento ruim.

Eu dei de ombros.

— Então, peço desculpas de qualquer jeito — disse eu. — Pelo resto. Por aparecer do nada como eu fiz.

Ela olhou para mim por um último segundo, pelo reflexo do espelho, antes de me voltar um sorriso triste.

— É gentil da sua parte dizer isso — respondeu. — Mas não precisa se desculpar, mesmo. Eu não deveria ter fugido de você daquela forma. Foi um pouco melodramático, o que não combina comigo. Eu estava apenas chocada, como você pode imaginar.

— É claro. Ou, devo dizer, posso imaginar agora. — Fiz uma pausa. — Eu não queria ser a pessoa a lhe contar que Griffin se casou.

— Não é surpreendente que tenha sido você — comentou. — Griffin tem um problema sério com culpa.

Então, ela me voltou um olhar de quem sabe do que está falando. E, de repente, eu senti como se estivesse no time oposto ao de Griffin. No time de Gia. E eu não queria estar lá. Não queria que ela achasse que eu queria estar lá.

— Não acho que Griffin quis ser injusto — disse eu. — Com qualquer pessoa. Não parece que ele teve más intenções.

— Estou certa de que isso é verdade. Ele não faria mal a uma mosca. Embora eu esteja começando a achar que isso foi parte do problema. Para nós, quero dizer.

Eu olhei para ela pelo espelho, confusa.

— Foi bom ele ter deixado a cidade por um tempo. Ter ido para a Califórnia, me dado um espaço. Eu tenho um novo namorado agora. E estou bem. *Nós* estamos bem. Estou seguindo com a minha vida. Estou seguindo em frente de um modo que provavelmente deveria ter feito muito tempo atrás. De um modo que eu provavelmente não teria conseguido fazer se ele tivesse ficado.

— Que bom. — Respirei fundo. — É bom saber.

— Ainda não terminei.

— Tudo bem.

— Eu não deveria ter ligado para Emily. Foi errado da minha parte. Mas você deveria saber de algo mais. Sobre Griffin. Ele é um homem bom, muito bom. Mas ele só sabe amar pessoas problemáticas. Não consegue dar conta de pessoas normais. Foi por isso que o perdi. Eu já não precisava mais de ajuda. O que quer dizer que não estávamos mais nos esforçando, correndo sem sair do lugar. Sabe o que quero dizer? Teríamos de realmente enfrentar as coisas juntos. — Ela fechou a torneira. — Compreende o que estou dizendo?

— Não — disse eu, e neguei com a cabeça, porque não queria entender. Não queria entender, mesmo que entendesse.

Havia um mundo em que o que Gia me contou poderia ser interpretado como a ex-namorada querendo me envenenar. Mas, no mundo em que eu vivia, me parecia que ela não estava sendo intencionalmente cruel. Ou talvez estava sendo um pouco cruel ao me avisar que um dia daqueles Griffin desistiria de mim. Mas também parecia estar tentando ser honesta — a história dela, de algum modo, não correspondia à de Griffin? Mudando-se apenas a perspectiva? O que na verdade fazia tudo soar bem pior.

— Eu não sei o que estava acontecendo com você quando se conheceram, mas meu palpite é que estava numa fase ruim, certo?

Ela examinou meu sobretudo. Examinou meu ridículo sobretudo coberto de corações enquanto perguntava aquilo. E, pela forma comiserada que apertou os lábios, ela aparentemente decidiu que tinha informações suficientes para responder à sua própria pergunta.

— Não estou certa de que é tão simples assim — disse eu.

Ela sorriu e pegou uma toalha de papel, começou a secar as mãos.

— Nunca é — disse. — Exceto quando é. Esta é a parte difícil. Saber exatamente quando algo é tão simples quanto pode ser. Eu sou terrível nisso.

Eu assenti com a cabeça e comecei a secar minhas próprias mãos.

— Certo...

— A propósito, quando você tiver uma chance, gostaria do meu cachecol de volta.

Então, jogou sua toalha de papel na lixeira e saiu. E me deixou encarando o espelho. Totalmente só.

19

Emily Putney aguardava no estacionamento quando chegamos à escola. Parada lá fora, mesmo tendo recomeçado a nevar, em sua perfeita parca e botas forradas, esperando para levar os gêmeos para casa e passar a tarde com eles.

Do meu assento no fundo, do meu assento ao lado da saída de emergência, eu observei quando Gia saltou do ônibus e correu para cumprimentar Emily com um abraço, seu queixo batendo no ombro dela.

Quando Gia se afastou, elas começaram a conversar, apressada e alegremente, seus rostos tão próximos um do outro que achei que poderiam se beijar.

Eu tentei entender o que falavam uma para a outra, mas não consegui. E, para falar a verdade, não importava. O que quer que fosse, sabia que não teria começado — nem terminaria — com qualquer uma das duas me cobrindo de elogios.

— *Fantástico* — disse, olhando para elas através da janela, depois olhando para a saída de emergência e seriamente considerando puxar sua alavanca vermelha, desejando que me levasse para fora dali.

Então, e não me sinto muito orgulhosa por admitir isto, enquanto elas ainda estavam ocupadas conversando, eu me esgueirei para fora do ônibus — e me esgueirei mesmo: usei duas garotas de um metro de altura como cobertura, suas merendeiras da Pequena Sereia cobriram meu rosto, e uma mochila de Dora, a Aventureira, escondeu meu corpo.

Eu sei que deveria tê-la cumprimentado. Deveria ter tentado me empenhar mais com Emily, mas não tinha forças. Não naquele instante. Eu me sentia sobrecarregada demais. E temia o que ela poderia ou não dizer, temia que fosse outra coisa que fizesse Griffin parecer ainda mais um desconhecido para mim.

Ao invés disso, eu tomei o caminho mais longo para casa — as ruas secundárias das ruas secundárias —, sem sentir o vento frio, sem sentir quase nada. Isso me pareceu um indicador de muitas coisas. Mas não, infelizmente, de um bom sinal.

E, então, eu estava um pouco desnorteada e fiquei mais do que um pouco surpresa ao chegar em casa e encontrar alguém sentado lá. Nos degraus da frente. Num longo e ridículo casaco branco de esqui — e um gorro branco que combinava, com um grande pompom em cima.

Eu me aproximei dos degraus, preparando-me para ser surpreendida por mais um Putney, mais um Putney ansioso por me oferecer uma nova versão da história sobre como eu era uma grande invasora em uma vida que me precedia.

Mas não foi um Putney que encontrei naquela tola indumentária inteiramente branca, inflada por todos os ângulos.

Deparei-me com Jordan. Minha Jordan. Parecendo mais do que deveria com uma bola de neve gigante.

Eu parei diante dela.

— Estou disfarçada — disse ela. — Não quero ser reconhecida por alguém que não deseje que me reconheça.

Isso, ao invés de "olá". Ao invés de "como vai você?". Isso, como se de fato fizesse algum sentido.

— É você mesmo? — perguntei.

— Sou eu, sim, e está frio pra caramba aqui fora — disse ela. — Nunca senti tanto frio na minha vida. Além de tudo, acho que você e eu tivemos um leve mal-entendido.

— Qual?

— Eu disse *saia* com ele. E não *case-se* com ele.

— Ah, foi isso o que aconteceu? Eu estava na dúvida.

Ela ficou quieta por um minuto, conforme olhávamos uma para a outra.

— Também achei que tivesse dito que estava em Williamstown — continuou. — Não disse? Dirigi por Massachusetts o dia inteiro.

— Todos escutam Williamstown — disse eu.

Jordan olhou ao seu redor, absorvendo o frio, que parecia ainda mais frio no imperturbável silêncio.

— Posso entender por quê — afirmou.

Não importava que eu soubesse que estava prestes a levar uma bronca enorme por ter desaparecido, por ter ignorado em absoluto suas ligações, por ter mandado e-mails fajutos em resposta aos dela e por ter agido como se isso já tivesse acontecido durante a história da nossa relação.

Nada daquilo importava. Eu me sentei no degrau, ao seu lado, e apoiei minha cabeça contra a dela. Jordan ficou calada, e eu sabia que ela me permitiria aquilo. Ela me permitiria descansar ali até estar pronta para contar por onde estivera.

Exatamente naquele momento, porém, Sammy e Dexter vieram saltitando pela rua, ambos com enormes casquinhas com duas bolas de sorvete de chocolate aninhadas em suas mãos enluvadas — as guloseimas idênticas correndo sério risco de serem derramadas no chão. Emily estava a meio quarteirão de distância deles.

Jordan olhou para os garotos. Depois de volta para mim. Então, de volta para eles.

— Por favor — disse ela —, diga que não são seus.

20

Eu subi para me recompor: coloquei luvas quentinhas e deixei minha aliança sobre a mesa de cabeceira, porque o frio deixara meus dedos sensíveis e vermelhos demais para eu usá-la. Especialmente para onde estávamos indo.

Pegamos o carro alugado de Jordan e eu dirigi até o meio de Berkshires, apontando para o restaurante de Griffin (sem parar) enquanto saíamos da cidade, indicando a Montague Bookmill, uma charmosa livraria em Deerfield (como se eu já tivesse estado dentro dela pelo menos uma vez), e seguimos por uma bela trilha em uma montanha em Ashley Falls, pela qual eu passara de carro na minha única viagem pela área, para a "Fechando a Conta", no ano anterior — e que agora eu me sentia impelida a fingir que visitava com alguma frequência.

Pareceu-me importante mostrar à Jordan algo belo no meu novo mundo, mesmo que isso envolvesse nos submeter a um clima de dezesseis graus negativos.

Do sopé da montanha, nós encaramos a trilha de três quilômetros e meio que subia para dentro das nuvens, coberta por neve recente, com o vento se movendo ao nosso redor com velocidade crescente.

— Você está brincando? — indagou Jordan.

— Vale o esforço — afirmei.

Como se eu soubesse.

Quando, enfim, chegamos ao topo da montanha, estávamos sem fôlego e congeladas, mas não tão congeladas a ponto de não percebermos que aquele era, *de fato*, o lugar perfeito que eu esperava que seria: nos deixava perto do céu azul cristalino, possibilitando-nos ter uma visão panorâmica das árvores lá embaixo, da neve intocada e do rio congelado abaixo de nós.

— Está certo, é maravilhoso aqui em cima — disse ela. — Eu admito. É o lugar mais bonito que já vi.

— Eu sei. — Olhei para a base da montanha, para toda a beleza à nossa volta. — É inimitável.

Nós nos sentamos num banco e passei a ela minha garrafa térmica de água.

— Se eu disser que concordo *e* que a perdoo por usar a palavra *inimitável* — disse Jordan —, vamos poder descer a montanha?

Eu sorri.

— Talvez.

Ela tomou um longo gole de água. Então, tomou outro.

— Eu sei que você acha que vou julgá-la — começou ela.

— Não é verdade — respondi. — Acho que você *já* está me julgando.

— Então, por que ainda não estamos num bar?

Eu soltei uma risada um pouco alta demais para ser considerada sincera. Então, ela se voltou para mim.

— Veja, Annie...

— Não comece assim — disse. — Por favor, não comece assim. Em toda a história da humanidade, ninguém jamais me disse algo bom depois de ter começado com *veja, Annie*. E algo me diz que esta não será a primeira vez.

— Eu ia dizer apenas que compreendo — disse ela. — De verdade. Você foi majestosamente abandonada e tomou uma grande decisão por causa disso. Uma decisão impulsiva. Uma que você não teria tomado sob circunstâncias normais. Nunca.

Eu inclinei minha cabeça na direção dela.

— E como isso deveria fazer eu me sentir melhor? — perguntei.

— Estou dizendo apenas que você é humana. Queria superar a situação mais depressa que Nick para provar que estava melhor do que ele. Então atualize seu perfil no Facebook. Novo status: *Casada*. Deixe que coloquem aquele coração vermelho idiota do lado, provando ao mundo todo que você está bem. Que está feliz. Que está satisfeita. — Ela fez uma pausa. — E, então, volte para casa.

Eu neguei com a cabeça.

— A questão não é essa — respondi. — Eu nem tenho um perfil no Facebook.

Ela olhou para mim.

— Então realmente não sei por onde começar.

— Jordan, sei como tudo isso deve parecer para você — disse, gesticulando ao redor de mim mesma. — Mas eu estou ótima. Estou feliz. Sim, leva um tempo para se ajustar a uma vida nova. Mas isso é o esperado. Não vai me dizer que foi *tudo* uma moleza quando você e Simon se casaram? Não com Sasha, a ex-mulher dele e todo o resto.

— Foi mais tranquilo do que isto.

Eu balancei minha cabeça, negando.

— Estou feliz — disse.

— É o que diz.

— Então, qual é o problema?

Ela olhou diretamente para mim.

— Se você está tão feliz — disse ela —, por que parece tão triste?

Aquilo me paralisou. E, antes que me desse conta, comecei a chorar. Estava sentada com minha amiga mais antiga sobre uma montanha aleatória, chorando por tudo. Por perder meu emprego, por ser soterrada pela família louca de Griffin, por ser odiada pela ex-namorada perfeita dele e por viver numa cidade que parecia ser o lar de todos, menos o meu. Chorei por como, no meio de toda aquela loucura, eu me sentia distante dele. E de mim mesma.

— A verdade é que entendo que o restaurante abrirá em breve — disse. — Eu sabia que seria assim. Mas, além de tudo o que está acontecendo, isso me faz sentir como...

— Como se você não pertencesse a este lugar? — perguntou ela.

Eu dei de ombros.

— Um pouco como se eu talvez não pertença a lugar algum.

Jordan pareceu confusa, mas eu não estava certa sobre como dizer aquilo em voz alta de forma a fazer mais sentido. Eu apenas estava me tornando mais consciente de que, com toda a movimentação na minha vida nos últimos tempos — toda a movimentação de sempre, na realidade —, eu nunca ficara parada por tempo suficiente para descobrir o que me faria feliz. Para descobrir a diferença entre me movimentar e chegar a algum lugar. E agora que eu encontrara um ponto final, e se não tivesse as ferramentas necessárias para me fixar a ele — algo como estabilidade, como felicidade —, mesmo que quisesse?

— Então — começou Jordan. — Aqui está outro detalhe que talvez você possa me ajudar a compreender. Como a garota que entrou numa loja *sete* vezes antes de comprar um bule de café acaba se casando com alguém de quem ela nem sabe o nome do meio?

— Griffin não tem um nome do meio.

— Que você saiba — disse ela.

Aquilo me fez rir, daquela vez de verdade. Comecei a secar minhas lágrimas e a tentar me recompor.

— A culpa é sua — disse eu. — Foi você quem me falou para ser o oposto de mim mesma.

— Eu não me lembro de ter dito isso.

Olhei para ela, estupefata. A base da nova Annie, o conselho que eu tinha certeza de que salvaria a minha vida, e ela nem se lembrava de tê-lo dado.

— Isso vai prejudicar um pouco a sua credibilidade por uns tempos — disse eu.

— Deixe-me apenas lhe fazer mais uma pergunta, então — pediu Jordan. — Você o ama?

Eu não tive que refletir, nem mesmo por um segundo.

— Sim — respondi. — Muito.

Apesar de tudo o que eu dissera a ela, havia aquilo. Talvez eu tivesse mergulhado naquela vida impulsivamente, por minha vida anterior ter se despedaçado de forma tão estupenda, por sentir como se tivesse algo a provar depois disso. Mas havia aquilo também. Eu amava Griffin. Com todo o meu coração. Independentemente de como eu tivesse chegado ali, sentia aquilo dentro de mim. E isso fez com que me sentisse melhor.

Mas, então, Jordan puxou seu gorro ainda mais para baixo, protegendo seus olhos.

— Então, se isso é verdade ou se você *acha* que é verdade, vai ter que se esforçar bastante para escutar isto — disse ela. — Você precisa deixá-lo.

—- Como é? Você escutou o que eu acabei de dizer?

— *Você* escutou o que acabou de dizer? — perguntou ela. — Esta não é a vida certa para você, Annie. Presa no meio do nada. *Presa* em lugar algum. Você precisa de liberdade. E de muita liberdade.

— Quem disse?

— *Todo mundo!*

— Talvez *todo mundo* devesse passar mais do que dez minutos analisando a minha vida antes de fazer essa afirmação — comentei. — Talvez liberdade seja apenas outra palavra para não ter nada a perder.

Ela inclinou a cabeça na minha direção.

— Você acabou de citar Janis Joplin?

— Talvez! — disse eu, a pleno vapor. E volume.

Em resposta, Jordan ficou mais calma e falou mais baixo, como se estivesse conversando com uma pessoa insana, como se a pessoa insana fosse eu.

— Tudo o que estou dizendo é que é um erro reversível — disse ela. — Pode anulá-lo. Eu posso fazer isso para você.

Eu neguei com a cabeça, sentindo que ficava irritada.

— Não acredito que está dizendo isso — disse eu.

— Por que está tão na defensiva, então? — indagou-me. — Se eu não tenho pelo menos um pouco de razão, não há por que estar na defensiva.

— Você está enganada — respondi, levantando-me, ansiosa para me afastar dela antes que fosse tarde demais, sabendo que estávamos próximas de ultrapassar o limite. De chegarmos ao ponto em que ambas teriam dito mais do que deviam e com certeza nos arrependeríamos depois.

— Aonde está indo? — perguntou ela.

— Não quero mais falar com você sobre isso — respondi. — Eu nunca falaria sobre a sua vida dessa maneira.

— Bem, não sou você. Eu sou uma megera, pelo menos em parte do tempo. Mas isso não é novidade. E também não é novidade que amo você mais do que tudo. E não finja por um segundo que agora duvida disso. Estou falando sobre você e o que é melhor para sua vida. Não tem nada a ver com o meu irmão.

Eu olhei para ela.

— Ele voltou a ser seu irmão?

Jordan não teve problema em me encarar de volta.

— Meu argumento continua o mesmo, Annie. Eu quero para você o que você quer para si mesma.

Gesticulei ao meu redor, por toda a interminável montanha.

— *Isto* é o que eu quero para mim — disse. — Já lhe ocorreu que talvez eu tenha encontrado o que sempre quis?

— Desde quando isto é o que você queria? — rebateu. — Sinto muito, mas eu não vou ficar quieta e deixar você se acomodar com menos do que realmente quer: *até que a morte os separe*. É só porque, num momento de leve confusão de Nick, você resolveu que se mudar para o meio do nada com um chefinho de meia-tigela era a decisão certa.

Eu não sabia o que dizer após tudo aquilo, mas precisei começar por algum lugar.

— Antes de mais nada, não estamos no meio do *nada* — disse eu. — Há uma universidade pública aqui perto, se você não percebeu.

— Também há um museu *agrícola* aqui perto, se *você* não percebeu.

Eu me virei e comecei a me afastar de Jordan, comecei a caminhar por entre a densa camada de neve rumo à entrada da trilha que me levaria de volta ao sopé da montanha e me afastaria dela.

Eu podia sentir Jordan atrás de mim, esforçando-se para acompanhar meu ritmo, e, então, parando de andar. Ficando estática.

— Acabou a história da Pérola, a propósito — gritou ela para mim. — Caso esteja interessada. Acabou antes mesmo de começar.

Eu não olhei para ela. Não continuei andando, parei exatamente onde estava, mas também não me virei.

Então, ouvi os passos de Jordan recomeçarem, conforme ela se aproximava, até estar de pé atrás de mim.

— Ele está em Londres, terminando o projeto. E aceitando todos os trabalhos que lhe oferecem na Europa, tentando não parecer tão infeliz quanto está. É patético, na verdade. Mas ele diz que não pode voltar para casa sem você. Que *não voltará*.

Continuei parada ali, e Jordan baixou sua voz.

— Veja bem — disse ela. — Ele sabe que estragou tudo. Mas me disse que não vai aparecer de repente e dizer isso a você, não se eu disser que está feliz. Mas se eu disser que não está...

Virei-me rapidamente para olhar para ela, a fúria tomando conta dos meus olhos.

— Não faça isso, Jordan — avisei. — Não estou brincando. É a última coisa de que preciso agora.

— Então, diga que isso não faz diferença para você — disse ela. — Que *seis meses* atrás ele era o amor da sua vida, mas que agora isso não faz diferença.

— Foi há mais de seis meses.

— Desculpe, erro meu. *Sete* meses atrás.

Eu me virei e voltei a caminhar.

— Não faz diferença — respondi.

— Você pode dizer isso olhando para mim? — disse ela. — Acho que seria mais convincente.

Continuei descendo a montanha.

— Não gosto muito de você neste momento — disse.

— Bem, isso é algo bom — gritou ela para mim. — Posso viver com isso.

21

Jordan não passou a noite na cidade. Ela voltou para Nova York e planejava pegar o primeiro voo para Los Angeles na manhã seguinte. Disse que ficaria em algum lugar perto do aeroporto, mas eu me perguntei se aeroporto não seria um código que queria dizer passar um ou dois dias em Nova York ou Boston, ou qualquer lugar que não ao meu lado na roça de Williamsburg, antes de retornar à Califórnia. Sendo esse o caso ou não, ela poderia muito bem ter ficado comigo. Na casa. No meu quarto. As suas palavras continuaram ecoando em minha mente de forma tão clara quanto se ela estivesse ao meu lado. Como se ainda as dissesse ao vivo. *Você não deveria ficar aqui.*

Foi parcialmente por isso que fui até o restaurante ajudar Griffin depois que Jordan foi embora. Achei que ir até lá seria o certo a se fazer: passar um tempo com ele, tentar me aproximar e me concentrar em ajudá-lo com as infindáveis preparações para a noite de inauguração. Mas, com as palavras de Jordan em mente, não estou certa de por que não compreendi que o certo, naquele momento, teria sido me afastar.

Começamos instalando as luzes externas — belas luminárias em formato de flor de lótus, brancas e ofuscantes —, encadeando-as no telhado e na parede de tijolos da fachada, como numa videira.

— Não acredito que a inauguração é daqui a uma semana — comentei.

— Dez dias! — disse ele.

— Dez dias — corrigi-me.

Eu estava sobre a escada, com Griffin abaixo de mim, segurando uma lanterna para nos ajudar a enxergar um pouco melhor. Ele me perguntara sobre Jordan. Perguntara de maneiras que tornavam cada vez mais difícil evitar contar a ele o que havia acontecido, a não ser que mudasse descaradamente de assunto.

— E é apenas a pré-inauguração — disse ele.

— Eu não ligo. Ainda assim, é emocionante. E você não me disse que o teste é quase mais importante que todo o resto? Que ele mostra como as coisas vão ser?

— Você está tentando me enlouquecer ou isso está acontecendo naturalmente? — disse ele.

Eu ri.

— Bem, talvez relaxasse um pouco se nós de fato escolhêssemos um nome para o restaurante. Você tem pensado nisso?

— Sim... — respondeu. — Estou chegando lá. Mas, caso não chegue até a próxima semana, a boa notícia é que todos os que virão para a pré-inauguração sabem para onde ir.

— Isso realmente é uma vantagem, eu acho.

Ele me lançou um sorriso lá de baixo, sob a luz da lanterna.

— Ainda assim, se eu soubesse que Jordan estava aqui, teria feito um pequeno intervalo... — comentou. — Desculpe por não ter passado um tempo com ela.

Eu desviei meu olhar dele, daquele sorriso, e me concentrei nas luminárias.

— Talvez não seja o fim do mundo — disse eu.

— Bem, espero que não — brincou ele. — Mas ela é importante para você. E quero conhecê-la.

Senti meu peito fisgar naquele momento, diante daquela gentileza. Era uma pequena gentileza, mas tão sincera. Tão típica de Griffin.

E, no mínimo, aquilo deveria ter me aproximado dele, me aproximado do que eu sabia ser a verdade sobre ele, e não das palavras de Jordan. Mas não foi o que aconteceu. Porque, racionalmente ou não, tudo em que pensava era, *por que, apesar disso, a nossa vida não parece completa o suficiente para ela entender?*

— Não se esqueça de que ela é a irmã de Nick — disse eu.

— E?

— Ela é leal a ele.

Griffin perfurou-me com um olhar que eu pude distinguir mesmo sob a fraca luz da lanterna.

— O quê? — perguntei.

— Não sei — disse ele. — Achei que esse tipo de lealdade não fizesse mais diferença.

Aquele foi o momento em que eu deveria ter dito, *é claro que não faz*. Mas minha mente já estava em algo bem menos produtivo.

— Talvez você devesse perguntar a Gia sobre isso — rebati. — Ou a sua mãe.

— Annie...

Abaixei as luminárias.

— Você não entende — afirmei.

— Não, obviamente que não — disse ele. — Mas a boa notícia é que não sou burro. Quer dizer, não sou o sujeito mais esperto que já existiu, mas sou conhecido por chegar ao xis da questão. O xis e eu geralmente temos um relacionamento muito bom.

Ele tentava manter o clima leve. Eu não estava disposta, contudo. Não queria que fosse leve. Queria que fosse pesado. Subitamente, eu queria que tudo fosse tão pesado que o xis não teria outra escolha senão se perder.

Minhas mãos começaram a tremer, e as luminárias moviam-se como cilindros dentro delas conforme eu descia da escada. Griffin estava perigosamente perto de fazer o que eu não queria. De se aproximar de mim, algo que não poderia deixar que fizesse. Porque sentir as mãos dele sobre mim seria a gota-d'água. E poderia impedir que eu agisse, que eu fizesse o que já sentia estar fazendo. Encontrando razões para causar estrago.

Ele deve ter percebido minha hesitação, porque se afastou, mexeu no balde e pegou algumas luminárias. E começou a falar.

— Então, pensei em você quase o dia inteiro hoje. Quer dizer, mais exatamente, pensei em suas fotografias — disse ele. — E tive uma ideia. Pode ser um pouco louco, mas também pode ser ótimo... Você as olhou hoje?

— Não.

Ele meneou a cabeça afirmativamente.

— Bem, provavelmente deveríamos falar sobre isso quando elas estiverem na nossa frente, mas minha ideia...

— Sabe, talvez seja um pouco cedo para ideias, Griffin — interrompi. — E talvez devêssemos admitir que eu não chegarei a lugar algum com esse negócio de fotografia.

— Essa é uma postura positiva — disse. Ele fez uma pausa e eu dei de ombros (dei de ombros como quem diz, *sinto muito, mas é o que acho*). — Annie, você tem talento. E você pode fazer algo com isso. *Nós* podemos fazer algo com isso. Descobriremos juntos.

Descobriremos juntos. De repente, as palavras de Gia me vieram à mente: *Griffin só sabe amar pessoas problemáticas*.

— Eu não preciso de salvação, Griffin — disse eu.

Ele me lançou um olhar confuso.

— Quem disse que você precisa de salvação? — perguntou ele.

— Ninguém — respondi. E então, antes que eu pudesse me interromper, retifiquei: — Gia me disse, na verdade. Ou pelo menos ela me informou que *essa* parte de um relacionamento é um hobby seu.

— Gia está enganada sobre isso. O que talvez seja por culpa minha. — Ele fez uma pausa e um olhar envergonhado tomou o seu rosto. — Eu não queria desapontá-la; então, permaneci com ela por tempo demais. Mas não estava tentando salvá-la. Eu a amava. Estava tentando consertar o nosso relacionamento, o que é algo diferente. Fez com que eu quisesse continuar tentando quando não deveria ter continuado, quando eu já sabia que nós provavelmente não chegaríamos aonde deveríamos chegar.

Os olhos dele encontraram os meus e eu sabia que o que dizia soava verdadeiro — ou pelo menos verdadeiro de acordo com o entendimento dele. Então, por que, mesmo com as evidências se acumulando no nosso lado, eu não me sentia mais calma?

— Nunca quis salvar Gia, Annie — prosseguiu ele. — E certamente não quero salvar você.

— Bem, então o que você quer, Griffin? Porque nós podemos montar o plano que você quiser, mas provavelmente é melhor eu me preparar para o fato de que minhas fotos são apenas um passatempo — disse eu. — E o mais provável é que acabe desempregada nesta cidade, a não ser que eu aceite um emprego na *Gazeta da Roça*.

Meu tom fez com que ele parasse e qualquer compreensão que lhe restava se perdesse.

— O que foi que Jordan disse para você hoje, Annie? — indagou.

— Nada... — respondi.

— Então por que quer tanto brigar comigo? Por que isso parece ser a única coisa que vai fazê-la se sentir melhor?

Eu comecei a ir embora, sem parar para devolver as luminárias ao seu balde — as pequeninas e inocentes luminárias que eu ainda espremia entre meus dedos, que nada tinham a ver com aquilo.

— Não — respondi —, não é isso o que estou fazendo.

— Então o que está fazendo?

— Estou apenas indo para casa — disse eu.

Ocorreu-me, conforme dizia aquilo, que talvez meu maior problema fosse que eu ainda não estava de modo algum segura de onde minha casa era.

22

Algo que sempre me chocou durante os anos em que eu escrevi a "Fechando a Conta" foi a quantidade de cartas que recebia regularmente de leitores me perguntando como poderiam cancelar uma viagem que não desejavam mais fazer. Como eles poderiam desistir de uma viagem que já sabiam não ser reembolsável. Nunca soube o que os fazia crer que eu tinha a resposta. Então, com o passar do tempo, percebi que a maioria dos leitores não queria realmente descobrir a resposta. Eles nem sequer queriam de fato *desistir*. Não daquela viagem que vinham planejando, desejando e aguardando. Mas, como sempre acontece quando a vida fica complicada — mesmo que ela torne complicado aquilo que você queria encontrar —, aqueles que precisavam cancelar ainda queriam acreditar que tinham a opção de desistir. Que tudo o que estaria por vir não era um fato consumado. Que havia uma porta secreta para a qual eles *poderiam* encontrar o caminho, quer fossem usá-la ou não.

Quando retornei a casa, havia um recado de Emily me aguardando sobre a mesa da cozinha.

Annabelle,

Eu esperava conversar com você antes de ir embora, mas preciso retornar a Manhattan para uma aula amanhã de manhã bem cedo. Em breve?

Emily

Eu devolvi o recado ao lugar, me perguntando sobre o que ela queria conversar comigo. Sobre todas as coisas que eu não entendia sobre o filho dela? Sobre o que ele precisava? Sobre tudo o que deveríamos ter pensado antes de mergulhar numa vida juntos?

Os restos do jantar que ela servira aos gêmeos também estavam sobre a mesa: frango empanado com molho barbecue, porções de batata-doce frita e milk-shakes de mirtilo com banana.

Eu peguei algumas batatas e subi lentamente as escadas, arrastando-me em direção ao nosso quarto, me sentindo completamente exausta pelas minhas discussões. Por aquela com Jordan que eu não pedira. E pela com Griffin na qual insistira.

Senti-me aliviada quando passei pelo quarto dos gêmeos e vi que a porta estava fechada e as luzes apagadas. Fiquei ainda mais aliviada quando passei pelo banheiro e escutei a água do chuveiro caindo e o cantarolar alto de Jesse, audível do corredor.

Tive grandes provas, repentinamente, de que conseguiria passar o resto das minhas horas sozinha e sem ser incomodada.

Foi quando entrei no meu quarto que soube: estava enganada. Enganada sobre as provas. E enganada sobre os restos do jantar. Eles não estavam apenas sobre a mesa da cozinha. Estavam espalhados sobre todo o chão do quarto. Em tons de vermelho como molho de barbecue. Laranja como batata-doce. Milk-shake de mirtilo brilhante.

Estavam sobre todo o chão do quarto e sobre as minhas fotografias. Sobre todas as minhas fotografias.

Arruinadas.

— Bem, isso não é bom.

Eu não sei por quanto tempo já estava parada ali, estática, quando me virei para encontrar Jesse na porta, de calça jeans e camisa — com a palavra ÁTOMO pintada em spray na frente —, e os cabelos ainda molhados do banho.

— Não — respondi.

— E provavelmente não é o melhor momento — disse ele —, mas acho que deveria lhe contar também que Sammy *talvez* tenha engolido a sua aliança.

— Talvez?

— Minha única fonte é Sammy — esclareceu Jesse. — Que também me contou ter engolido a mesa da cozinha.

Virei-me para olhar a minha mesa de cabeceira e vi o que estava claramente faltando: meu fino anel de ouro. Eu me aproximei da mesa e procurei pelo brilho do ouro sobre o carpete e sob a mesa. Não estava em lugar algum.

E, então, da minha nova posição, observei mais uma vez o desastre que se tornara o meu talvez-antigo-futuro. As fotografias. Os negativos. Os rolos de filme amassados. A caixa de lona boiando sobre uma poça de milk-shake de mirtilo.

— Você quer ajuda para limpar isso? — indagou Jesse.

Eu o encarei.

— Quero ajuda — disse — para ir para qualquer outro lugar.

• • •

Nós nos sentamos sobre a escadinha da varanda como se não estivéssemos no auge do inverno — eu, sentada no último degrau, Jesse, no topo, e a garrafa de bourbon no degrau entre nós dois — e começamos a nos embebedar enquanto observávamos o céu coberto de estrelas e deixávamos o álcool nos ajudar a aguentar o frio, esperando Griffin voltar para casa.

Ficamos tão bêbados que eu terminei contando tudo a Jesse: sobre o fim do meu relacionamento com Nick, sobre perder minha coluna, sobre a loucura que havia sido aquele dia, desde Gia e seu terrível confessionário no banheiro até Jordan e o chefinho de meia-tigela. Contei-lhe tudo e, pelo visto, foi divertido, porque ele ria histericamente.

Jesse ria tanto que, ao final, fez com que eu repetisse a parte do chefinho de meia-tigela duas vezes.

— Que bom que minha vida é tão engraçada para você — comentei.

— Uau — disse ele, enxugando os olhos e lutando contra uma gargalhada final. — É mesmo, de verdade.

Continuei balançando a cabeça, mas não consegui fingir que me sentia ofendida. Estava rindo também.

— Então, Jordan é sempre uma megera? — disse ele.

— Ei! Isso não é inteiramente justo — rebati.

— Acho que é, na verdade.

— Jordan está apenas preocupada comigo — disse. — Sabe, ela acha que eu saí de mim.

— E se tiver saído?

Peguei a garrafa de bourbon e tomei outro gole, deixando o líquido correr pela minha garganta, queimando-a.

— Estou vendo três de você. Então, não é de todo surpreendente que eu não esteja entendendo o que diz, mas... não estou entendendo.

— Quer dizer, e se Jordan estiver certa sobre você ter mesmo saído de si? Como isso a deixa tão pior do que antes?

Eu estendi a garrafa para que ele a pegasse.

— Como isso deveria melhorar a situação?

— Eu acho que você já estava caminhando para esse ponto. De um modo ou de outro. Mesmo que tivesse ficado vivendo enclausurada em Los Angeles. — Ele fez uma pausa. — A questão é: o que fará sobre isso agora? Ignorar o que sabe ou escolher algo que valha a pena?

Eu estava achando meio complicado entender aquilo também, e foi então que, na minha confusão pouco lúcida, comecei a me perguntar a quem Jesse estava realmente se direcionando com aquele pequeno discurso: a mim ou a ele.

— Tem medo de que ela não o perdoe? — perguntei. — Depois que a poeira baixar e todos se acalmarem? Está preocupado que Cheryl não queira tentar novamente?

Jesse tomou outro longo gole e engoliu devagar.

— Não estou preocupado com Cheryl.

Eu olhei para ele, confusa.

— Está preocupado com Jude Flemming? — perguntei.

— Estou preocupado com Jude Flemming — disse ele. — Afinal de contas, ela é quem foi realmente prejudicada.

— De que forma?

— Nós nos envolvemos quando eu estava num mau momento, num péssimo momento para qualquer pessoa querer algo de mim — disse ele. — Cheryl e eu havíamos acabado de nos separar...

— Espere, você se separou de Cheryl antes de Jude?

— Sim.

— Jude Flemming não foi a causa?

Ele meneou a cabeça, negando.

— De forma alguma. Mas ela achou que seria a solução para mim — disse ele. — Estava *convencida* de que seria a minha solução. E, então, imagino que eu poderia ser a dela também. Exceto pelo fato de que nunca deixei de querer voltar para a minha esposa, e tentei ser bem claro sobre isso. Mas ela ainda não está me escutando.

— Espere, qual delas?

— As duas.

Eu não sabia o que responder.

Ele sorveu um longo gole da garrafa de bourbon.

— A pior parte é que Jude e eu fizemos sexo apenas uma vez. *Tivemos relações*. Uma vez, e ela está grávida. — Ele fez uma pausa. — É como se estivéssemos num filme educacional para adolescentes. Mas na versão mais velha.

Isso me travou.

— Mas... — Balancei minha cabeça, totalmente confusa. — Então, por que você se separou de Cheryl?

— Paguei aulas de ioga como presente de aniversário para ela. Aulas de ioga particulares. Com Theodore. Apenas Theodore. Ele só tem um nome. Como Madonna. Não é uma idiotice? Mas ele é conhecido por ser o melhor professor de ioga de Boston. E eu nunca conseguia comprar um presente de aniversário de que ela gostasse. Então, contra o meu próprio bom senso, o contratei.

— Certo.

— Vamos dizer apenas que, neste ano, minha esposa finalmente gostou de seu presente de aniversário.

Meus olhos se arregalaram.

— Cheryl e Theodore?

— Cheryl e Theodore. Mas, se você acreditar nela, o que há entre eles não é físico. Como é possível competir com isso? Afinal de contas, se ela e Theodore têm uma conexão *emocional* tão profunda, isso não diz algo sobre o tipo de conexão que nós não temos?

Eu pensei em Nick. Em Nick e seu par emocional, Pérola. Como é *possível* competir com isso? Com a possibilidade do que *poderia* ser? Eu não sabia sequer como tentar.

— Jesse, sinto muito — disse.

Ele passou os dedos pelos cabelos.

— Agora, ela não sabe o que quer. Voltou para mim por um minuto, foi embora de novo — disse ele. — Falou sobre voltar em outro momento, depois sentiu que não estava pronta.

— O que "pronta" realmente significa, nesse caso?

Ele deu de ombros.

— Cheryl e eu... estamos juntos desde o segundo ano no MIT, quando ela estudava botânica. Fiz três matérias horríveis sobre plantas e solo somente para estar perto dela... — Balançou a cabeça, em negação. — Acho que às vezes é difícil durar... quando você já dura.

Peguei a garrafa de bourbon de volta. Segurei-a perto da boca, sentindo-me perplexa. Eu queria me aproximar, tocá-lo, dizer que tudo ficaria bem. Mas também sabia que não tinha ideia se aquilo era verdade; então, ao invés disso, soltei a garrafa e voltei a olhar para cima. Para as estrelas. Para o céu de meia-noite.

— Nossa — disse eu —, você com certeza sabe como colocar os problemas dos outros sob uma nova perspectiva.

Ele começou a gargalhar de novo. E, então, ri também.

— Fico feliz por ajudar — disse ele. — Mas eu não me sentiria tão superior se fosse você.

— E por que não? — perguntei.

— Eu sei o que quero. Estou apenas tentando descobrir como chegar lá.

Comecei a me perguntar o que ele sabia querer: voltar com Cheryl? Ajudar Jude? Antes que eu pudesse perguntar, porém, Jesse continuou falando.

— Você, Annie Adams — disse —, ainda está a léguas de distância disso.

Eu queria argumentar que aquilo não era verdade, que sabia exatamente o que queria. Queria ficar com Griffin e fazer com que a minha vida funcionasse ali. Eu queria ficar. Mas, na minha cabeça, na minha cabeça admitidamente cheia de bourbon, Griffin soava como Nick. Então, sabia que dizer o resto em voz alta provavelmente não seria a decisão mais sábia naquele instante.

— Mas leve isto em consideração — disse Jesse, pegando de volta a garrafa. — Talvez você não esteja nessa situação porque saiu de si, mas porque começou a ser sincera sobre quem você realmente poderia ser.

Antes que eu pudesse dizer algo a respeito, Jesse brindou com a garrafa na minha direção.

— Bem-vinda ao fundo do poço — disse ele.

23

Na manhã seguinte, acordei com o telefone tocando — tocando de um modo desesperado que deixara claro que certamente não era a primeira vez que ele tocava nem a primeira vez que a pessoa tentava ser atendida.

Minha cabeça estava girando devido ao que restava de bourbon e às minhas poucas horas de sono. Conforme me estiquei para pegar o telefone, comecei a perceber lentamente o que acontecia ao meu redor: eu estava sozinha no quarto, o lado de Griffin na cama não havia sido tocado, e, ainda assim, minhas fotografias quase totalmente destruídas já não estavam mais espalhadas pelo chão e, de algum modo, haviam sumido.

Então, de repente, tudo o que eu conseguia fazer era me concentrar em ficar imóvel, enquanto o bourbon movia-se dentro do meu estômago, perigosamente prestes a sair pelo lado errado. O telefone, ainda bem, parou de tocar.

E, então, recomeçou. Como não conseguia pensar em qualquer outra forma de fazê-lo parar, atendi.

— Alô — disse eu.

— Você está pronta para começar a cantar para mim?

— Como?

— Acho que deveria cantar aquela canção de Bette Midler, aquela sobre o herói que não recebe reconhecimento. Aquele que faz suas asas flutuarem? Ou, se preferir, pode cantar a daquela menina que ganhou o *American Idol*. Sobre ter um instante ao sol.

Era Peter. Era Peter, antigo editor extraordinário, quem estava do outro lado da linha fazendo aquelas terríveis referências a músicas ambiente.

Meu braço cobria meus olhos, meu cotovelo apontava diretamente para cima, lutando contra as voltas que minha cabeça dava.

— Peter — disse eu. — Minha cabeça está rodando tanto que você está soando como um eco. Posso ligar de volta depois?

— Absolutamente não. Não depois de eu passar as últimas duas horas ligando incessantemente para você para lhe contar as boas novas. — Ele fez uma pausa de efeito. — Você está des-demitida!

Eu retirei meu braço de cima dos olhos.

— Como é?

— Houve um tumulto na sua ausência. Bem, tumulto talvez seja meio forte, mas o fato é que eles a querem de volta, minha querida. Eles a querem e me querem. Graças ao pequeno tumulto e a uma habilidosa manipulação da minha parte. O *Esquadrão Classe A*! Peter e Annie. De volta ao trabalho!

— Eu não acredito.

— Você não é a única! — disse ele. — Mas, *agora*, antes que fique toda entusiasmada, precisa saber que o "Fechando a Conta" acabou mesmo. Pelo menos em sua encarnação passada. Caleb, o filho, quer criar uma coluna de viagens em tempo real. Mais interativa numa variedade de maneiras que ainda serão determinadas. Embora, apesar dos detalhes, você vá gostar desta parte: eles lhe pagarão mais.

— É mesmo?

— Nem queira saber como foi que eu consegui isso. Mas, se algum dia alguém lhe perguntar, uma revistinha chamada *National Geographic* estava muito interessada em chamá-la para chefiar o seu departamento sobre a África.

— Certo...

— Minha querida, eu posso lhe explicar todos os detalhes depois, mas o mais importante é que consegui um contrato de três anos para você. Um aumento de 33 por cento imediatamente, com o plano de saúde de volta. E eles querem um envolvimento maior da sua parte. Querem que você ajude o jornal a criar uma *atmosfera de viagem*. O que quer que isso signifique; a ser determinado, como eles dizem. Mas é claro que, considerando o reino de terror gerencial que vivemos, há a pequena questão de que precisam que você faça isso de Londres. Mas fornecerão moradia enquanto você se adapta. Um dos benefícios de ser absorvido por um conglomerado corporativo de grande porte, eu suponho.

— Espere aí. Devagar. O que quer dizer com Londres?

— Minha querida, se você não sabe o que quero dizer com Londres, talvez eu precise reconsiderar o fato de ter lutado tanto pelo seu emprego.

Fiquei em silêncio. Eu não sabia mais o que fazer.

— Moro em Massachusetts — disse.

— Eu sei que você mora em Massachusetts, mas a Beckett Media é muito apegada à sua sede na Europa. Eles estão até mesmo considerando me mandar para lá por um tempo — justificou. — Queriam alocá-la em Londres ou Berlim. Essas eram as opções. E, sejamos honestos, não sei se você é suficientemente descolada para viver em Berlim.

— Muito obrigada — respondi.

— Tudo o que estou dizendo é que não é para sempre — disse ele. — Você não pode ficar indo e voltando para casa por enquanto?

— De *Londres?*

— Volte em alguns fins de semana, talvez. Em algum feriado qualquer.

— Peter...

— É uma grande oportunidade — disse ele. — Acho que podemos até dizer que é uma oportunidade única.

— O que aconteceu com *tudo tem seu tempo?* — perguntei. — O que aconteceu com todo o seu discurso de que eu já não era mais tão dedicada à "Fechando a Conta"? Que podia ser o momento de seguir em frente?

— Eu teria dito qualquer coisa para fazê-la se sentir melhor! — disse ele. — E é de Londres que estamos falando. Você *ama* Londres. E tenha isto em mente: você sempre pode pedir para retornar aos Estados Unidos depois, uma vez que eles já saibam o quanto precisam de você. Seis meses e poderá voltar à Fazendópolis. Nove, no máximo.

— Peter...

— Fazendolândia?

— Não posso, Peter. Eu simplesmente não posso agora...

— Você pode.

Eu balancei a cabeça, em negação. Balancei a cabeça como se ele pudesse me ver. E, então, disse a verdade, com meu estômago embrulhado a segundos de me vencer:

— Neste exato momento, tudo o que posso fazer é desligar o telefone.

• • •

Uma hora depois, eu abria a porta do restaurante de Griffin. Não sabia como começar a processar as novidades do meu emprego, mas sabia que precisava ver Griffin, consertar a noite anterior, ou consertá-la um pouco. Tinha de explicar a ele o que estava acontecendo comigo. E, talvez, ao fazê-lo, eu começasse a compreender também.

Mas, quando entrei no salão, senti-me inteiramente perdida de novo. Porque, sentada no recentemente construído bar — sentada num dos lindos bancos em frente ao bar — estava Gia. Gia, inclinada por sobre o balcão do bar, inclinada sobre sua grande xícara de café, na direção de Griffin, que também se inclinava na direção dela, os dois rindo. Os dois parecendo felizes juntos.

Eu parei de andar. Parei de andar ao mesmo tempo que eles se voltavam para mim.

— Annie... — disse Griffin.

E Gia acenou.

Incerta sobre como proceder, eu acenei também, num breve aceno, com a mão ainda na altura da coxa. Então, voltei depressa — rápido demais para parecer natural — para a rua, passando pela porta da frente.

Griffin seguiu-me até lá fora, me chamando, e eu pensei seriamente em não virar na sua direção. Mas eu tinha de fazê-lo. Principalmente porque eu fora para o lado errado e não fazia ideia de para onde estava indo.

— Pode ir mais devagar, por favor? Annie, pare com isso... — disse Griffin, pousando a mão sobre o meu ombro.

— Desculpe — respondi. — Eu não queria interromper.

— Aquela não era o que parece — disse ele.

Isso fez com que eu parasse.

— Aquilo não era — corrigi. — *Aquilo*. Foi isso o que você quis dizer.

— O que foi que eu disse?

— Você disse "aquela".

Eu não sabia como explicar por que isso tornava tudo pior. Talvez porque, mesmo quando o nosso problema não deveria ser as outras pessoas, começava a parecer que era nisso que estava se transformando.

— Annie, por favor, apenas me escute por um segundo. Eu sei o que está pensando, mas preciso que você me escute. Gia brigou com o namorado — disse Griffin. — Ela queria conversar comigo, pedir uns conselhos. Só isso.

— Ela queria pedir uns conselhos a você? — perguntei. — Sobre seu novo namorado?

Ele concordou com a cabeça.

— Ele não está se comportando muito bem.

Ele não é o único, quis acrescentar.

— Griffin, você realmente acha que é a pessoa mais indicada para discutir isso com ela?

— Eu sei que parece besteira — disse Griffin. — Mas isso é bom. É bom estarmos nos falando. É bom para todos nós. Deixar o passado no passado, sabe?

Eu balancei a minha cabeça, negando, porque não sabia de nada daquilo. O que eu sabia era que tudo estava se misturando na minha mente, vidas passadas e vidas presentes: Gia, Nick, Griffin e eu, Jesse, Cheryl e Jude. "Fechando a Conta", fotografias e "Fechando a Conta" de novo. Deveria existir uma fronteira separando tudo: o passado, o presente, o momento em que eu não compreendia o que queria, o momento em que eu compreendia. O momento em que eu sentia que precisava continuar fugindo e o momento em que desejava ficar onde estava.

— Vamos voltar lá para dentro — disse Griffin. — Está frio demais aqui fora.

Ele mantinha seus braços envolvendo o próprio corpo, comprovando o fato.

Eu ainda estava muito atordoada. Mas quis que ele soubesse, apesar daquilo, e talvez um pouco por causa daquilo, o que eu fizera.

— Mandei um e-mail sobre você nesta manhã — contei. — Mandei um e-mail para todos os meus antigos colegas do jornal. Para todos os críticos gastronômicos que conheço, editores de moda, colunistas de arte, todo mundo, para que soubessem da pré-inauguração do restaurante. Eu os convidei para virem aqui nesse ou em qualquer outro dia nos próximos meses. Como nossos convidados. Achei que gostaria de saber disso.

— Gostei — disse ele. — Obrigado.

Então, voltei a caminhar, dessa vez para o lado certo.

Griffin gritou:

— Para onde está indo?

Mas eu não conseguia dizer as palavras. Porém, ele parecia compreender parte do que não falei, porque se aproximou de mim.

— Foi você quem eu escolhi, Annie. Eu a escolhi desde o primeiro dia. — Fez uma pausa. — Mesmo que finja que não, sei que sabe disso. E sei que você me escolheu também.

Eu balancei a cabeça, em negação, recusando-me a permitir que fosse assim tão simples.

— Você continua a dizer que o passado é o passado — afirmei. — Mas não me parece ser passado quando está intrinsecamente inserido no presente. Então, é algo diferente.

— E o que seria? — perguntou ele, sua voz se tornando tensa. — Uma desculpa para desistir?

— No mínimo — disse eu, embora soubesse que não ajudava em nada —, é uma razão para acabar com esta conversa.

Naquela noite, quando Griffin chegou em casa, eu fingi estar dormindo. Fiquei deitada lá, completamente imóvel, enquanto ele andava pelo quarto, despindo-se e se lavando, entrando debaixo das cobertas e se acomodando.

Ele pousou o braço sobre os olhos e nada disse. Não para mim.

E me lembrei da primeira noite que passamos juntos — ou, mais precisamente, da manhã seguinte. De como eu tentara fingir que dormia naquela ocasião também. De como ele não acreditara. E de como fora em frente e fizera o que eu mais precisava que fizesse. Aproximara-se de mim.

Talvez por isso aquela fosse a minha vez de fazê-lo.

Vinte centímetros. Griffin estava a vinte centímetros de distância. Eu já dera a volta ao mundo duas vezes. Estivera em Dubai três vezes; Hong Kong, quatro. Descobrira a menor cidade da Nova Zelândia, que leva três dias para se chegar de barco e, mesmo assim, somente se você sabe exatamente para onde está indo.

Eu era capaz de ir tão longe quanto possível.

E ainda assim. Não conseguia descobrir como me aproximar vinte ridículos centímetros da pessoa de quem eu mais precisava.

24

Alguns dias depois, fiz algo que eu nunca imaginei que faria. Dirigi até Amherst, até a biblioteca da universidade local, para escrever minha última matéria para a "Fechando a Conta". A coluna era focada em Las Vegas, uma cidade sobre a qual, apesar de sua proximidade com Los Angeles, eu evitara escrever por todo o tempo que tivera a coluna. Escolhi diversas atrações de Las Vegas, diversas atrações que fariam a viagem ser inesquecível — um local para o qual você desejaria escapar. Elas incluíam uma bela trilha pelo Red Rock Canyon (em "Abra seus olhos"), um restaurante coreano desconhecido ("Descubra o tempero especial"), uma comunidade bizarramente interessante à beira de um lago ("Pegue a saída errada") e um cassino obscuro no centro da cidade, distante da Strip, que abria após a meia-noite e era lar de Edward, o mais antigo crupiê de Vinte e Um em Vegas, que já trabalhava ali havia 71 anos ("Deixe a sua zona de conforto").

E, por fim, para a última seção ("Descubra algo que não se encontra em qualquer outro lugar"), eu escolhi algo pessoal, a primeira e única coisa pessoal que de fato compartilhei na coluna.

Escrevi sobre a capela, a pequenina capela com persianas laranja, bem na fronteira de Las Vegas, onde se poderia realizar uma cerimônia de casamento tranquila, mais tranquila do que o resto da cidade certamente permitiria. Onde o capelão local lhe daria meigos buquês de flores brancas e verdes e champanhe infundido com framboesa. Ele também lhes daria um momento a sós. Antes e depois da cerimônia.

Mas eu não escrevi nada disso. O que escrevi foi: *Porque foi onde casei com meu marido.*

Apertei ENVIAR e deixei a biblioteca depressa. Ou, devo dizer, pretendia ter deixado a biblioteca depressa. Mas, no caminho da saída, eu vi, perto da porta principal, um cartaz anunciando uma NOITE CINEMATOGRÁFICA no auditório. E o filme a ser exibido seria *A Princesa e o Plebeu.*

Não posso explicar exatamente por que eu fui até lá para assistir, por que me entreguei à necessidade de ser reconfortada. Talvez porque eu me sentisse tão vazia naquele momento, tão incrivelmente cansada. Talvez porque sentisse algo mais, algo incerto, uma mistura traiçoeira entre estar perdida e segura, o que, eu estava descobrindo, indicava a chegada do momento crucial em que ambos os desfechos seriam possíveis.

Entrei no auditório no meio do filme, a tempo de ver Joe Bradley e a Princesa Ann sentados juntos nos degraus das incríveis Escadarias da Praça da Espanha, enquanto ele a convencia a agir de forma diferente e fazer tudo aquilo que sempre desejara fazer: embarcar numa aventura proibida pelas gloriosas ruas e cafeterias de Roma, andar de moto e sair para dançar, encontrar a parede mágica onde os desejos se tornam realidade. Obedecer, ainda que apenas por uma vez, ao seu próprio coração.

Cheguei a tempo de ver Ann sentada no carro de Bradley, ao final da aventura, parecendo deslumbrante, animada e brutalmente decidida, despedindo-se do seu único amor.

Eu tenho de partir agora. Farei a curva naquela esquina. Você deve ficar no carro e ir embora. Prometa não observar enquanto viro a esquina. Apenas vá embora e me deixe, como eu deixo você.

Cheguei a tempo para tudo aquilo. E fiquei até o finalzinho, aproveitando cada segundo.

E, 48 horas depois, Nick chegou para me levar para casa.

Parte 3

Felizes para sempre... Tomada 2

É possível fazê-lo, eu afirmo que é permitido.
Começar novamente a história da sua vida.

— JANE HIRSHFIELD

25

Na manhã da inauguração do restaurante de Griffin, decidi que tudo se resumia a isto: eu precisava me lembrar. Antes de abrir meus olhos, eu precisava me lembrar — não, eu precisava *saber* — de cinco coisas sobre aquele quarto. Cinco era um bom número. Claramente contava como bastante, contava como suficiente. Eu precisava provar a mim mesma que, ao acordar na casa de alguém, na casa de alguém que aparentemente era o meu marido, acordar num quarto no qual me comprometera a passar a minha vida, eu com certeza sabia de *muitas* coisas a respeito dele. Já sabia de cor. Estavam em algum lugar profundo, dentro de mim. E então, talvez, aquele fosse o meu lar. Então, eu poderia decidir o que fazer a seguir.

Número um. Na parede do lado oposto da cama, havia uma fotografia em preto e branco do Strand Theater, em Keyport, Nova Jersey. Uma bela fotografia da lateral do teatro, ocupando a maior parte da parede. A mãe de Griffin batera aquela foto, e ele mesmo a ampliara e emoldurara. Fora tirada quando Griffin era pequeno, durante o verão que a família passara no litoral de Nova Jersey.

Griffin me contara que se lembrava de estar parado lá, ao lado da mãe, enquanto ela a tirava. Ele se lembrava porque fora a primeira vez no dia inteiro que ela não insistira para que ele e Jesse posassem para a foto também. Ela queria o teatro sozinho. Eu já vira uma fotografia daquele teatro impressionantemente parecida, na janela de uma galeria de arte em Venice. Ela me chamara a atenção, mas não entrara para olhá-la de perto. Talvez, portanto, estivesse me lembrando errado. Do que eu pensara ter me impressionado, do que julgara ter visto. Do que julgara que ligasse Griffin a mim mesmo antes de termos nos encontrado.

Número dois. Grandes portas de vidro ocupavam o lado esquerdo do quarto, duas belas portas francesas que davam para uma varanda. Aquela era a minha parte favorita da casa. Aquelas portas, aquela varanda. A linda casa de madeira parecia ter sido construída ao redor daquele ponto. Griffin colocara uma cadeira de balanço de vime lá fora, e eu adorava me sentar nela para olhar a paisagem, o quintal, a floresta, o rio mais acima. Nas duas vezes que fizera isso.

Número três. Havia uma mesa no canto do quarto, uma mesa de ferro com o tampo inclinado, como uma mesa de desenho, mas com uma estreita gaveta. Uma gaveta com uma maçaneta de ouro que eu presumira que a abria. Eu presumira errado. Quando virei a maçaneta, ela caiu. Eu a escondi na gaveta de meias. Aquela maçanetinha de ouro. Escondi o pequeno delito. E ainda não havia contado a Griffin. Ainda não lhe contara aquilo também.

Número quatro. As paredes estavam pintadas de azul-claro. Não era azul-celeste ou azul-real. Mais claro do que qualquer um dos dois. Griffin pintara as paredes de um azul-claro que ficava adorável com suas cortinas marrons, numa combinação que inevitavelmente atraía os seus olhos para cima, para o próprio céu. Para o desenho incrível de Gia que ali habitava. Ainda habitava, bem acima de mim.

Abri meus olhos. Não me lembrava de mais nada. Após apenas quatro coisas, já não me lembrava de mais nada. Eu achava que havia duas mesas de cabeceira idênticas — de ferro e com tampo inclinado, como a mesa —, mas estava enganada. Quando abri meus olhos, vi que havia apenas uma. Do meu lado. O lado que devorara a minha aliança. Do outro lado, do lado de Griffin, havia uma mesinha. A aliança dele repousava ali, a salvo.

Então, lá estava eu. No número quatro. Quatro era melhor do que três. Não era cinco, mas era melhor do que três. Então, por que meu coração pulsava tão alto, tão forte que começava a doer? Por que estava entrando em pânico? E o que significava o fato de que, por mais que eu tentasse afastar a pergunta, ela continuava retornando: *Como eu poderia ficar aqui?*

Porque havia o seguinte: eu sabia que um número cinco existia, mas ele pertencia a mim. Minha mala, perto da porta do quarto, ainda feita. E pronta para ser usada. Em questão de minutos, pronta para me acompanhar para fora dali.

Bem naquele momento, com meus olhos pousados sobre a mala, Griffin se aproximou e envolveu-me com o braço. Seu braço era surpreendentemente pesado — será que muitos homens tinham os braços pesados assim? Nick certamente não tinha. Eu não me lembrava de já ter sido envolta por um braço tão pesado quanto aquele — tão vigoroso, tão preparado. Preparado, em sua força, para tentar me manter segura. Seu braço tinha uma longa veia, que corria por seu centro, não em linha reta, mas em zigue-zague, como a linha de um gráfico, medindo ações ou a média de temperatura na Dakota do Norte nos últimos cinco anos. E, ao virar o braço dele para o outro lado, encontrei no seu pulso a metade de uma tatuagem. Metade de uma tatuagem de âncora, metade de sua história. E, agora, da minha.

O braço de Griffin em torno de mim — as sensações que causava — era algo que eu já sabia de cor.

26

Griffin decidiu que música era fundamental. O sucesso ou o fracasso da inauguração do restaurante se resumia, anunciou ele, na perfeita mistura dos nove influentes álbuns que ele juntaria numa playlist, com um som que variava de *Astral Weeks* a *Boxer*, de *18 Tracks* a *In the Aeroplane over the Sea*, de *The Blue Album* a *End of Amnesia* e *I'm Your Man*. Música que penetraria no modo como ele prepararia a comida, que afetaria o modo como todos a saboreariam.

Nós passamos tanto tempo tentando escolher a ordem correta das canções — o que melhor complementaria uma entrada de figos grelhados e recheados com gorgonzola? "Don't Think Twice, It's All Right"? Ou "Cyprus Avenue"? — que, de algum modo, quando chegou o momento de abrir o restaurante, eu ainda corria por todos os lados com os cabelos úmidos grudados na cabeça, sobre os meus saltos mais altos, imprimindo os cardápios da noite, ignorando as paredes ainda vazias e a lareira que não fora acesa. Ignorando o fato de que ainda não tínhamos um nome para o lugar.

Griffin estava certo sobre algo, contudo: a falta de nome não era um problema. Todos na cidade sabiam exatamente para onde ir.

Todos nas seis cidades mais próximas também, julgando pela multidão presente às cinco e trinta e cinco da tarde, meros cinco minutos depois da pré-inauguração da porta, quando já não restava um lugar vazio para se sentar.

Mal havia lugar para ficar de pé dentro do restaurante, na verdade: a enxurrada de amigos (e amigos de amigos) que não reservara mesa para cinco e meia, sete e meia ou nove e meia estava toda de pé, aguardando ansiosamente próximo ao bar. Jesse ainda não estava lá, como prometera que estaria, e o único barman não dava conta da tarefa de servir drinques a todos os esperançosos que aguardavam um assento numa das mesas comunitárias ou torciam para que um conhecido entrasse pela grande porta vermelha com uma reserva e os convidasse a acompanhá-lo.

Eu, enquanto isso, não fui de muita ajuda. Aquela era a minha primeira noite como anfitriã (mais uma vez, é notável a minha péssima escolha de usar os meus saltos mais altos) e, ao invés de tomar a sábia atitude de mandar as pessoas embora — graciosamente oferecendo fazer uma reserva para nos visitarem outro dia naquela semana ou no próximo final de semana), me encarreguei de fazer promessas que sabia que não poderia cumprir. Aguarde por cerca de meia hora. Aguarde até eu encontrar um lugar para acomodá-lo.

Distribuí tantas falsas esperanças que, no final das contas, tive de me esgueirar para a cozinha — com a pilha de cardápios ainda nas mãos — para me esconder de fregueses cada vez mais famintos e impacientes.

— Por que eles não vão embora? — perguntei a Griffin, espiando os rostos irritados através da pequena janela da cozinha. — Não sabem que eu estou ocupada demais para lidar com eles agora?

Se Griffin não fosse Griffin, aquele seria o momento em que teria me dito: *Sério? Eu deveria estar lhe fazendo a mesma pergunta.*

Em vez disso, porém, ele riu, despreocupado e relaxado, enquanto continuava a arrumar sua salada quente de pêssegos. E se preparando para passar para o setor do prato principal, onde seus assistentes, Nikki e Dominic, preparavam um belo robalo banhado em ervas no papel-manteiga, com uma redução de vinagre balsâmico doce o suficiente para se degustar.

— Não é um grande problema — disse Griffin. — Apenas vá até a adega e pegue uma garrafa de prosecco. Procure pelo Adami. O Adami é bom.

— Adami — repeti. Foi quando a solução veio até mim. — E sirvo uma taça grande para quem estiver determinado a esperar até o fim?

Ele deu de ombros.

— Eu ia dizer para servir uma para você — disse ele. — Mas isso funciona também.

Beijei sua bochecha e fui até a porta dos fundos, abrindo-a contra o vento.

— Você é um gênio! — disse. — E um profissional fabuloso!

— Mas tome cuidado — gritou, enquanto eu saía para a rua. — A adega ainda está sem luz.

— Tenho tudo sob controle — disse eu. — Já volto!

— Vou ficar esperando aqui — brincou.

Fui direto para a pequena adega de madeira, mas o frio me alcançou. E, ainda assim, mesmo apertando meus braços com mais firmeza ao redor do meu corpo, senti necessidade de observar o céu. Ele estava, afinal, espetacular. As incríveis estrelas e a lua de final de inverno o iluminavam. Era diferente de tudo que eu já vira, um céu impossivelmente claro. Pensei que aquilo devia ser um bom sinal, um bom presságio para o restaurante. Para o restante da noite.

Tirei o cadeado, entrei na pequena adega pouco iluminada — apenas por aquele céu radiante — e repeti, em voz alta, "*Adami*", me lembrando do que procurava entre as garrafas escuras, algumas ainda nas caixas, mas a maioria sobre as prateleiras, prontas para serem consumidas.

Então, achei o que queria pelo canto do olho — numa prateleira mais baixa, exibindo rótulos laranja, o charme de reluzentes garrafas verde-claras. Uma fileira de Adamis.

Eu me reclinei e retirei duas garrafas, checando cada um dos rótulos para me certificar. E foi nesse momento que, vinda de onde ele estava parado, atrás de mim, na porta da adega, ouvi sua voz.

— Olá, Adams...

Nick. Dizendo "olá". Simples assim.

Virei-me depressa. Virei-me tão depressa — com certeza absoluta de que não poderia ter escutado o que estava certa de ter escutado — que as deixei cair. Deixei cair as duas garrafas de Adami assim que ficamos frente a frente, com o vidro verde voando por todos os lados e o líquido borbulhante e gelado cobrindo as botas de inverno ridiculamente pesadas de Nick e os meus sapatos ridiculamente abertos.

Eu me ajoelhei, começando de imediato a procurar pelos cacos verdes e pontiagudos, a secar o vinho espumante. Isso, ao invés de "olá". Isso, ao invés de "o que você faz aqui?".

Nick também ajoelhou-se, bem na minha frente, nossos joelhos quase se tocando.

— Cuidado — disse ele.

Eu o ignorei e continuei catando os cacos, o que fazia muito sentido. Porque cortar meu dedo realmente mostraria a ele quem estava no comando da situação.

— Talvez nós devêssemos entrar e pegar luvas ou algo assim? — comentou. — É muito vidro.

— Não, obrigada — respondi. — Estou bem.

Essa foi a primeira coisa que lhe disse, como se não fizesse tempo — *quanto tempo?* — desde que nos faláramos pela última vez. A primeira coisa que lhe disse após a nossa separação. Após meu casamento.

Nick apenas assentiu com a cabeça.

— Tudo bem — disse ele.

Então, também começou a trabalhar no escuro, procurando pelos pedaços maiores, até encontrar o gargalo de uma das garrafas com o rótulo laranja ainda intacto e o estender para mim, como um presente.

Foi quando olhei para ele: primeiramente, para o gargalo da garrafa; depois, para ele. Vestia uma estúpida camisa do Batman por debaixo de uma camisa azul de botão. E voltara aos seus antigos óculos com aro de metal, como se nunca tivesse passado um dia sem eles. Estava com a barba por fazer, parecendo determinado e exatamente como ele mesmo. O que significava absolutamente perfeito para mim.

— Achei que estivesse em Londres — disse.

— Eu estava — respondeu. E empurrou o aro de metal mais para cima do nariz. — Quer dizer... estou.

— Então, o que faz aqui?

— Eu estava passando pela vizinhança? — respondeu, tentando fazer uma piada. Mas seus olhos pareciam cansados atrás dos óculos. Pareciam tristes.

Continuávamos no chão da adega. Havia esse detalhe. Estávamos no chão, olhando diretamente um para o outro.

Eu me movi para trás, me afastando dele.

— Preciso entrar — disse. — Lamento que tenha vindo de tão longe, Nick. Lamento mesmo. Mas tenho de voltar lá para dentro. E você precisa ir. Agora.

Comecei a me levantar, mas ele me alcançou e pegou meu braço gentilmente — como se fosse um direito seu — e me manteve ali, ajoelhada.

— Espere — disse. — Eu viajei tanto.

Eu balancei a cabeça, em negação.

— Ninguém lhe pediu para fazer isso.

— Certo. Mas você pode esperar pelo menos um segundo?

— Para quê? — perguntei.

Mas eu sabia para quê. Mesmo depois de tanto tempo, sabia. Era tudo familiar demais entre nós dois. Como se pudéssemos apenas recomeçar exatamente de onde havíamos parado. Nick contava com aquilo. Que o amor faria o que frequentemente ameaça fazer: mostraria que é eterno, como se só isso importasse.

Depois, Nick poderia fazer suas perguntas. Depois, poderíamos brigar e conversar e chegar a lugar nenhum. Depois, poderíamos descobrir se os detalhes do que acontecera desde que nos separamos eram apenas detalhes. Mas, se ele me mantivesse ali, tão próxima a ele, com sua mão sobre o meu braço, seus lábios se movendo em direção aos meus — se me beijasse ali —, ele poderia decidir que isso ainda significava algo, até mesmo tudo.

Então, lá estava eu, prestes a me levantar, prestes a me desprender, mas sem ainda iniciar o movimento. Estava prestes a iniciar o movimento, mas ainda não estava lá. Ainda ajoelhada. Porque sempre há um segundo entre o instante em que você pode agir e o instante em que você não pode.

E, naquele instante, meu marido surgiu.

27

Griffin estava parado na entrada da adega com uma grande lanterna nas mãos e os olhos fixos em Nick, e nós saltamos do chão quase em sincronia, o que de algum modo pareceu o pior começo possível. O pior começo possível para o que estava por vir.

— Griffin... — disse eu.

— Olá — cumprimentou ele.

Porém, não era para mim que estava olhando. Não olhava para qualquer lugar próximo de mim, seus olhos fixos na única pessoa que jamais deveria ter aparecido na sua adega sem convite.

Senti a necessidade de consertar a situação o mais rápido possível, mas não sabia como. *Isso não é o que parece*, queria dizer. Mas era provavelmente mais ou menos o que parecia: eu, no chão da adega de Griffin, com a última pessoa com quem eu deveria estar no chão da adega, duas garrafas de vinho quebradas entre nós e os lábios dele se direcionando para os meus.

Além disso, já escutara aquelas exatas palavras em muitos programas de televisão ruins, em muitos filmes bobos, em situações em que o exato oposto dessa afirmação era o mais próximo da verdade. Eu as escutara do próprio Griffin no outro dia, não escutara? Ele e Gia conversando, tomando café, com um grande e incômodo bar entre eles. Não parecia ser um bom momento para lembrar aquilo, embora parte de mim o desejasse. Como se isso nos deixasse quites.

Como alternativa, então, pensei bastante para encontrar o mais adequado a se dizer.

— O que faz aqui fora? — indaguei. — O robalo não está esfriando?

Aparentemente, não pensara o suficiente.

Griffin estendeu a lanterna para mim e olhou nos meus olhos pela primeira vez, fazendo com que eu desejasse que não tivesse feito isso.

— Achei que pudesse precisar disto — disse.

— Obrigada, precisava mesmo. Eu derrubei o Adami. — Liguei a lanterna, iluminando o líquido e o vidro espalhados pelo chão, como evidências. — Derrubei duas garrafas, na verdade. Pelo menos não foram três...

Sério, alguém precisava me fazer calar a boca.

Griffin estendeu a mão em direção a Nick.

— E você deve ser Nick? — disse ele, um pouco calmo demais.

— É um prazer conhecê-lo — respondeu Nick.

E apertaram as mãos. Apertaram as mãos de um modo esquisito que me fez pensar que alguém estava prestes a levar um soco. Mas eles se soltaram e ninguém apanhou. Claro que não. Éramos todos adultos ali.

— Desculpe aparecer assim, numa noite tão importante — disse Nick. — Eu não sabia que o seu restaurante estava inaugurando hoje à noite. Ou não sabia até o meu avião aterrissar e o táxi me deixar na sua casa.

— De onde você veio? — perguntou Griffin.

Não havia como fazer Londres soar bem. De forma alguma. Provavelmente foi por isso que Nick não respondeu à pergunta de verdade.

— Estou a caminho de Nova York — disse ele. — A trabalho.

Seus olhos se recaíram sobre mim naquele momento, mas eu não me voltei para ele. Estava ocupada demais alternando o meu olhar entre Griffin e o chão. O chão e Griffin. E Griffin observava Nick. Apenas Nick. Era como uma dança das cadeiras, na versão de olhares.

— Vocês não vão acreditar.

Todos nos voltamos para ver Jesse parado diante da porta da cada vez mais superpopulada adega: Jesse, que parecia mais do que um pouco confuso e que carregava um saco gigante de biscoitos sabor churrasco. Por que ele comia biscoitos sabor churrasco no meio da inauguração do restaurante do irmão eu não fazia ideia.

— Cheryl está *grávida* — disse Jesse.

— O *quê?* — perguntei.

Eu apontei a luz da lanterna diretamente para ele, para os seus olhos, e Jesse os cobriu rapidamente.

— Desligue isso — disse ele. — Eu já não tenho problemas suficientes?

Todos temos problemas suficientes, pensei, enquanto via a expressão desconcertada de Nick pelo canto do olho.

Desliguei a inútil lanterna e a coloquei sobre uma prateleira, longe de mim, para o caso de eu me sentir impelida a ligá-la novamente.

Jesse, enquanto isso, balançava a cabeça.

— Não consigo acreditar nisso. Quer dizer, vocês conseguem? Atendo o telefone hoje à noite, e tenham em mente que foi a primeira vez que ela liga em semanas sem imediatamente pedir para falar com os pequenos, e eu digo "Olá, *esposa*", e ela fala "Não estou ligando para conversar com você. Estou *grávida*, seu idiota!" Como se fosse culpa minha... Bem, de algum modo, até que é. — Ele fez uma pausa, notando a presença de Nick. — Quem é esse sujeito?

— Jesse — disse Griffin, interrompendo o irmão e batendo levemente nas suas costas. — Venha. Vamos entrar e conversar sobre isso.

— Não quero entrar e conversar sobre isso — disse Jesse. — Quero conversar sobre isso aqui. Onde estão as bebidas boas!

— Bem, eu vou voltar — disse Griffin. — Tenho um restaurante cheio de pessoas famintas me esperando. Então, se me derem licença...

E, assim, ele se virou para sair.

— Griffin... — disse eu, chamando-o.

Talvez devesse tê-lo seguido. Mas tudo o que consegui fazer foi ficar ali enquanto ele caminhava pela rua, meu coração desmoronando à medida que ele ia embora. Eu podia senti-lo se partindo. Só de observá-lo ir embora.

— O que há com ele? — disse Jesse, virando-se para mim. — Sou eu que vou ter um filho. Dois, pelo visto!

Jesse parecia desvairado, mesmo na escuridão, enquanto tentava sem sucesso lidar com o que acabara de descobrir.

— Annie, lamento muito por tudo isso — disse Nick. — Lamento mesmo. Mas se eu pudesse ter pelo menos um segundo a sós com você antes de ir...

Eu balancei minha cabeça negativamente e respondi:

— Nem pensar.

Ele olhou para mim, assentiu com a cabeça e viu que eu realmente queria dizer aquilo.

— Está bem — disse ele. — Vou embora.

Essas palavras poderiam ter marcado aquele momento como o fim — daquela visita surpresa, daquela péssima viagem —, pelo menos por ora. Não fosse por Jesse.

— Espere... Mas quem é você? — perguntou novamente.

Nick estava passando por ele na porta. Estava tão perto de já tê-lo deixado para trás.

— Ele está indo embora, Jesse — disse eu.

Mas Nick virou e se apresentou.

— Nick Campbell — respondeu. — Sou um velho amigo de Annie.

Jesse assentiu com a cabeça, começando a voltar sua atenção para mim. Então, como se algo lhe ocorresse, interrompeu o movimento e seus olhos se arregalaram.

— Espere, você é Nick? — perguntou. — Nick, o ex de Annie?

Porém, antes que Nick pudesse responder — e antes que eu pudesse responder por ele —, Jesse derrubou seu pacote de biscoitos no chão e tomou impulso, golpeando Nick com força, diretamente no queixo. Num único movimento, com um estalo anormal, Nick voou para trás e aterrissou sobre o chão.

Eu me abaixei instintivamente e segurei seus ombros.

— Você está bem? — indaguei.

Nick consentiu com a cabeça e tentou mover seu queixo ensanguentado.

— Sim. Estou bem... — respondeu. — Acho que merecia isso.

Eu ergui o olhar na direção de meu cunhado.

— Que diabos foi isso, Jesse? — indaguei. — Em que isso vai ajudar? Nós *somos todos* adultos aqui.

— Mas ele mesmo não acabou de *dizer* que merecia? — perguntou.

— Não importa! Somos todos adultos aqui! — disse eu, mais alto, nitidamente prestes a perder o controle.

Jesse apenas deu de ombros e, parando apenas para pegar de volta seu pacote de biscoitos, passou por nós e saiu da adega. Deixando-me não muito diferente de onde havia começado: sozinha com Nick e, de algum modo, ajoelhada novamente.

28

— Quero entender no que você estava pensando — disse — quando decidiu simplesmente aparecer aqui.

Nick e eu estávamos no banheiro do saguão do hotel mais próximo — o Hotel Northampton —, o local mais próximo em que poderia deixá-lo naquele estado. Eu, usando uma das antigas toalhas monogramadas do hotel para limpar o sangue do seu lábio cortado; ele, sentado na bancada, diante de mim, segurando a parte de trás do pescoço com uma das mãos, para se firmar, e um copo de uísque com a outra — também se firmando dessa forma.

— Eu disse que estava arrependido — afirmou ele. — E estou. Desculpe.

— Está bem — respondi, afastando-me e examinando meu trabalho. — E como isso é uma resposta?

Ele olhou para mim, confuso.

— Qual era mesmo a pergunta?

— Nick, pare com isso.

Eu arremessei a toalha dentro do cesto de vime e sentei-me na cadeira reclinável desbotada do outro lado do pequeno vestíbulo, cruzando os braços. Era avassalador pensar na noite de inauguração do restaurante de Griffin sendo arruinada por aquilo. Era imperdoável demais. Mas lá estava: uma verdade inegável. E lá estava eu, com a pessoa imperdoável.

Eu balancei a cabeça, em negação.

— Tudo está um caos agora — disse. — Você fez uma escolha. Eu fiz uma escolha.

— Eu sei — concordou Nick.

Eu levantei meu olhar para ele.

— Aparentemente, você não sabe, ou nós não estaríamos aqui.

Se estivesse sendo honesta, o que Nick fazia ali não era a questão mais importante: e sim, o que *eu* fazia ali? No saguão de um hotel a quatorze quilômetros do meu marido. Por que não retornara ao restaurante?

Eu retornara. Ou, devo dizer, tentara retornar. Mas Griffin movia-se depressa pela cozinha, de volta ao seu meio, confortável, claramente tentando esquecer o que acabara de acontecer — movendo-se depressa mesmo quando me viu parada diante dele. Ele me disse que conversaríamos depois. Achei que seria mais gentil honrar seu pedido e deixá-lo em paz. Devolver-lhe sua noite, o resto dela.

E, então, fui até lá, julgando que, após apanhar, Nick precisaria de alguma ajuda. Julgando também que poderia ser uma boa oportunidade para conseguir respostas para as minhas perguntas. Conseguir respostas definitivas para poder fechar aquele capítulo. Como se isso existisse. Respostas definitivas, capítulos encerrados.

— Nós podemos... falar sobre outro assunto, por favor? — disse Nick. — Somente por um minuto ou dois?

O sangue havia pingado sobre a sua camisa do Batman e caído sobre sua calça jeans. Criando manchas marrons por toda a sua frente. Isso tornava sua aparência pior do que eu já vira. Tornava difícil ser difícil com ele.

— Como o quê, Nick? — questionei, de forma mais gentil.

— Como *qualquer assunto.*

Ele havia elevado seu copo de uísque, encostando-o em seu queixo inchado.

Subitamente, pareceu-me demais brigar com ele, ainda mais quando aparentava — mesmo que fosse por culpa dele — que Nick já havia perdido.

Eu respirei fundo.

— Como vai a minha cadela? — indaguei.

— Bem — disse ele. — Muito bem.

— É mesmo?

Ele retirou o celular do bolso.

— Eu tenho algumas fotos, se quiser ver.

Assenti com a cabeça. Eu queria. Era a única coisa que queria, sem sombra de dúvidas, naquele instante.

Então, ele arremessou o telefone para o outro lado da sala, eu o peguei, e meu coração começou a acelerar enquanto passava de uma foto para outra. Enquanto olhava para a minha boa e velha Mila cochilando no parapeito da janela do apartamento de Nick, caminhando pelo parque — parecia ser o Battersea —, flertando com um gato perto da placa da estação de trem Victoria (sim, com um gato). Como eu, pelo visto, a minha garota não sabia identificar uma boa aposta.

— Srta. Mila... — disse eu, balançando a cabeça em descrença. — Quem poderia imaginar que ela tinha ares de europeia?

— Surpreendente, não é mesmo? — comentou. — Um pouco menos surpreendente é o quanto ela sente a sua falta.

— É mútuo — respondi. — Mas foi um golpe baixo me mostrar fotos dela.

— Você pediu.

E ele estava certo. Eu havia pedido. Queria saber sobre tudo o que estava acontecendo com Mila. Se eu admitisse, também queria saber mais sobre Nick. Ele, enquanto isso, tomava um longo gole de uísque, e vi o que se passava em seus olhos. Que tentava decidir se sabia o suficiente sobre o que estava acontecendo comigo para dizê-lo. Para dizer o que quer que ele viajara de tão longe para dizer.

— Estou morando em Pimlico, na realidade — disse.

Eu olhei para ele.

— Como assim?

Nick deu de ombros.

— Era muito esquisito, sabe? — explicou. — Morar num lugar que você escolheu para nós. Sem você lá...

Eu concordei com a cabeça, dando uma última olhada na fotografia de Mila no celular, tentando evitar o contato visual que ele buscava. Então, ainda sem olhar para Nick, joguei seu telefone de volta. E isso, prefiro acreditar, foi a razão principal para o arremesso ter sido fraco e o telefone ter aterrissado no chão, debaixo dele, enquanto nós dois observávamos. Nenhum dos dois se levantou para apanhá-lo.

Ele tomou outro gole de sua bebida.

— E o caso é o seguinte, já penso nisso há algum tempo... Por todo esse período na minha casa, na casa diferente, fiquei pensando e pensando apenas nisto: em como passamos tanto tempo tentando escutar um ao outro, sabe? Passamos tanto tempo nos vangloriando por termos tentado escutar que, de algum modo, podemos não reparar... — Ele fez uma pausa. — Naquilo que a pessoa que mais amamos mais teme nos dizer.

Eu aproximei meus joelhos de mim, envolvendo-os com os braços.

— Certo... — disse. — O que eu mais temia lhe dizer, Nick?

Foi naquele momento que, como resposta, ele mexeu em seu bolso — nervosa e lentamente —, retirou um objeto de lá e olhou para ele. Antes de arremessá-lo pelo pequeno espaço entre nós.

Era uma caixinha vermelha. Não era de veludo. Mas ainda assim uma caixinha de anel. Eu a abri. E, dentro dela, encontrei um anel de diamante. E era tão bonito, um pouco como se fosse de outra era. Um pouco como se pertencesse àquele lugar, conosco naquele vestíbulo envelhecido.

Eu o retirei da caixa, segurei-o entre meu polegar e meu dedo indicador, e olhei de volta para Nick.

— Não entendi — disse.

Ainda segurava o anel entre meus dedos, totalmente incerta sobre o que acontecia.

— Vim aqui hoje à noite para fazer o pedido.

— A quem? — perguntei.

— A você.

Eu olhei de volta para o anel, o anel de tempos antigos, completa e inteiramente sem palavras.

— Mas... eu sou casada — disse.

— Sei disso.

Voltei a olhar para ele.

— Você esperou até que eu me casasse para me pedir em casamento? — indaguei. Ele começou a me responder, mas eu levantei a mão para cortá-lo. — Está louco? — disse.

— Apenas olhe para ele.

Nick gesticulou para que eu observasse o interior do anel, onde havia escrito o mesmo que escrevera atrás do medalhão, em outra vida, naquela em que vivêramos juntos: *Para você, para sempre.*

— Isso é loucura — disse eu.

Então, me levantei para ir embora. Por que estava levando tanto tempo para sair daquela saleta horrível?

— Olhe, Annie, sei que está tudo arruinado entre nós — disse ele. — E sei que isso é, em grande parte, por minha culpa.

Ele estava de pé agora, bloqueando a saída. Deixando suas mãos entre nós, num gesto pedindo calma.

— Mas você precisa saber que nada aconteceu. Com a Pérola — continuou ele. — Nunca foi sobre ela. Foi sobre a ideia dela, a ideia daquele tipo de vida... Algo mais simples, parado. Sobre o que eu achava que deveria desejar ao invés de o que eu realmente desejava, se isso faz algum sentido.

— Não muito — respondi.

Nick olhou para mim, e, por um lado, eu queria uma explicação, mas, por outro, já sabia exatamente o que quisera dizer. E ele sabia que eu sabia. Quisera dizer que nada acontecera. Que limites você pode ultrapassar e depois ser perdoado? Ele não chegara perto de alguns dos piores?

— Nós queremos as mesmas coisas. Construímos nossas vidas, nossas carreiras, ao redor delas. E podemos voltar a ter o que tínhamos, Adams. Eu já tenho dois projetos na Europa para os próximos seis meses. E parece que vou conseguir gravar o próximo filme no Brasil no final do ano. Podemos viajar pelo mundo juntos. — Ele sorriu para mim. — Foi injusto da minha parte julgá-la por desejar isso, por desejar essa liberdade. Quando, claramente, isso é o que eu desejo também. O que desejo com você.

Tentei pensar em como dizer que não, que *aquilo* não era mais o que eu desejava. Que queria algo mais sólido. Não começos e interrupções de vida, mas algo mais contínuo, mais estável, algo que pudesse crescer. Mas, então, como eu poderia explicar a parte de mim que buscava uma saída de Williamsburg desde o momento em que chegara?

— Eu preciso sair daqui, Nick — respondi.

— Sei o que está com medo de me dizer — disse ele, ao invés de escutar. — Você provavelmente não pensa muito sobre isso agora, mas, no dia em que eu parti, você não ficou tão *surpresa*. Parecia, pelo menos em parte, já esperar por aquilo.

— O que quer dizer?

— Quero dizer que tudo subiu à minha cabeça por um tempo. O sucesso do filme e os meus três minutos e meio de fama. Fez com que eu questionasse tudo sobre a minha vida. E não poderia estar mais arrependido pelo modo como isso impactou você. Acho que sabe disso. — Ele fez uma pausa. — E agora fico pensando que sei disso também, e posso tornar melhor a parte que realmente a assusta.

— Que seria? — perguntei, finalmente.

— Você pode contar comigo — disse Nick. — Eu estarei sempre aqui.

Olhei para ele, chocada.

— Talvez eu faça besteira e me confunda, Annie — continuou. — Mas, se me der uma chance, eu juro que sempre consertarei meus erros...

Senti algo se abrir dentro de mim. E eu tinha de me afastar dele. Não porque estivesse irada, triste e totalmente furiosa. Mas pela parte de mim que não estava. Pela parte de mim que se sentia de forma diferente.

— Preciso ir — disse.

Então, o empurrei para passar pela porta.

Eu me senti melhor imediatamente após me afastar dele. Com aquela porta velha e pesada entre nós. Inspirei, expirei e segui adiante.

Porém, no meio do caminho para fora do saguão, senti algo em minha mão e baixei o olhar para ver o que era. O anel. Eu ainda carregava o anel.

E inspirei novamente, de um modo desagradável. Porque precisei retornar ao vestíbulo, onde encontrei um Batman ensanguentado de pé, imóvel e perdido, exatamente onde o deixara.

Eu não disse: *Isto é seu*. Não disse nada.

Apenas coloquei o anel no chão, bem ao lado do celular de Nick, não arriscando entregá-lo diretamente, não arriscando qualquer outro contato.

Nós dois olhamos para o anel.

E, daquela vez, quando fui embora, saí correndo.

29

Um pouco antes das três da manhã, eu entrei em casa carregando duas sacolas marrons que pingavam, e encontrei Griffin sentado à mesa da cozinha, ainda acordado, ainda se recuperando daquela noite. Havia uma grande caneca de café diante dele — e uma cafeteira fazendo mais no fogão —, um livro aberto sobre a mesa.

— Olá — disse.

— Olá — respondeu ele.

Seus olhos observaram as sacolas marrons e depois voltaram para mim. Ele parecia cansado, sentado ali; não muito irritado, mas bastante cansado, estranhamente calmo e cansado, o que tornava ainda mais difícil saber por onde começar.

Entrei na cozinha e me sentei no lado oposto ao dele à mesa, hesitante, depositando as sacolas sobre ela.

— Quando você chegou em casa? — perguntei.

Ele pegou sua caneca com uma das mãos e ergueu-a até os lábios.

— Não faz muito tempo — disse. — Decidimos fazer um jantar de meia-noite para os leais companheiros que esperaram a noite toda.

— O que preparou?

Ele me lançou um olhar como se não quisesse responder àquilo — como se aquela fosse muito possivelmente a última pergunta no mundo que deveria ser feita naquele momento. Mas eu tinha um plano. Ou era o que pensava.

— Sanduíches de cogumelos portobello — respondeu ele. — E sopa de cebola picante.

— E você parou para comer algo? — indaguei.

Ele negou com a cabeça, sua mão ainda apertando a caneca.

— Não exatamente — disse.

— É bom saber disso. Porque...

Mexi em uma das sacolas e retirei uma perfeita garra vermelha de lagosta de Lasse, aquele sobre o qual Griffin me falara na primeira noite. A garra de lagosta de Lasse que me prometera naquela noite, do outro lado do país, naquele primeiro minuto em que aprendíamos a fazer promessas um ao outro. Pareceu-me relevante — talvez não muito, mas um pouco — que eu pudesse cumprir aquela promessa.

— Achei que poderia fazer uns ovos — disse.

Ele se aproximou e pegou a garra da minha mão.

— Você foi até o Lasse? — perguntou.

Eu assenti com a cabeça.

— No meio da noite — respondi.

— Como conseguiu que ele vendesse para você?

Dei de ombros.

— Tenho poderes mágicos.

Ele concordou com a cabeça, devolvendo a garra à sacola.

— Não há discussão sobre isso — disse ele. — Foi gentil da sua parte. Obrigado.

— De nada — respondi, sorrindo, como se não tivesse sido um grande problema.

Na verdade, havia sido uma provação bastante exaustiva, que terminara comigo implorando por algumas patinhas e sendo forçada a barganhá-las com vários itens que não fazia ideia de como conseguir, incluindo uma cópia da primeira edição do meu jornal e um autógrafo de Jack Nicholson.

Levantei-me, dirigi-me ao fogão e o acendi.

— Então, o que me diz? — perguntei. — Posso fazer os ovos?

— Annie, você não precisa fazer isso.

— Você está brincando? — disse. — Eu quero. Estou faminta também. Quer dizer, não preciso nem dizer que eles podem não sair tão bons quanto os seus, mas nunca se sabe, não é mesmo? Eu tenho as garras mágicas a meu favor, afinal.

E, então, abri a geladeira e descobri o que eu não tinha a meu favor, o que estava faltando. Talvez o mais óbvio de tudo. Os ovos.

— Nós não temos ovos? — disse eu.

Griffin sorriu.

— Faremos isso amanhã.

Aquilo foi demais. Sentei-me, esgotada, e minha cabeça caiu sobre as minhas mãos.

— Quem não tem ovos? — indaguei. — E nós conhecemos alguém que pode nos colocar em contato com Jack Nicholson?

Ele olhou para mim, confuso, e então se aproximou e pousou sua mão sobre o meu ombro, para me acalmar.

— Está tudo bem — disse.

Eu balancei a cabeça, negando.

— Você não entende — respondi. — Eu queria fazer uma coisa certa. Achei que se fizesse uma coisa certa...

— Você faz muitas coisas certas — disse ele.

— Mas eu arruinei a sua noite, ou Nick arruinou. E não pude impedi-lo. — Olhei diretamente para ele. — Sinto tanto por isso, Griffin. Tanto. Você não faz ideia do quanto eu quero consertar isso.

— Eu faço ideia.

— Faz? — perguntei. — Então não está furioso?

Ele me direcionou um olhar, apenas de relance, que me certificou de que estava. Então, olhou de volta para a sua caneca, que parecia perigosamente quase vazia.

— *Furioso* pode não ser a palavra certa — disse ele.

— Qual seria, então?

Griffin andou até o fogão, serviu-se de mais café e abriu o armário para pegar outra caneca e levar um pouco para mim também.

— Michael, do seu jornal, chegou depois que você saiu — comentou.

— Quem? — perguntei, demorando um minuto para ligar os pontos, para me lembrar de todos os Michaels que eu conhecia no trabalho, até que consegui visualizá-lo: um sujeito baixo, que morava em Martha's Vineyard e que escrevia a coluna "Vinhos e Bebidas". — Michael Thomas? — questionei. — O crítico de vinhos?

Ele assentiu com a cabeça enquanto se sentava novamente e me passava a minha caneca.

— Ele estava visitando a filha na Smith College. Pensou em vir conhecer o restaurante e ver se poderia escrever sobre algo. — Griffin fez uma pausa e levou a caneca de café aos lábios. — Pediu para parabenizá-la pela sua promoção. — Eu tentei olhar nos seus olhos, mas ele não se voltou para mim. — Eles lhe ofereceram um emprego em Londres?

— Sim — respondi. — Bem... com a base de operações em Londres.

— Quando? — disse ele. — Não que importe, exatamente, mas quando lhe fizeram a proposta?

Comecei a falar depressa demais, tentando me explicar.

— Griffin, eu ia conversar com você a respeito disso — disse. — Mas, com a inauguração do restaurante e tudo o mais que tem acontecido por aqui, ainda não havia tido uma chance e, já que eu não vou, obviamente...

— Para Londres? Onde Nick está?

— Com base em Londres — resmunguei, como se esse fosse o problema. — E Nick não estará lá por muito tempo.

— Então, acha que é isso que você quer? — perguntou. Por um segundo, fiquei em dúvida se ele falava sobre Nick ou sobre o emprego; meus olhos se arregalaram. — O emprego? — esclareceu, parecendo mais do que um pouco irritado.

Eu neguei com a cabeça.

— Não, não quero.

Ele olhou diretamente para mim, a xícara ainda perto de seus lábios, aguardando por algo mais próximo da verdade.

— Eu não sei, Griffin — continuei. — Eu realmente não sei mais. Mas estou preocupada sobre o que farei por aqui. O que mais eu *poderia* fazer. Isso não é um segredo.

Olhei de volta para ele, que continuava em silêncio. Mas eu me perguntei se conseguia ouvir o restante dos meus pensamentos: sobre encontrar Nick e sobre o que isso estava despertando dentro de mim. Porque, ao invés de ficar mais irritado, foi como se sua raiva se extinguisse. E ele me lançou um sorriso que eu não reconheci.

— O quê? — indaguei.

Ele balançou a cabeça, em negação.

— Antes de você chegar, estava pensando na época em que minha mãe costumava levar Jesse e a mim na mercearia nas tardes de sexta-feira, quando ainda éramos pequenos. Ela fazia as compras para o fim de semana e cada um de nós podia escolher um doce — disse. — Apenas um. E Jesse sempre sabia o que ele queria. Aquelas balinhas que explodem na boca.

Observei enquanto ele se aproximava e colocava as sacolas de Lasse na geladeira, afastando-as de nós.

— Eu me lembro delas — comentei. — Não era essa bala que diziam que podia matar se você a comesse e bebesse refrigerante ao mesmo tempo? A que diziam que matou aquele menino do comercial de cereal?

— Exatamente — disse ele. — Mas não acho que ele tenha morrido de verdade.

Eu balancei a cabeça.

— Nossa, elas eram ótimas.

— Pois é — disse ele. — Jesse pegava as balas e saía de lá em quinze segundos. E eu continuava ali, observando a prateleira de doces enquanto minha mãe fazia as compras. Eles tocavam discos antigos na mercearia... Beatles. Beach Boys. Billie Holiday. Então minha mãe achava que eu queria ouvir as músicas, mas a verdade era que não conseguia me decidir. Eu escolhia algo ótimo, colocava de volta, escolhia outra coisa. E quando Emily me chamava, dizendo que meu tempo estava acabando, enquanto Jesse gritava do lado de fora da janela para pegar mais das balas dele, eu entrava em pânico, daquele jeito que somente garotos de 6 anos conseguem entrar, e acabava escolhendo um doce horrível.

— Como aquele pirulito que vinha com pozinho?

— Várias vezes, sim.

— Essa é a história mais triste que eu já ouvi — afirmei.

Ele sorriu e soltou uma risadinha. Então, fixou o olhar em mim.

— Você não deveria aceitar esse emprego, Annie — disse sério e com firmeza. — E não digo isso por minha causa. Ou porque seria difícil ir com você. Eu daria um jeito, se achasse que essa era a decisão certa. Para você, para nós.

— Então por que está me dizendo isso?

Ele deu de ombros.

— Porque estou preocupado que você tenha se convencido de que precisa aceitar, e isso não é o mesmo que realmente querer ir.

— Não entendi — disse eu.

Ele fez uma pausa.

— Foi você quem me disse que queria uma vida diferente.

— Bem, não estou certa de que minha vida *diferente* é muito realista — comentei.

— Quem disse?

— As centenas de fotografias arruinadas — respondi. — O fato de eu não saber o que fazer com elas mesmo se não estivessem arruinadas. Essa coluna de viagens, e a quantidade de tempo que passo viajando, e tudo isso ser a única vida que eu já conheci.

Griffin olhou para mim, não como se não compreendesse, mas como se esse tipo de compreensão não fosse muito útil para ele. Aquilo fez com que me sentisse solitária, especialmente depois de sentir, apenas algumas horas antes, que alguém me entendia, mesmo esse alguém sendo uma pessoa que não deveria mais me entender.

— Não posso simplesmente mudar, Griffin — disse eu, tentando mais uma vez.

— Quem está falando sobre mudar? — rebateu ele. — Estou falando sobre ser mais como você é.

Eu me inclinei para trás, afastando-me dele. *Ser mais como eu sou.* Essa era a pior parte. Não sabia por que não conseguia ser assim.

— É isso — disse ele. — Foi por isso que comecei a pensar na história das balas. Eu costumava ficar frustrado porque Jesse sabia exatamente o que queria. Porque ele era feliz com aquilo... ficava realmente satisfeito. Eu nunca achei que conseguiria me sentir assim. E, então, isso mudou.

— Quando? — perguntei.

Ele me lançou um sorriso.

— Quando foi mesmo que nos conhecemos?

Eu sorri de volta e, então, olhei para baixo.

— Isso não é verdade — disse.

— Não, não exatamente — concordou Griffin. — Mas não foi isso que eu quis dizer, de qualquer modo. O caso é que levei muito tempo para descobrir que a questão não era encontrar a bala que eu queria.

— E qual era a questão?

Ele se levantou, levando sua caneca consigo.

— Era aprender a deixar a mercearia antes de o tempo acabar — disse.

Então, inclinou-se para a frente por mais um segundo e beijou minha bochecha. Como se isso fosse um hábito.

— Aceite o emprego, Annie — disse ele ao meu ouvido. — Vá para Londres.

Olhei para cima conforme ele se afastava, distanciando-se de mim.

— Não entendi — afirmei. — Você não acabou de dizer que eu não deveria ir? Não acabou de me dizer isso?

Ele inclinou a cabeça, encontrou meu olhar.

— Fico me perguntando o que fez Nick pensar que poderia aparecer aqui — respondeu. — Aquilo foi sobre ele ou sobre você?

Eu não sabia como responder àquilo, o que parecia ser a única resposta de que Griffin precisava.

Parte de mim desejava gritar, *Isso não é sobre Nick*. Mas as palavras não saíam. Porque havia outra parte de mim que olhara para aquele anel por tempo demais — que escutara a proposta de Nick por tempo demais — para acreditar que Nick não era uma das causas da minha confusão. E, então, havia uma parte maior: uma parte que não acreditava mesmo que aquilo tudo se tratava de querer Nick de volta. Mas que não conseguia ignorar aquilo que nosso encontro tornara abundantemente claro. Que eu não me sentia presente ali. Que parte de mim ainda buscava uma forma de fugir.

— Não sei como explicar, Griffin. É como se eu tivesse acordado um dia e minha vida estivesse completamente diferente. Sei que escolhi isto, mas não parece tão simples assim — disse. — Nada parece simples para mim.

Ele já estava a caminho da porta, já estava a caminho de se afastar de mim. E o que eu dissera não fora suficiente para mantê-lo ali.

— Não posso consertar isso para você, Annie — afirmou. — Não quero passar a minha vida tentando.

Griffin olhou para mim por um último segundo. Não pareceu furioso ou transtornado. Pareceu claro, seguro.

E, então, se foi.

30

Na manhã seguinte, liguei para Peter.

— Acho que posso ter estragado tudo... — disse.

Eu estava de pé na cozinha, com a casa em silêncio, perfeitamente serena, o primeiro fragmento de luz solar iluminando o jardim, a floresta, fazendo com que as árvores brilhassem.

Afastei-me da janela.

— Peter — disse —, não se irrite, mas e se eu dissesse que acho que você pode estar certo e que preciso ir? Para Londres, quero dizer.

As palavras pareceram estranhas na minha boca, artificiais e equivocadas. Ainda assim, eu consegui ignorar isso — precisava ignorar isso — porque também me senti um pouco aliviada apenas ao escutá-las saírem para o mundo, prontas a completar seu trabalho.

— Minha querida — disse ele. Sua voz ainda estava rouca de sono. — Diria que poderia ter esperado até as sete da manhã para compartilhar comigo o que eu já sabia. Notícias não surpreendentes só após as sete. Essa é a regra.

— Então não é tarde demais para aceitar o emprego? — indaguei.

— É claro que não é tarde demais — disse ele. — Eu aceitei a proposta por você na semana passada.

Olhei para o telefone, totalmente confusa.

— Mas como pôde fazer isso? — perguntei.

— Bem, foi fácil — respondeu. — Melinda Beckett Martin, a editora geral substituta do jornal, além de a sobrinha favorita de Caleb Beckett, o pai, ligou para me perguntar se você aceitaria o emprego e eu disse a ela que é claro que sim. Que você não podia esperar para tornar a "Fechando a Conta" internacional. Que, apesar de não parecer, você não era *uma tola*.

— Não, mas o que quero dizer é que...

Olhei ao redor da cozinha, com as tralhas dos gêmeos espalhadas pelo chão, o regador de Cheryl deixado perto da pia; visualizei Griffin dormindo lá em cima, pensei novamente em tudo que eu abriria mão só por não ter certeza de que chegara ali pelos motivos certos. E em como poderia ficar lá.

— Como sabia que eu chegaria a essa conclusão? — perguntei.

Ele suspirou. Então, suspirou novamente, para o caso de eu não ter percebido.

— Minha querida, como posso dizer isso de forma educada antes de desligar na sua cara e voltar a dormir? — disse. — Eu nunca acreditei que você não chegaria a ela.

Não me lembro de como aconteceu exatamente, quem sugeriu primeiro, mas nós saímos para caminhar. Não importava. Ambos já sabíamos, eu acho, o que estava para acontecer, e nenhum dos dois queria estar dentro da casa quando acontecesse.

Era depois de meia-noite e a lua nos guiava para fora da cidade, em direção às fazendas mais distantes, em direção às montanhas.

Eu não sabia como começar, mas me parecia errado deixá-lo falar primeiro. Parecia errado fazer qualquer coisa diferente de não tornar aquele momento mais doloroso. Como se, para qualquer um de nós, essa fosse uma possibilidade.

— Você se lembra da conversa que tivemos na praia naquele dia? — disse. — De como eu tentei explicar o melhor e pior sobre Nick? E de eu contar que o pior era que nunca me sentia segura?

— Claro...

— Acho que não foi justo culpá-lo por isso. A tal sensação de segurança? Não sei se já a senti. E, talvez, ao invés de apenas decidir que Nick era o problema ou que era o mais recente de uma série de problemas, eu devesse ter pensado em algo diferente.

— Que seria?

Dei de ombros.

— Talvez eu seja o problema — respondi.

Griffin olhou para mim.

— Talvez ele simplesmente não fosse a pessoa certa.

— E qual é a desculpa desta vez? — perguntei. — Há cada vez mais provas de que eu não faço ideia de como fazer isto, Griffin. De como criar um lar com alguém e me sentir confortável nele. E, talvez, eu nunca descubra como, a não ser que solucione a primeira parte sozinha. Como me sentir segura e confortável. E, então, acreditar que posso escolher todo o resto.

Não era exatamente o que eu queria dizer. Mas era quase isso. Era o suficiente para Griffin compreender.

Ele se inclinou e me envolveu com seus braços.

— Eu sei que parece loucura. Como alguém pode descobrir como ficar, partindo outra vez? — continuei, tentando explicar. — Mas o único modo para eu encontrar aquilo que buscava sempre foi partindo.

Ele continuou me segurando perto de si enquanto falava, então não consegui ver seu rosto.

— Não estou certo de que é assim, Annie — disse. — Não estou certo de que conseguimos escolher quando ou onde encontramos aquilo que buscamos.

Comecei a falar que talvez aquilo fosse verdade, que talvez nos conhecêramos num momento ruim, que talvez, se nos encontrássemos dali a cinco anos, ou cinco meses, ou até mesmo cinco minutos, mas — e eu procurava pelo *mas*, por uma saída — temi que Griffin estivesse dizendo aquilo para me convencer a ficar. Para continuar onde estava, com ele, e tentar com mais vontade.

Porém, quando levantei o olhar para seu rosto, para sua expressão decidida e resoluta, percebi que dizia aquilo para se despedir.

E foi quando ele me beijou uma última vez. E me deixou.

31

Alguns anos depois de começar a "Fechando a Conta", houve uma época em que expandimos a coluna para incluir uma seção chamada "Última parada", que se concentrava em encontrar os melhores descontos e atividades gratuitas em qualquer cidade que você fosse visitar. Em Montreal, por exemplo, "Última" recomendaria que, ao invés de pagar por um passeio de barco no rio St. Lawrence com direito a jantar e música, você deveria considerar ir até as barcas no píer Jacques-Cartier, que ofereciam aos visitantes vistas maravilhosas do centro de Montreal e era um modo maravilhoso de se visitar o antigo forte no Musée David M. Stewart. Tudo por uma fração do preço.

Mas "Última" foi um fracasso imediato e espetacular, o que me surpreendeu. Fora ideia minha e eu julgara ter sido boa. Quem não desejaria experimentar uma cidade sem zerar a conta bancária? Foi somente anos depois que percebi onde havíamos errado. Não foi pelo fato de apresentarmos uma opção gratuita, mas por termos também mostrado a opção *cara*. A comparação nos fez perder leitores. Porque tudo o que eles conseguiam ver era a opção que não escolheriam. Tudo em que conseguiam pensar era como seria se pudessem gastar mais. O que estariam perdendo.

Eu cheguei a Londres no final de uma tarde de domingo e pisei no Aeroporto Heathrow quase dezessete horas antes do horário marcado para começar a trabalhar no meu novo escritório em Buckingham Gate.

Levei muito poucas coisas na minha segunda grande mudança em menos de um ano. Duas malas, duas fotos de Mila e o número de telefone das duas pessoas que eu conhecia na cidade inteira — um deles era o da minha chefe, Melinda Martin. E não gostava da ideia de ligar para o outro. Ainda não.

O jornal mandou um carro ao aeroporto para me buscar, o que fez com que eu fosse introduzida à minha nova cidade de forma bem melhor do que se tivesse pegado o metrô. Além disso, o sol começara a se pôr sobre o centro de Londres enquanto o motorista, Thomas, fazia o percurso mais longo até a minha nova residência, apontando para os lugares que achava que eu apreciaria ao longo do caminho: Trafalgar Square e a Coluna de Nelson, a National Gallery e o Palácio de Buckingham, a Ponte de Waterloo e Piccadilly Circus. Não tive coragem de dizer a ele que já visitara todos aqueles locais, para a "Fechando a Conta". Jamais gostaria de ter esse tipo de coragem.

O motorista sorriu para mim pelo espelho retrovisor.

— Então, que tipo de matéria você escreve para o jornal? — perguntou-me.

Dei de ombros.

— Geralmente — respondi —, obituários.

Thomas virou à direita na Sloane Street e eu observei pela janela o alvoroço e a agitação das pessoas que tentavam aproveitar as promoções do final do dia e dos clientes que já enchiam os restaurantes, pegando os melhores lugares próximos às janelas enquanto ainda podiam. Então, Thomas entrou à esquerda, numa rua estreita que aparentava estar em outro mundo. Um mundo excepcionalmente pacato e aconchegante, que me recebia com alguns jardins bem-cuidados e pequenas e belas construções.

— Que lindo — disse eu.

— É o melhor quarteirão de Londres — respondeu ele. — De verdade. Há livros falando sobre ele.

— Eu acredito — comentei.

Thomas desligou o carro e voltou-se para mim.

— E é o seu lar — disse Thomas, abrindo-me um sorriso radiante.

Tentei parecer quase tão feliz quanto ele. *Você escolheu isto*, recordei a mim mesma. Está fazendo a coisa certa. Ou, pelo menos, a única coisa a se fazer.

E, felizmente, ao entrarmos no meu novo apartamento — cada um carregando uma mala — não precisei mais tentar acreditar tanto. Era, sem sombra de dúvida, o apartamento mais charmoso que eu já vira. Parecia uma casa, com janelas grandes e altas, colunas brancas, uma cozinha à moda antiga — com uma pia enorme —, mobília rústica de madeira pelos corredores que conduziam a uma estreita escada até o mais adorável dos quartos. O rio, infinito e reluzente, podia ser visto por todas as janelas.

— Mas que bela casa conseguiram para você — comentou Thomas, enquanto observávamos a vista das janelas da sala de estar e ele preenchia a documentação que precisava concluir. — É como uma vida pronta — disse.

Olhei para ele; a frase me despertara a atenção. *Uma vida pronta.*

Então, forcei um sorriso. E segui o olhar dele para o lado de fora. Primeiramente, em direção ao rio; depois, ao que estava do outro lado dele: Battersea. Aquela que deveria ter sido a minha casa ficava lá, em algum lugar, a que escolhera para Nick e para mim. E lá estava a minha possibilidade de vislumbrá-la, a uma curta distância. Apenas alguns meses depois do planejado. Aquilo não significava algo? Que, depois de tudo, eu chegara onde deveria estar?

Rapidamente assinei ao lado de todos os X necessários.

— Você é sortuda. Já vi alguns dos outros lugares onde colocam os novatos — disse Thomas. — Deve ser boa em escrever sobre gente morta.

— Muito — respondeu alguém.

Nós nos viramos para encontrar Peter na porta da cozinha, segurando uma garrafa de Dom Perignon e duas taças de champanhe.

— Peter! — exclamei. — Como entrou aqui?

— Eu me escondi na despensa da cozinha — disse ele. — Uma mulher, morando sozinha? Você realmente deveria checar todas as portas ao entrar.

Corri até ele e dei-lhe um abraço. E o mantive, provavelmente, por tempo demais. Certo, definitivamente por tempo demais. Peter usou a cara garrafa de champanhe para nos separar.

— Controle-se, minha querida — disse ele.

— Simplesmente não consigo acreditar que é você — justifiquei. — O que está fazendo aqui?

— Eu disse que precisaria vir para cá por um período. Então, cá estou para recebê-la... — explicou. — No meio-tempo.

Lancei-lhe um sorriso.

— Estou tão feliz em vê-lo — falei. — Estou tão, tão feliz.

Conforme eu me movi para um novo abraço, com lágrimas surgindo em meus olhos, ele me passou uma taça de champanhe.

— Achei que tínhamos acabado de decidir que você se controlaria — disse ele. — Vamos seguir em frente e fazer como o combinado.

Naquela noite, levando uma garrafa de vinho como presente, Peter e eu fomos a uma festa em South Kensington, na casa da minha nova chefe, Melinda Beckett Martin.

Peter contara-me apenas alguns detalhes sobre Melinda e, por isso, eu não estava certa sobre o que esperar do nosso encontro. Ela era *apenas* um caso típico de grande sucesso: trinta e poucos anos, casada com um professor de Oxford e *uma parte fundamental da Beckett Media*, como explicara Peter, tendo gerenciado a programação televisiva da companhia na Austrália e na Ásia, atraindo lucros astronômicos em ambos lugares.

Mas, ainda que Peter tivesse me dado todos os detalhes sobre Melinda, acho que não poderia ter me preparado adequadamente para o que nos esperava quando chegamos à sua linda casa vitoriana com fachada simétrica. Quando a porta se abriu, a própria Melinda estava lá para nos receber. Eu estiquei a mão para entregar-lhe a garrafa de vinho que trouxéramos.

Aquele foi meu primeiro erro. Por pouco evitei esmagar seus seios com a garrafa.

Olhei para cima — bem para cima — e encontrei uma mulher de 1,95m de altura, vestindo uma estilosa saia laranja de poá e sapatilhas brancas. Exibindo o sorriso mais caloroso que eu já vira.

— Sr. Shepherd! — disse ela para Peter, num forte sotaque australiano. — Bem-vindo! Bem-vindo!

Ela carregava uma bandeja de petiscos que imediatamente afastou para se inclinar e beijá-lo nas bochechas.

Então, voltou-se para mim.

— E você deve ser a divina srta. Adams sobre quem tanto ouvi falar.

— Sim — respondi. — É um prazer conhecer...

Antes que eu pudesse chegar ao *você*, contudo, ela já beijava minhas bochechas e envolvia meu ombro com o braço, como se fôssemos velhas amigas.

— Temos tanto o que conversar — disse.

E, então, ela nos guiou por um corredor ladrilhado que levava até sua casa: uma casa aconchegante, decorada com uma enorme mesa, fotografias por toda parte (de casamento e de família, das viagens com o marido e de suas respectivas infâncias), mobília e obras de arte acolhedoras e divertidas, do tipo que fazem com que uma casa pareça cheia de pessoas, música e risadas, mesmo que não o seja.

Naquele momento, estava entupida com essas três coisas. Enquanto Peter posicionava-se ao lado de um velho amigo de faculdade, próximo ao bar, Melinda conduziu-me ao redor e apresentou-me ao que pareciam ser todas as pessoas que estavam lá: meus futuros colegas e seus cônjuges bêbados, os vizinhos e melhores amigos dela, sua futura *babá*.

Enquanto andávamos pela multidão, ela me dava deliciosos aperitivos de sua bandeja. E, quando finalmente nos sentamos em duas cadeiras de veludo roxo no canto da sala de estar, com Melinda, alta como uma modelo, fazendo isso de forma muito mais graciosa do que eu — encolhendo o seu corpo delgado debaixo de si e envolvendo a parte de trás do pescoço com a mão, em posição de descanso —, já a amava um pouco.

— Então — disse ela —, deixe-me começar lhe agradecendo.

— Pelo quê? — perguntei.

— Por me salvar de ter de pensar sobre o que raios conversar com todas essas pessoas, sozinha — respondeu. Então, ela se inclinou mais na minha direção e piscou um dos olhos. — Tenho pavor de festas.

— Estou com você nessa — disse eu.

— Bem, nós começaremos os assuntos de trabalho amanhã, mas eu queria apenas recepcioná-la oficialmente — continuou ela. — Soube que o meu primo Caleb não foi muito receptivo, oficialmente ou de qualquer outro jeito.

Eu balancei minha cabeça, negando.

— Não, eu não diria isso — falei. — Eu apenas... ainda não conversei com ele.

— Bem, com sorte, nós descobriremos como continuar assim por um tempo — disse ela. — Ele é uma daquelas pessoas que acha que sabe todas as respostas. Então, somente para irritá-lo, eu lhe mando e-mails marcados como urgentes pelo menos duas vezes por dia, fazendo perguntas impossíveis, como, qual é o preço de um quarto de leite em Adyar, na Índia?

Eu comecei a rir ao mesmo tempo que alguém chamava pelo nome de Melinda.

— O problema é que — continuou — ele sempre sabe a resposta. O que é pior do que isso?

— Muito pouco — respondi.

Ela fez um gesto para quem lhe chamara para que esperasse um minuto. E voltou-me um olhar bondoso.

— Lamento muito deixá-la. Mas acho que tenho de solucionar um problema ao sudoeste. — Ela escondeu a boca com as mãos. — Olhe para lá.

Eu me virei para ver um casal parecendo desesperadamente desconfortável ao falar um com o outro. Ou desesperadamente desconfortável sem falar um com o outro. Os dois tinham os olhos voltados para o chão.

— Não, é claro, é claro... — disse. — Obrigada por ter ficado comigo por tanto tempo.

Ela se levantou novamente, tão mais alta do que eu.

— Foi maravilhoso conhecê-la, Annie Adams — disse ela.

— Você também, Melinda — respondi.

Ela me entregou, por fim, um último bolinho e se foi.

Eu a observei se afastar, com as reluzentes bolinhas de sua saia movendo-se junto com ela, e comecei a procurar por Peter, para informá-lo de que eu estava pronta para ir embora. Exatamente naquele instante, porém, meu telefone tocou e as palavras NÚMERO PRIVADO apareceram no identificador de chamadas.

Griffin, eu pensei imediata e esperançosamente. Não nos falávamos desde que eu deixara a casa mais cedo naquela semana

— indo primeiro para Nova York e depois para Londres. Não conversávamos desde que conversáramos de verdade. E eu sabia que cabia a mim procurá-lo, se isso era o que realmente queria. E sabia que não teria para sempre para fazê-lo. Teria bem menos do que para sempre para consertar tudo. Ainda assim, tive esperanças. Mas não era Griffin do outro lado.

Era Jordan.

— Você ainda está irritada comigo? — perguntou ela. — E, antes de responder, saiba que eu fiz uma lista com várias razões muito *convincentes* de por que você não deveria estar. Quase como uma ode à minha coluna favorita. Esta é a número um, na verdade. Que "Fechando a Conta" *é* a minha coluna favorita. — Fez uma pausa. — E eu escrevi mais cartas ao editor do que qualquer um no mundo.

Saí para a sacada, onde estava mais silencioso, e continuei a observar a festa como num filme mudo, através das janelas de vidro.

Suspirei.

— De que adianta continuar irritada agora? — disse eu. — Parece muito desperdício de energia.

— *Sério?* — perguntou ela. — Isso é uma ótima notícia!

— Estou feliz que esteja satisfeita.

— Você não faz ideia do quanto.

— Mas eu me reservo o direito de voltar a ficar irritada quando estiver me sentindo mais disposta. E sofrendo menos com o fuso horário.

— Claro! — disse ela. — Então, conte como vão as coisas.

Observei a festa animada diante de mim e, então, virei-me para olhar o céu acima, enquanto o vento seco batia de forma agradável contra a minha pele.

— Extraordinariamente calmo.

— Isso é um bom sinal! — disse ela. — Isso é um sinal muito bom! E você começa esta semana?

— Amanhã de manhã.

Eu vislumbrei Melinda através da janela, o que não era difícil de se fazer. Ela dançava sapateado, com um bolo de chocolate nas mãos, para um grupo de convidados, enquanto eles aplaudiam entusiasticamente. Se o faziam para ela ou para o bolo, não estava muito claro.

— Minha nova chefe parece bastante incrível, na verdade — disse eu.

— Esse é o espírito!

— É?

— Sim! Isso é *bom*, Annie, é *certo*... — Ela fez uma pausa. — E já encontrou Nick? Você sabe que ele ainda está aí.

Eu quase desliguei o telefone.

— Você está demitida — respondi.

— Tudo bem, tudo bem. Retiro o que disse — falou. — Desculpe. Não deveria ter perguntado. Isso não importa. Você pode ligar ou não para ele. Apenas estou feliz por tudo estar se acertando no seu lado do mundo.

Pela janela, vi que Melinda ainda sapateava, agora segurando a bandeja de bolo bem acima de sua cabeça, movendo-a para cima e para baixo. Então, eu olhei em torno da sala para todas as outras pessoas: Peter e os outros editores, os muitos amigos amigáveis de Melinda. E as boas-vindas calorosas que todos me ofereceram.

E não pude deixar de pensar no que Thomas, o motorista, havia me dito apenas algumas horas antes, enquanto nós dois estávamos juntos diante da janela da minha nova sala de estar.

— É uma vida pronta — respondi.

— E quem não gostaria de uma vida pronta? — disse Jordan. — Não há nada de errado nisso, nada mesmo.

32

No dia seguinte — mais do que um pouco estimulada pela terceira xícara de café e com a exaustão pela diferença de fusos horários tendo atingido sua intensidade máxima —, eu me encontrei na minha nova mesa, na populosa redação da sede da Beckett Media. Eu tinha um cubículo de, no máximo, três metros quadrados, mas era um *bom* cubículo: ficava em um canto com amplas janelas com vista para Buckingham Gate, para a Hong Kong Association and Society, com seus belos jardins, e para os barcos no rio.

Eu tentava desenvolver um plano para a minha nova coluna, algo empolgante e novo, mas desisti e me voltei para a janela, atraída pelo rio, sentindo-me satisfeita em observá-lo. Ou talvez *satisfeita* talvez não fosse a palavra certa. Talvez fosse mais parecido com solitária, o que, pelo menos, soava mais honesto.

Escutei, então, alguém passar por minha mesa e bater levemente nela, me tirando do meu devaneio. Eu levantei meu olhar para encontrar Melinda me encarando, vestindo uma saia de poá levemente diferente da que usara na noite anterior. Eu quero dizer levemente mesmo: aquela estava mais para cereja do que para laranja, se alguém fosse analisar. O que, aparentemente, eu estava fazendo.

— Bela saia — comentei.

— Mas que bom gosto! — disse ela. — Então, o que achou do seu novo espaço? Precisei realocar alguém da arquitetura para conseguir o canto com a bela vista para você. — Ela fez uma pausa. — Isso é um pouco irônico, na verdade, não é mesmo?

Eu sorri.

— É ótimo — respondi. — Obrigada!

— Fantástico! Então, pequena Annie... — disse ela. — Alguém a chama de pequena Annie?

Dei de ombros.

— Minha mãe, talvez — respondi. — Quando eu tinha seis anos.

— Bem, eu não quero trazer essa lembrança de volta — disse ela.

— Provavelmente é melhor mesmo.

Então, ela me arremessou — lá do alto, quase do céu — uma caneta Montblanc e um caderno de anotações amarelo, que, por algum milagre, eu consegui pegar.

— Venha comigo — disse ela.

Nós caminhamos pelo corredor, Melinda se movendo num ritmo rápido, e eu correndo ainda mais, tentando acompanhar aquelas pernas.

— Bem, quando finalmente consegui que o último parasita saísse da minha casa ontem — disse ela —, li todas as suas colunas...

— Todas?

Melinda gentilmente passou seu braço pelo meu, o que deveria ter sido difícil de fazer, considerando nossa diferença de altura, mas ela executou a manobra de forma graciosa.

— Cada uma delas, Annie — esclareceu. — E posso dizer honestamente que agora sou uma fã. Nós nos divertiremos muito com a evolução da coluna. Estou mergulhada em ideias.

— Isso é ótimo.

Ela sorriu lá de cima.

— Ocorreu-me, porém, que talvez você tenha uma história maior para contar sobre todos os lugares em que já esteve — disse ela. — Especialmente depois de tantos. Sinto que precisamos dar asas à criatividade para descobrir a fórmula correta. Para fazer com que a coluna cresça e se torne mais universal.

— Você acha? — perguntei.

— Eu acho.

Senti que — apesar de tudo — começava a me entusiasmar, e um sorriso se abriu em meu rosto. Quase comecei a falar sobre as minhas fotografias, sobre todas aquelas casas esperando que suas histórias fossem contadas. Mas, então, me controlei, lembrando que elas haviam sido destruídas. Lembrando como. Lembrando também o que foi perdido com elas. Os gêmeos, Jesse, Williamsburg. Griffin. Tudo aquilo rapidamente tornando-se uma miragem, tornando-se um mundo que eu não mais conhecia.

— Você parece estar com a cabeça cheia — disse ela. — O que foi?

— Não, não, não. — Balancei minha cabeça, em negação. — Não é nada.

— Bem, se algum dia for algo... — Ela me lançou aquele enorme sorriso novamente. — Saiba apenas que estou aberta a todas as ideias. Eu sei que as pessoas sempre dizem isso, mas, no meu caso, é verdade. Ideias ruins, ideias boas. Especialmente as boas.

Eu sorri.

— E, enquanto você pensa, o que estou buscando, principalmente, é um modo de simplificar a coluna para que possamos torná-la mais memorável. Mostrar mais de você. Entende o que quero?

— Se eu disser que talvez, seria ruim?

Ela riu, jogando a cabeça para trás.

— Ainda não estou fazendo muito sentido, mas continue colocando a cabeça para funcionar — disse ela.

— Posso fazer isso — afirmei.

— Que bom! — disse ela, soltando meu braço conforme nos aproximávamos da sala de reuniões. — Grandes mudanças estão vindo. Ótimas mudanças.

Então, com uma piscadela, ela desapareceu para dentro da sala e eu vislumbrei apenas um relance de Peter antes que a porta fosse fechada.

Olhei para baixo, para o caderno de anotações. No topo, ela havia escrito, *Pequena Annie* = Perita em Viagens pelo Mundo.

Abaixo daquilo, por toda a página, ela listara várias divisões da Beckett Media: programas televisivos relacionados a viagens, programas de rádio, sites na Internet. Colocara todos eles dentro de um grande círculo, com *Pequena Annie* escrito no centro, mais uma vez, no alvo.

Eu, pelo visto, não escrevera coisa alguma.

• • •

Na noite da sexta-feira seguinte, para comemorar a minha primeira semana completa, Peter e eu decidimos assistir a uma peça no West End. Depois, iríamos jantar num restaurante de massas que ele adorava.

Mas, assim que entramos no táxi, a noite foi um pouco estragada. Recebi uma mensagem pelo celular avisando que um e-mail novo chegara. Meu coração acelerou enquanto abria meu celular, esperando, contra a lógica, que viesse de Griffin. Quanto mais tempo passava, mais e mais eu me preocupava que ele não daria notícias. O que queria que ele dissesse, afinal? Qualquer coisa, era a resposta. Qualquer coisa mesmo. Mas não me surpreendi quando vi que não era uma mensagem de Griffin que esperava por mim. Era de Nick.

Foi isto o que ele escreveu:

A,

Isto não é para pressioná-la. Apenas para que saiba que estou pensando em você. Não apenas quando está em Massachusetts e casada. Não apenas quando eu não devo pensar. Caso você tenha achado que esse era o caso. Pela conquista. Não é. É por causa de todo o resto.

Saio de Londres em uma semana, a partir da segunda. Espero encontrá-la antes disso.

Queria ter uma razão para não partir.

Seu,
N.

— Bom e-mail, não? — disse Peter.

Eu me virei para encontrá-lo debruçado sobre o meu ombro, lendo o que estava escrito.

— Peter! — exclamei.

— Ah, até parece! — disse ele. — Como se agora fosse um bom momento para começar a bancar a tímida.

— *De toda forma* — falei —, não importa mais.

— Por que não?

Dei de ombros.

— Não sei se consigo colocar em palavras.

Peter deu tapinhas na minha mão.

— Esta é minha grande escritora — disse ele.

— Nick diz que quer me dar o que eu quero — expliquei. — Ele agora quer uma chance para fazer isso.

— E qual é o problema?

O problema não era apenas eu estar irritada com Nick por ter partido e nos colocado naquela situação complicada, ou mesmo por ter retornado à minha vida quando não deveria e me deixado numa posição tão problemática. Se eu fosse honesta comigo mesma, a questão era mais o fato de eu ter começado a me questionar se o que Nick me oferecia não seria nem tanto *o que eu queria*, mas o que eu *quisera*. No passado.

— O fato é que — disse eu — não estou certa se sei mais o que quero.

— Se está esperando para ter certeza, talvez precise esperar para sempre.

— Nossa. Que reconfortante.

Peter apertou minha mão.

— Por que não dá a ele uma nova chance? Sempre gostei de Nick.

Olhei para Peter, de algum modo surpresa — ao mesmo tempo que não — por aquilo que saiu de sua boca.

— Peter, você nunca *conheceu* Nick.

— É *por isso* que gosto dele.

— Isso não faz sentido.

Ele franziu o nariz.

— Desde que você se casou com Griffin, tem estado tão preocupada. Não quer nem mais viajar — comentou. — Com Nick, você tinha liberdade.

Liberdade. Lá estava aquela palavra mais uma vez. Eu organizara a minha vida para mantê-la, certo? Todos pareciam pensar que sim. Todos, inclusive eu mesma, pareciam acreditar que eu precisava da possibilidade de ir para qualquer lugar, a qualquer momento, de vastidão infinita. Mas começava a me perguntar se eu teria interpretado errado o significado de liberdade. Talvez não fosse sobre ter sempre uma saída. Talvez significasse se aprofundar em algo.

— Então, isso é sobre você? — disse eu. — Sobre o que quer para mim?

— Não, é sobre o que você quer para si mesma. — Peter fez uma pausa. — Só estou dizendo que ele é apenas o seu primeiro marido. Certamente não precisa ser o último!

Com aquilo, Peter virou-se para olhar pela janela do táxi, aparentemente terminando a conversa.

— Que bela conclusão — disse eu, sarcasticamente.

— Olhe, querida, você pode me julgar, mas é assim que me sinto. Só acho que você e Griffin... a situação toda parece muito complicada.

— Defina complicada — pedi.

— "Confusa, bagunçada. Difícil de se entender" — disse ele. — "Que frequentemente não é fácil de se analisar, compreender, explicar."

Senti meu peito apertar, começando a contrair-se, somente por discutir Griffin. Talvez porque eu mesma ainda não conseguia encontrar sentido para aquilo tudo. Quando estava em Massachusetts, me sentia oprimida e inquieta. Então, por que, do outro lado do mundo, eu sentia outra coisa de forma tão intensa? Um sentimento que sequer conhecera até aquele momento, e não apenas daquele modo. Eu estava, inegavelmente, com saudades de casa.

— E, veja bem — continuou Peter —, não precisa ficar irritada comigo somente porque quer vê-lo.

Eu o perfurei com o olhar.

— Não quero vê-lo — respondi. — Espere... de qual deles está falando?

— Você sabe de qual estou falando — disse Peter.

— Na verdade, não.

Ele apertou minha mão.

— É bem óbvio — concluiu.

33

Depois da peça naquela noite, não consegui pegar no sono. Eu pensei em: uma demissão, uma inauguração de restaurante estragada, uma proposta de casamento de outra pessoa. Nenhuma viagem que se possa mencionar, nenhum grande aniversário, um encontro constrangedor com os pais de cada um. Uma cidade gelada, com muito vento e pequena. Onde não havia qualquer perspectiva clara de trabalho. Nenhum futuro claro. Onde eu tinha um cunhado louco, uma casa cheia de gêmeos saudosos da mãe e *quinhentas* fotografias arruinadas. Onde era frio demais para estar na rua após as cinco da tarde, onde era barulhento demais para estar em casa antes disso. Onde meu marido (se ele ainda pensava em si mesmo desse modo) tinha uma bela e despretensiosa ex-namorada, uma mãe que não gostava nem um pouco de mim e um novo restaurante sem nome interferindo em nossas vidas, nos prendendo. Prendendo-nos na quietude imensurável que me deixava escutar todos os meus medos, que diziam que eu escolhera uma vida impulsivamente. Todos os meus medos que diziam que eu nunca me esqueceria do homem que sempre acreditara ser a minha resposta. Aquele amor que, então, oferecia-me tudo. Pela primeira vez.

E nisto. E nisto também: uma sensação crescente de que talvez tenhamos apenas uma chance nesta vida de nos amarem por sermos alguém que ainda nem sabemos ser. E que, se perdermos esse amor cedo demais — por priorizarmos todas as promessas do mundo: um novo emprego, uma nova cidade, um antigo amor que oferece um final feliz —, podemos perder a oportunidade de nos tornarmos o melhor que poderíamos ser.

34

No domingo seguinte, às vésperas de Nick ir embora de Londres de vez, eu saí para uma caminhada noturna ao redor da vizinhança, vestindo calças de moletom que não deviam ser usadas fora de casa. Meu sobretudo de Massachusetts com os corações de lantejoulas me mantinha aquecida sob a chuva. Apesar do tempo, eu acabei caminhando tanto que saí do meu bairro e rumei para leste, sem admitir a mim mesma que ia em direção à estação Victoria, onde estaria mais perto de encontrar com Nick, mais perto de onde ele morava. Caminhei até que de fato cheguei a Pimlico, em frente a um famoso pub chamado The Orange.

Não planejava ir a lugar algum — exibindo meus corações brilhantes em público —, mas, embora o The Orange estivesse entupido de gente, eu entrei e encontrei um lugar ao final do bar, próximo ao piano, quando um casal de idade milagrosamente se levantou para sair assim que me aproximei.

Enquanto eu me apressava para pegar o assento do homem antes que o perdesse, uma atendente aproximou-se e limpou o balcão diante de mim, obviamente tentando não olhar para a minha roupa, não encarar meus corações de lantejoulas.

O que ela não sabia era que eu não tinha outra escolha senão continuar com o casaco. Sob ele, havia uma camisa cafona das Cataratas de Niágara com pequenos arco-íris por todos os cantos e uma inscrição em azul que dizia, A QUEDA-D'ÁGUA ME FEZ CAIR DE AMORES. Eu a comprara em uma das minhas primeiras viagens a trabalho. Ela fazia os corações de lantejoulas parecerem alta-costura.

— O que vai querer? — perguntou ela, sobrepondo-se ao barulho.

Dei uma rápida olhada no cardápio, tentando não me lembrar de que jantara havia poucas horas.

— Batatas fritas com alecrim — respondi. — E aceito uma recomendação de bebida. Pode escolher.

— Faço um ótimo martíni de manjericão — disse ela.

Eu sorri.

— Qualquer coisa, menos isso — pedi. — E talvez você possa acrescentar um pouco de bourbon e sal?

Ela me sorriu de volta.

— É pra já — disse.

O casal deixara uma cópia do *The Guardian* sobre o bar e, enquanto esperava pelo meu drinque, comecei a lê-lo sem perceber que alguém estava parado diante do assento vazio. O assento da senhora.

— Você provavelmente deveria ter escolhido o martíni de manjericão — disse ele, com um inegável sotaque americano.

O barulho era tanto lá dentro, com a música tocando alto demais e as pessoas berrando umas com as outras, que, por um segundo, achei que fosse Nick. Nick, para quem eu pensara em ligar uma meia dúzia de vezes, sempre mudando de ideia antes de discar todos os números. Sempre sentindo que qualquer coisa que ele dissesse não me traria a resposta que buscava. A batalha entre Nick e Griffin, Griffin e Nick, parecia ir além disso. Como algo que tinha mais a ver com o que se passava dentro de mim. Mas, ainda assim, meu coração disparou diante do pensamento de que Nick estava ali, e eu poderia ter tomado isso como um sinal do universo, do destino. (Ignorando o fato de que eu os auxiliara ao me encaminhar diretamente para o pub mais popular do bairro dele.)

Mas o destino me oferecia algo totalmente diferente.

Eu ergui meu olhar para encontrar um homem com um martíni de manjericão numa das mãos, e uma pasta e outra cópia do *The Guardian* na outra. Ele não aparentava ter mais de 30 anos, apesar de seus trajes — um terno e uma gravata que provavelmente custaram um mês do meu salário, e sapatos novos reluzentes. Óculos com aro de metal que pareciam bizarramente com os de Nick. E não havia como negar que ele era bonito — como um galã de cinema —, alto e dono de um sorriso decidido e de um queixo proeminente.

E, pelo modo como atirou sua pasta sobre o balcão do bar e sentou-se ao meu lado, sem a cortesia de pedir, logo vi que ele sabia disso.

— Tenho certeza de que vou gostar do que quer que me tragam — disse eu. — Mas obrigada.

Naquele momento, a atendente retornou com um copo de martíni cheio de um líquido laranja e com um guarda-chuva amarelo ainda mais chamativo pendurado ao lado. Eu olhei de volta para o sr. Terno, que estendia casualmente o seu martíni na minha direção e gesticulava para a atendente, pedindo outro.

— Experimente — disse o homem. — Eu ainda nem provei. Será meu pagamento do aluguel.

— Aluguel?

— Do assento.

Eu lhe lancei um sorriso e aceitei o martíni exatamente quando um segundo era entregue a ele.

— Obrigada, é muito gentil da sua parte — agradeci.

Ele encostou seu copo de martíni no meu.

— Aproveite, então — disse. — Saúde.

O homem baixou o olhar para o seu jornal e eu julguei que aquilo significava que nossa conversa havia acabado e eu poderia retornar à minha leitura. Mas, então, com os olhos ainda no jornal, ele voltou a falar.

— Está longe de casa há quanto tempo? — perguntou-me.

— Não muito — respondi.

— O que seria não muito?

Eu o analisei, tentando decidir o quanto não estava disposta a responder. Se isso envolveria uma troca de assentos ou apenas uma resposta ríspida. Por acaso minhas lantejoulas sugeriam que eu desejava companhia?

— Pouco menos de um mês — disse.

— O que a trouxe aqui?

Agora, ele olhava diretamente para mim. Tomei um gole do meu drinque e tentei entrar no clima. Ser amigável. Lembrando a mim mesma de que agora eu morava ali.

— Trabalho — disse. — E você?

Ele deu de ombros.

— Quarenta e dois por cento, trabalho; cinquenta e oito por cento, razões pessoais — respondeu. — Aproximadamente.

— Apenas aproximadamente?

— Sou excelente com percentagens — disse ele.

Eu sorri e voltei ao jornal, virando a página para as notícias nacionais.

— Então, quando a vi na festa de Melinda... — Ele apontou em direção ao teto, como se fizesse os cálculos, descobrindo as percentagens do que dizia. — Deve ter sido assim que chegou, certo?

Ergui meu olhar para ele, confusa.

— Como?

— Melinda Martin. Você trabalha para o jornal, imagino. — E apontou para a minha cópia do *The Guardian*. — Não vou dedurar você.

— Quem é você?

Ele esticou a mão para que eu a apertasse.

— Meus amigos me chamam de Aly — respondeu. — Eu ia tentar falar com você naquela noite, mas a vi lá fora com o seu telefone. E parecia bastante infeliz. Mais infeliz do que agora.

— Pelo menos estou melhorando — respondi.

— Exatamente — disse ele.

Apertei a mão dele.

— O que você faz para o jornal?

— Nada. Sou advogado ambiental, na verdade. Mas trabalho para o lado do bem — disse ele. — Sabe, para as corporações incompreendidas.

Eu ri, pegando o meu drinque.

— Tornando o mundo um lugar melhor?

— Fazendo a minha parte.

— O que fazia na festa, então?

— Minha esposa trabalha para o jornal. — Ele fez uma pausa. — Bem, ex-esposa, para ser mais exato.

Lancei-lhe um olhar curioso.

— Se não se incomoda que eu pergunte, por que acompanhou sua ex-esposa em um evento de trabalho?

Ele tomou um longo gole e refletiu.

— A vida é complicada — disse ele.

— Esse também é o slogan da sua firma de advocacia cruel?

— Poderia ser — respondeu. — Poderia ser... Mas e você? Já foi casada?

Eu assenti com a cabeça, enquanto ele descia o olhar para o meu dedo sem aliança, que senti a necessidade de esconder.

— E agora separada. Mas não é por isso que não estou usando o anel. Meu sobrinho o comeu.

Ele inclinou a cabeça.

— Vou ignorar essa parte.

— É provavelmente o melhor a se fazer.

Então, Aly me lançou um sorriso, um sorriso muito bondoso.

— Mas sinto muito — disse ele. — É difícil. Depois de um tempo fica menos.

— Tem certeza disso? — perguntei.

— Muita certeza — respondeu. — Estar numa cidade tão legal quanto Londres ajuda... Estar perto de cidades tão legais quanto Dublin, Edimburgo e Roma ajuda. As batatas fritas com alecrim daqui *realmente* ajudam.

E, como se aquilo fosse uma deixa, minhas batatas fritas com alecrim chegaram, fumegando e exalando um cheiro quase celestial.

Eu olhei das batatas para ele.

— Você planejou isso?

— Infelizmente não tenho esse tipo de poder — disse.

Então, Aly — meu novo amigo, pelo visto — pegou uma das batatas. E olhou de volta para o seu jornal, virando para uma nova página.

— Então, agora você pode comer em paz — afirmou. — Mas eu queria cumprimentar você primeiro... e lhe dar um drinque decente... e roubar uma batata... e falar bem mais do que devia, aparentemente, sem sequer saber o seu nome...

— Annie — terminei para ele.

— Annie.

Ele me entregou seu cartão de visita.

— Você pode ficar com ele, se quiser, para quando precisar se distrair do trabalho ou se distrair de suas distrações habituais do trabalho... — disse ele. — Faremos uma caça às batatas. Sem compromisso.

— Caça às batatas?

Ele apontou para o paraíso em forma de alecrim.

— Imagino que você seja o tipo de mulher que gosta de batatas.

Não estava certa sobre o tipo de mulher que eu era, mas uma mulher que gosta de batatas não parecia ser tão ruim. E outra noite tão agradável quanto aquela parecia estar se tornando não podia ser tão ruim também.

Então, olhei para o cartão dele.

O nome do local em que ele trabalhava o estampava: não era uma firma de advocacia enorme, mas... BECKETT MEDIA.

O seu nome também estava ali, como se não fosse nada de mais: CALEB BECKETT.

Eu olhei de volta para ele.

— Você é Caleb Beckett?

— Meus amigos me chamam de Aly, lembra?

Levantei o cartão, como uma prova.

— Mas eu não sou sua amiga — afirmei. — Sou sua funcionária.

Ele deu de ombros.

— Mas não uma funcionária imediata, certo? Ou não teríamos nos conhecido só agora — disse ele. — Se quiser usar esse argumento, terei de aconselhá-la a não usar lantejoulas no escritório.

Eu apertei o casaco mais firme contra o meu corpo.

— Mas por que não tem sotaque australiano? Tem mesmo uma ex-esposa? Que tipo de apelido é Aly? E por que mentir?

Ele começou a contar em sua mão esquerda, exibindo quatro dedos.

— Eu não tenho um sotaque desde o meu segundo ano em Yale — explicou. — E queria *mesmo* que a minha ex-esposa fosse parte de uma história. Aly é um apelido muito comum para Caleb no meu país. E achei que, se mentisse, tinha mais chances de conseguir umas batatas.

Então, ele pegou outra e eu bati na sua mão para afastá-la.

— Isso fica cada vez pior — comentei.

— Não cada vez pior — disse ele. — Cada vez melhor.

— De que forma?

— Agora você vai para casa feliz porque o sujeito por quem está se sentindo atraída não é um advogado terrível usando seus caríssimos talentos para proteger corporações malignas que destroem o meio ambiente — afirmou. — Mas apenas alguém que você conhece do trabalho. Qual é o grande problema nisso?

— Em primeiro lugar, eu não me sinto atraída por você.

— Não? — disse ele, sorrindo.

— Não — respondi. — E, em segundo lugar, se continuar a falar comigo, contarei a todos que lê o *The Guardian.*

Ele deu de ombros.

— Pedirei minhas próprias batatas, então — disse ele. — Já que você está decidida a ignorar a magia.

— Ótimo.

— Ótimo. — Seu sorriso aumentou.

Ele gesticulou para a garçonete trazer-lhe seu próprio prato e voltou-se para o seu jornal. E eu voltei para o meu; nós dois comemos, lado a lado, desse jeito, cada um com o seu jornal.

Quando cheguei em casa naquela noite, abri meu bolso em formato de coração para encontrar o cartão de visita ali dentro. No verso, Caleb havia escrito *Aly* e um número de telefone diferente dos outros.

Ah, e também o seguinte: *Você se sente atraída. 97%.*

35

Nos dois primeiros anos da "Fechando a Conta", eu exibia uma epígrafe abaixo da minha assinatura: uma citação de Ernest Hemingway. Era apenas uma linha, que dizia: "Nunca viaje com pessoas que você não ama."

Eu julgava ser uma ótima citação sobre viagens, mas, no final das contas, Peter a removeu. Não porque estivéssemos recebendo muitas cartas discordando da afirmação. (A maioria dos leitores que escreviam comentava sobre suas tragédias pessoais de viagens com pessoas que não conheciam o suficiente.) Mas Peter não se importava com as histórias trágicas. Ele julgava que viajar com alguém que você *não* amava — viajar até mesmo com um desconhecido — tinha suas vantagens. Dava à viagem certo drama.

E ele estava certo. Mas Peter não entendera o que eu *amava* sobre o que Hemingway escrevera. Não se tratava dos problemas, das falhas de comunicação. Isso também acontecia com frequência ao longo de viagens com pessoas que se amavam. Para mim, o ponto mais importante era que, se você viajar com alguém que não ama, no final das contas só terá as suas próprias lembranças. Mas, se estiver com alguém que ama, geralmente conseguirá mais do que isso.

Poderá compartilhar os momentos com essa pessoa. Poderá ter as lembranças dela também.

No dia seguinte, no trabalho, quase assim que cheguei à minha mesa, escutei uma batida na divisória e levantei os olhos para encontrar Melinda com sua saia de poá do dia, que era de um radiante e simpático roxo.

Ela me lançou um grande sorriso e, antes mesmo que eu pudesse cumprimentá-la, sentou-se na beira da mesa com a mão sobre a boca.

— O quê? — disse eu.

— Não vai me contar? — disse ela. — Alguém aqui impressionou bastante o meu primo.

Eu voltei meu olhar para o que estava fazendo, tentando não enrubescer.

— Ele realmente é um bom homem — continuou. — Apesar das minhas piadas a respeito. E ele raramente gosta imediatamente de alguém.

Eu também, pensei em dizer. Mas o sentimento que me veio à mente junto com aquilo, e com mais força, foi: *E eu já conheço um homem bom. Já conheço um ótimo.*

— Bem, de qualquer modo, tenho certeza de que isso vai passar — disse eu. — Eu geralmente causo uma boa impressão quando não estou tentando.

— E, então, o que acontece?

Dei de ombros.

— Começo a tentar e estrago tudo.

Ela riu.

— Bem — disse —, então é melhor corrermos e colocarmos em prática o meu plano excelente antes que isso aconteça... — disse ela. — Para termos um milhão de boas primeiras impressões!

— Não estou entendendo — afirmei.

— Nós temos um plano. Como contar a sua grande história — disse Melinda. — Preparada para ouvir? Vamos começar a *vlogá-la*.

— Isso parece meio pervertido.

Ela deu um tapinha no meu rosto, mantendo sua mão ali.

— Vlogar significa que vamos filmá-la em cada uma das suas locações — explicou. — Uma coluna em vídeo, se preferir. E nós a chamaremos de "Abrindo a Conta"!

— "*Abrindo* a Conta"?

— Sim! Vai explorar a *única* atração mais marcante de cada cidade que você visitar. Além disso, já que se focará em apenas uma, isso diminuirá os custos. Brilhante, não?

Ela me lançou um sorriso enorme; julguei que esse era o seu modo de responder à própria pergunta. Então, fez um gesto sinalizando uma placa no ar.

— Annie Adams: a maior especialista em viagens pela Europa.

— Quem disse?

— Nós dissemos! — afirmou ela. — Faz parte do novo plano de ação da Beckett Media. É assim que vamos torná-la mais memorável. Você será entrevistada nos programas matinais locais, nos jornais e muito mais. E, finalmente, quando estiver mais confortável, nós a tornaremos global. O que acha?

— Eu acho... — Olhei diretamente para ela. — Estou um pouco confusa. Isso é um acréscimo à "Fechando a Conta"? — perguntei. — Como um complemento detalhado e em vídeo das viagens?

— Não, não, não. Não um complemento. *Ao invés de* — disse ela.

— Ao invés de? — E meus olhos arregalaram-se. — Não vou mais escrever? Não haverá uma coluna?

Ela bateu palmas.

— Exatamente — disse. — E você pode sorrir, por favor? O que acontecerá quando eu realmente tiver que lhe dar más notícias? Isso é fabuloso!

— E eu estou muito grata, Melinda, não me entenda mal... — expliquei, tentando descobrir o que dizer. — Mas já que falamos sobre inovar a coluna, eu, na verdade, tinha algo diferente em mente.

Ela gesticulou, me incentivando.

— Bem, fique à vontade — disse. — Estou sempre aberta a ideias.

Era agora ou nunca; então, respirei fundo e tentei aproveitar o momento.

— Eu tirei várias fotografias durante os anos em que trabalhei na "Fechando a Conta". Imagens das casas das pessoas. E estava pensando: haveria uma história para contar sobre elas? Sobre como as pessoas vivem em diferentes lugares. Sobre como isso influencia a forma como viajamos. — Fiz uma pausa. — E o motivo para decidirmos ficar.

Melinda pareceu pensativa por um minuto, enquanto absorvia tudo.

— Sabe, eu gostei — disse ela. — Gostei mesmo.

— Gostou?

Ela meneou a cabeça afirmativamente.

— Posso visualizá-la diante de uma casa diferente a cada mês, vlogando com as pessoas lá dentro.

Melinda realmente precisava parar de dizer "vlogando", mas eu tentei me concentrar no lado positivo. Ela gostara da ideia.

— Você acha que podemos usar isso? — disse.

— Com certeza — respondeu. — E não é uma promessa vazia que lhe faço. Nós incorporaremos a sua perspectiva. Eu *quero* fazer isso.

Ela parecia sincera. Parecia mesmo. E então, menos de um minuto depois, pareceu ter perdido o interesse. Pelo menos em termos do que ela sentia que precisava fazer.

— Mas o fato, Annie, é que temos um ótimo especialista em casas e estilos de vida. Eu preciso de um especialista em viagens. Então, vamos manter essa outra ideia no forno, por ora. E aproveitar este momento!

Aproveitar o momento. Todos os sinais me diziam o mesmo: para investir na minha vida ali, para seguir em frente com algo completamente novo. Para seguir em frente, rumo àquele brilhante novo mundo que me aguardava após meu casamento equivocado, após um início falso. Aquele era o plano, certo? Descobrir como ser suficientemente corajosa para encontrar a vida que eu desejava. Para agarrar-me a ela, assim que a encontrasse.

Melinda inclinou-se na minha direção, voltando com tudo ao assunto. E me ajudando a agir. A dar o primeiro passo.

— Então, para aproveitar o momento de verdade, você pode escolher — disse ela. — Qualquer lugar no mundo para fazer o primeiro "Abrindo a Conta". E eu quero dizer *qualquer* lugar no mundo. Onde deseja abrir a conta primeiro? Para qual lugar você mais quer ir, Annie?

Para qual lugar no mundo eu mais quero ir? As opções surgiram na minha mente. Não acabara de escutar argumentos a favor de Dublin, Edimburgo e Roma? Não poderia apresentar sólidos argumentos para qualquer um daqueles lugares? Para as centenas de outros lugares que eu desejava conhecer?

Mas agora eles me escapavam. Quando Melinda efetivamente me apresentou a pergunta, eu não consegui encontrar qualquer argumento. Ou, pelo menos, nenhum em que acreditasse. Não quando eu sabia que havia apenas um lugar para o qual desejava ir. O único lugar em que desejava ficar.

O único lugar que me parecera diferente do resto, desde o início. Desde a primeira vez que entrei pela sua sonolenta rua principal, passei pela torre da igreja e pela agência de correios, por todas as árvores de Natal ainda enfeitadas e pela neve suave que caía sobre os restos da espessa nevasca do dia anterior. E, de repente, eu soube por quê. Por que me sentira tão satisfeita naquele dia. Não fora por encontrar um lugar novo para explorar ou para escapar numa nova vida. Fora pela pessoa ao meu lado. Fora pelo que acontecia quando estávamos juntos, o que vinha acontecendo comigo desde o início.

E foi então que eu me levantei.

— Melinda, muito obrigada por esta oportunidade — disse. — É tão generosa e eu não posso lhe dizer o quanto significa para mim.

Ela sorriu, radiante.

— Mas eu me demito.

— Como? — perguntou.

Achei que ela fosse cair das suas sapatilhas.

— Sinto muito — disse eu. — Você merece uma explicação melhor do que essa, mas não posso dá-la agora.

Comecei a recolher meus pertences o mais rápido possível. Porque isto era outro fato: quando você entende o que é verdadeiro, quer chegar a ele o mais depressa que pode, antes que o perca de vista novamente.

— Annie, sabe do que está desistindo? — questionou. — Se nós seguirmos adiante, em um ano você será um nome conhecido. Quem não adoraria isso?

Apenas a pessoa que não deseja mais esse tipo de coisa, pensei. Essa pessoa. A pessoa que provavelmente seria a única a não ver isso como uma evolução. Rumo ao que quer que fosse.

— Uma louca, acho eu — respondi. Então, dei de ombros, pesarosa. — Preciso ir.

Cinco minutos depois, eu estava na rua, correndo em direção à Regent Street com meu telefone no ouvido, enquanto tentava chegar mais rápido à pessoa com quem precisava conversar: sobre o que eu descobrira, o que eu mais desejava.

No meio-tempo, eu fazia uma ligação. Fazia uma ligação que precisava ser feita. Mas fui relegada à caixa postal. Fui relegada à caixa postal da pessoa com quem eu mais precisava falar primeiro.

— Olá, Nick — disse eu, depois do bipe. — Pode me ligar quando ouvir isto? Preciso falar com você. Acho que deveríamos conversar ao vivo, provavelmente, mas, de qualquer modo, preciso pedir algo... — Comecei a desligar. — Ah, é a Annie, a propósito.

Então, quando ia chamar um táxi para me levar ao meu apartamento e depois para o Aeroporto Heathrow, para pegar um voo até o Aeroporto Logan e chegar ao oeste de Massachusetts, exatamente aonde eu precisava ir. Antes que pudesse fazê-lo, porém, o celular tocou.

O celular tocou e um número de telefone que não pude acreditar que via naquele momento — um número que fiquei tão feliz de ver naquele momento — apareceu, e, então, uma voz que eu não pude acreditar que estava ouvindo surgiu, falando comigo muito rapidamente.

— Annie, você precisa voltar, está bem? — disse ele. — Você precisa entrar num avião e voltar.

— O que houve? — indaguei.

Então, o mundo parou de girar, e Jesse me contou.

36

Acho que não poderia contar como eu consegui chegar ao aeroporto (provavelmente num táxi) ou entrar no avião em Heathrow (devo ter apresentado meu passaporte, mas ele estava comigo? Não me lembro de estar com ele), ou ainda como fui do Aeroporto Logan, em Boston, à sala de espera da emergência do Hospital Cooley Dickinson nem se minha vida dependesse disso. Eu provavelmente não poderia contar e não desejaria assistir a um vídeo do evento.

Mas, de algum modo, eu consegui chegar na fria e mal-iluminada sala de espera da emergência, olhando ao redor até achar Jesse sentado num canto, ao lado de uma mulher que nunca vira antes. Uma mulher que nunca vira antes, com cabelos vermelhos reluzentes que eu já encontrara duas vezes — em Sammy e em Dexter. *Cheryl.*

Eles saltaram de seus assentos, saindo de seu estupor, e Jesse atirou os braços em volta de mim, aparentemente aliviado por ter algo para fazer, ainda que fosse algo tão inútil quanto me informar sobre o que estava acontecendo.

— Ele está em um estado asmático — disse Jesse.

Meu coração batia forte — conseguia sentir o quanto — agora que eu parara de me mover.

Cheryl virou-se para Jesse.

— Jess, não a assuste — disse ela. — Falar assim vai assustá-la.

Eu desabei naquele instante, diante de uma gentileza tão simples e necessária.

— Basicamente — disse ela, mantendo a voz tranquila e baixa —, é uma crise séria de asma.

— Quão séria? — perguntei.

— Não sabemos ainda — disse Jesse.

Olhei para baixo e para longe, como se não olhar para Jesse pudesse tornar aquela parte menos verdadeira.

— Seus pulmões se fecharam — disse Jesse. — Ele estava desmaiado quando o encontraram na cozinha.

— No restaurante?

Jesse concordou com a cabeça.

— E o problema é quanto tempo ele ficou assim antes de o encontrarmos — disse. — Não sabemos por quanto tempo. Ultimamente, está sempre trabalhando, e acabou esquecendo o inalador. Se ele o tivesse...

— Entendi — falei.

— Ele não fazia isso desde que era pequeno — disse ele.

— Eles o colocaram no respirador — disse Cheryl. — E está cheio de tubos e com uma máscara. Você deveria saber disso também. Antes de entrar...

Então, ela tocou gentilmente o meu braço, como se nos conhecêssemos. Suponho que, de algum modo, nos conhecíamos.

— Esse é o seu jeito de me dizer que parece pior do que é?

— Esse é o meu jeito de lhe dizer que ainda *é* pior do que é — disse ela. — O médico disse que quase o perdemos. Ainda não sabemos se há sequelas.

Quase o perdemos.

Foi então que a notei. Entrando na sala de espera — retornando à sala de espera —, com uma bandeja de comida insípida de refeitório. E parecendo preocupada do modo que apenas uma mãe pode parecer quando seu filho está em perigo.

Emily.

Ela me perfurou com um olhar. Perfurou-me com um olhar de tamanha consternação que, quando deu conta de si mesma o suficiente para me abrir um pequeno sorriso, eu soube que não somente nem tudo estava perdoado entre nós, mas que talvez nada estivesse.

E, ainda assim, ela pigarreou.

— Estaremos aqui quando você sair — informou.

Precisei me controlar para não responder e sucumbir às lágrimas que eu me recusava a deixar caírem.

— Obrigada — respondi. Então, voltei-me novamente para Cheryl e Jesse. — Para onde vou?

Jesse apontou a direção, e eu a segui.

Griffin acordou aos poucos, e eu levantei da cadeira em que estava dormindo ao lado da cama de hospital.

Ele abriu os olhos e tentou focar em algo. E então estava olhando para mim, confuso.

— Olá — cumprimentou.

— Olá...

Eu me curvei — meio ajoelhada, meio de pé — numa posição desajeitada, de modo a deixar nossos olhos exatamente na mesma altura.

— Eles ligaram para você? — perguntou.

— Sim — respondi, falando baixo, no mesmo tom que ele, tentando não olhá-lo muito fixamente.

Parecia uma traição analisá-lo, especialmente àquela distância e considerando sua aparência, deitado ali. Ia além dos tubos e dos outros tubos e da máscara de oxigênio. Ia além do som de batidas cardíacas que vinha da máquina conectada a ele. Sua pele estava tão pálida, seus olhos verdes, tão fracos e estranhos. E eu comecei a entender então o que tornava Griffin em Griffin. Aquela luz que emanava dele. O que acontecia quando ela desaparecia.

Ele fechou os olhos novamente.

— Eu pedi para não ligarem para você — afirmou.

Senti aquilo no meu peito, como um soco. Eu entendi, obviamente. Ele não queria que aquela fosse a razão para eu retornar. Não queria que aquilo me fizesse tomar uma decisão. Seria aquele o momento adequado para contar que não foi nada disso? Que eu já havia me resolvido? Achei que não. Porque não era apenas essa a questão. Talvez ele já tivesse decidido que desejava algo diferente.

— Eu ainda posso deitar aí?

Ele consentiu com a cabeça.

— Claro.

Entrei sob as cobertas, ao lado dele, deitando-me, abraçando-o apertado, meu rosto colado ao seu peito. Escutei seu coração, que me parecia fraco demais. Mas qual era a minha base para comparações? Por que eu não prestara atenção antes, para ter alguma noção? Aquilo pareceu, subitamente, o mais cruel de tudo.

— Você se lembra do que aconteceu? — perguntei.

— Um pouco — disse ele. — Bem... Lembro o melhor e o pior.

Ergui meu olhar para ele, meu queixo ainda descansando ali, sobre seu peito, mais uma vez.

— Sério? — disse eu.

Ele assentiu com a cabeça.

— Cheguei ao restaurante bem cedo na segunda-feira. Um pouco antes das sete da manhã. Para tentar fazer um inventário do estoque.

— Então esse é o pior?

— Esse é o pior — disse ele.

— E qual foi o melhor?

— Eu não precisei fazer o inventário.

Senti que começava a sorrir, e me virei para que minha bochecha descansasse sobre o peito dele. *Quase o perdemos.* As palavras de Cheryl ecoaram, ressonantes, na minha cabeça, fazendo com que fosse difícil não transformar meu sorriso em lágrimas. Bem ali. Mas eu não deixaria que isso acontecesse. Eu não me permitiria chorar.

— Isso é bom — afirmei.

— Também achei.

Então, senti Griffin começando a adormecer, e envolvi seu peito com meus braços, ocupando o máximo possível de seu corpo.

— Você parece diferente — disse ele.

— Não, não pareço — redargui.

— Não — cedeu. — Não muito.

Ele fez uma pausa e ficou calado por um minuto. Nenhum dos dois falou.

— Você estará aqui quando eu acordar? — perguntou Griffin, finalmente.

— Estarei aqui quando você acordar — respondi.

Assim, conforme começava a voltar a dormir, ele se moveu para mais perto de mim, apenas um pouco, apenas até eu sentir sua mão na base das minhas costas, nos unindo.

Fiquei ali deitada, ao lado do meu marido, e escutei-o respirar como se a minha vida dependesse daquilo. E, nos aspectos mais fundamentais, ela dependia.

37

Eu senti alguém me sacudir algumas horas depois — seria apenas algumas horas? Eu não tinha noção. Só sabia que Jesse estava diante de mim novamente, com dois enormes copos descartáveis de café em suas mãos. Meus olhos voltaram-se para o relógio, que informava cinco horas e oito minutos. Mas da manhã ou da tarde? Eu não fazia ideia; o quarto escuro do hospital tinha as janelas fechadas, com apenas uma luz fraca entrando pelas persianas.

— O que houve? — perguntei.

— Preciso lhe mostrar algo — disse Jesse.

Pisquei os olhos, ainda tentando me situar, ainda tentando acreditar que estava ali, com Griffin respirando suavemente e de forma estável — ainda bem — ao meu lado, sob mim.

Neguei com a cabeça, inflexível.

— Não — respondi. — Prometi que estaria aqui quando ele acordasse.

— Ele já acordou de novo — sussurrou Jesse. — Você está muito por fora.

— Estou? — Pisquei os olhos mais algumas vezes. — É manhã ou noite? — perguntei.

Jesse esticou a mão para que eu a pegasse.

— Venha ver — disse ele.

Era noite. E, dez minutos depois, estávamos saindo do estacionamento do hospital de carro, descendo a estrada no carro velho de Jesse, enquanto os Avett Brothers tocavam do rádio.

Olhei para ele e o observei batucar o volante ao ritmo lento da canção.

— Então — comecei. — Nenhuma chance de você me contar aonde vamos?

Jesse deu de ombros.

— Como assim? Você é nova por aqui ou algo do tipo?

Neguei com a cabeça, sorrindo.

— Suponho que não — disse.

Então, virei-me para observar a estrada e o que quer que estivesse à nossa frente.

— Você deve ter ficado surpresa ao ver Cheryl na sala de espera mais cedo — disse ele.

— Estou tentando não me surpreender com mais nada ultimamente — afirmei.

— Muito arriscado? — perguntou ele.

— Exatamente. — Então, mordendo a tampa do meu copo de café, eu o espiei pelo canto do olho. — Quer falar sobre isso?

— O que há para falar, na verdade? — Jesse deu de ombros. — Vamos ter mais dois.

— *Bebês?*

— Gêmeos. — Ele sorriu, balançando a cabeça. — Sim, gêmeos.

Meu queixo deve ter caído até o chão; até o chão mesmo.

— Quais são as probabilidades de isso acontecer?

Ele parou de sorrir e seus olhos tornaram-se pensativos enquanto refletia.

— Bem, na verdade... — disse — *estatisticamente*, uma vez que se tem gêmeos, acredito que exista duas vezes mais chances de isso ocorrer de novo numa próxima gravidez.

Olhei para ele, chocada.

— Isso é incrível, porque você parece uma pessoa normal falando — brinquei.

— Eu sei — disse ele. — Você quase acreditaria que me ofereceram o cargo de professor adjunto do departamento de física e física aplicada da Universidade de Massachusetts.

— Universidade de Massachusetts, aqui?

Ele concordou com a cabeça.

— Universidade de Massachusetts, bem aqui.

Eu balancei minha cabeça, em negação.

— Quer dizer, a pessoa não pode nem viajar por umas poucas semanas...

— É incrível o que o desejo de sustentar mais três bebês faz com sua motivação — disse ele. Seu sorriso era tão grande, tão orgulhoso, que eu quase não quis perguntar sobre o terceiro bebê.

— E Jude Flemming?

— Jude Flemming, atualmente, está orgulhosa de mim por meu novo emprego como professor adjunto do departamento de física e física aplicada da Universidade de Massachusetts — disse ele. — E nós vamos superar o resto.

— *Mesmo? Como?*

Ele se virou e me encarou.

— Desculpe. Não pretendia dizer isso desse jeito.

— Não, eu entendo. Não faço ideia... — Voltou a olhar para a estrada e suspirou. — A calmaria não prosseguiu por muito tempo sem uma tempestade — comentou.

— Agora perdi o fio da meada.

— A origem da expressão "depois da tempestade, vem a calmaria" — disse ele. — De uma fonte desconhecida do século XVI. Mas começou um pouco diferente de como evoluiu para os dias de hoje. Eu gosto mais da antiga. Da ideia original de que a calmaria não pode durar, não se você estiver vivendo de verdade. Se viver plenamente, a tempestade o alcançará.

Eu lhe lancei um olhar.

— Agora, você está se exibindo, professor.

— Alguém tem de fazê-lo — disse ele.

Eu comecei a rir.

— Mas não foi fácil convencê-la — continuou. — A tentar de novo.

— Cheryl? — perguntei. — Como a convenceu?

Ele sorriu, envergonhado.

— A gravidez me deu a chance de finalmente lhe explicar. Que, na ausência dela, eu descobri o segredo.

— Do quê?

Ele deu de ombros.

— Você sabe, do amor.

— Ah, isso — respondi.

— Isso — repetiu.

Porém, antes que eu pudesse perguntar o que ele julgara ter descoberto, Jesse saiu da estrada e estacionou o carro. Nós estávamos atrás de um pequeno estabelecimento que eu conhecia muito bem. O restaurante de Griffin.

— Vamos entrar?

— Sim — disse ele, desligando o carro.

— Por quê? — perguntei.

Mas eu estava praticamente falando sozinha, pois ele já estava fora do carro e dando a volta para abrir a minha porta.

— Siga-me — orientou, enquanto eu saía.

E eu o segui.

Fomos até a entrada do restaurante, onde encontrei a enorme placa vermelha — aquela que combinava com a porta e ficava recostada ao seu lado, sem nome —, agora pendurada e pronta para ser vista pelo mundo. Não mais vazia. Havia um nome nela. Em lindas letras pretas em caixa alta. Apenas uma palavra, um substantivo:

LAR

Olhei para ela, observando-a, absorvendo-a.

— Lar — repeti. — Gostei.

Jesse apenas concordou com a cabeça, dando-me um curto e indecifrável sorriso. Então, destrancou a porta e a abriu para mim.

Entrei e fiquei desorientada. Como qualquer um poderia começar a explicar? Como poderia alguém começar a explicar? O momento em que tudo se torna claro: o mundo ao seu redor de repente fica, ao mesmo tempo, em câmera lenta e rápido demais, até que você esteja completa e inteiramente presente nele. Naquilo que importa.

As paredes vazias do restaurante de Griffin agora estavam cobertas. Estavam totalmente cobertas das mais belas molduras que já existiram: pretas, metálicas, de madeira e espelhadas.

E minhas fotografias estavam dentro de cada uma delas.

Todas as minhas fotografias, como se nada tivesse ocorrido a elas. Como se não tivessem sido aniquiladas por mirtilo, garotinhos e molho barbecue. Como se estivessem ali, como se estivessem ali desde sempre. Exatamente onde deveriam estar.

Eu toquei a parede, chocada. Uma imponente casa belga ao lado de uma ainda mais imponente casa de madeira em Nantucket; um prédio moderno na Cidade do Cabo ao lado de uma igreja convertida em casa em Prenzlauer Berg.

— Como ele fez isso?

Jesse estava parado bem atrás de mim, com as mãos cruzadas em sua frente.

— É incrível... — disse. — Quando você está disposto a se esforçar, é incrível o que pode ser salvo.

Eu estava impressionada, embora *impressionada* parecesse uma palavra muito pequena para descrever o que sentia.

Virei-me para ele com lágrimas transbordando dos olhos e escorrendo pelo meu rosto.

— Então, é isto? Este é o segredo, ou algo assim? — indaguei.

Ele inclinou a cabeça, olhando para mim.

— O quê?

— É este o seu segredo para o *amor*?

— Ah! — Ele consentiu com a cabeça, compreendendo. — Não, mas teria sido uma boa também.

Minhas lágrimas tornaram-se risadas enquanto me aproximei e o abracei, secando meus olhos na minha manga. Eu mantive minha manga ali, contra o meu rosto, enquanto mais lágrimas rolavam. E, por cima do meu ombro, observei as paredes novamente — as minhas paredes —, absorvendo tudo o que via.

— O meu foi mais simples — afirmou.

— E qual foi? — perguntei.

— Às vezes — disse Jesse —, você simplesmente faz uma escolha certa.

38

Quando retornamos ao hospital, Gia saía pela porta giratória. Gia e Emily, para ser mais precisa, saíam pela porta giratória *juntas*, diretamente na nossa direção.

Jesse começou a mudar de rumo e a se encaminhar para a porta lateral.

— Aonde vai? Elas já nos viram!

— Não ligo — disse ele. — Não vou lidar com isso.

Segurei o braço dele e falei num sussurro ameaçador:

— Jesse! Não me deixe sozinha aqui! Já não fizemos isso antes?

Ele se desprendeu de mim e apertou meu ombro.

— Claro — afirmou. — É a nossa tradição.

Então, sem mal se despedir, seguiu em direção à porta lateral, mas não antes de inclinar-se sobre mim e sussurrar ao meu ouvido:

— Ah, a propósito, foi Gia quem encontrou Griffin — disse ele. — Só para você não ser surpreendida.

— O que disse? — perguntei.

Mas ele já estava longe, e Gia e Emily estavam diante de mim. Emily e Gia, uma perto da outra, aparentemente unidas em seus sobretudos pretos e suéteres de caxemira, e combinando ainda mais por parecerem exatamente o oposto de mim: minha mão se levantou para tocar meus cabelos desgrenhados e para esticar meu blusão de moletom rasgado.

Abri-lhes um sorriso.

— Olá...

Elas sorriram de volta.

— Griffin disse que você estava de volta — comentou Gia. — Bem-vinda de volta!

— Obrigada. — Olhei diretamente para ela, tentando pensar no que dizer sobre ela tê-lo encontrado, sem saber de nenhum dos detalhes. — E obrigada — disse.

— Pelo quê?

— Por encontrá-lo.

Ela me lançou outro sorriso, este mais significativo.

— Agradeça a si mesma por voltar. Ele está melhor — disse ela. — Está parecendo mais consigo mesmo.

— Que bom que pensa assim — disse eu, sentindo algo ficar mais leve dentro de mim, começando a relaxar. Então, voltei-me para Emily. — E eu acabei de ver o restaurante — disse. — Acabei de ver o Lar...

Comecei a acrescentar que ele estava incrível. Mas *incrível* soava pequeno em comparação ao que eu sentia a respeito. Então, esperei que Emily entendesse o meu silêncio.

Incrivelmente, ela pareceu compreender.

— Ele criou algo maravilhoso ali, não foi? — disse.

— Sim — respondi.

Ela assentiu com a cabeça, concordando consigo mesma. O que não era igual a um elogio ou ainda um comentário sobre as minhas fotografias penduradas nas paredes. Nem a um comentário sobre o motivo daquilo. Mas também não era o *oposto* disso. Escolhi me concentrar nesse fato.

— Preciso ir para casa — disse Gia. — Brian está esperando por mim.

Emily, então, passou a mão pelos cabelos de Gia, prendendo-os atrás da orelha dela.

— Tudo bem, querida — disse ela. — Obrigada mais uma vez por aparecer.

— Diga ao Gê que, se precisar de qualquer ajuda, pode me pedir.

— É claro — respondeu Emily.

Gê? Ela o chamava de Gê. Nada de mais. Era apenas algo que eu não sabia. Ela o chamava de Gê e entendia, talvez melhor do que eu, o que significava ele parecer mais consigo mesmo. Eles tiveram uma história, uma história longa e intensa, e isso jamais mudaria.

Mas, agora, nós também já tínhamos uma história, e uma bem mais difícil de lidar. Nosso primeiro casamento. Nossa primeira vez passando por isso. Quando começávamos a descobrir o que significava fazer tudo dar certo.

A vida é complicada, dissera Aly, em Londres. *A calmaria não prosseguiu por muito tempo sem uma tempestade*, dissera Jesse, apenas umas horas antes.

Ao observar a minha sogra e a nora que ela indubitavelmente preferiria, não havia como negar aquilo.

Ainda assim, poderíamos permitir que as coisas fossem de outra maneira também, não poderíamos? Pelo menos em parte do tempo?

Especialmente quando o que havia de mais importante quase fora perdido por nós.

Não poderíamos, naquele instante, permitir que a vida fosse extremamente, extremamente... simples?

Nesse espírito, lancei-lhes outro sorriso, um sorriso sem medo.

— É muito bom rever vocês duas.

Então, eu me estiquei e as abracei, como se isso fosse a coisa mais natural no mundo. Foi um abraço triangular, com duas pontas do triângulo se tornando tão rijas quanto poderiam. Apenas esperando para que terminasse.

Finalmente, Gia se afastou, sem graça.

Então, Emily a imitou, arrumando sua saia, tentando sem sucesso esconder sua surpresa.

— Bem — disse ela. — Está bem, então.

Eu não ligo. Ainda assim. Valia a pena tentar.

Observei Griffin dormir do meu assento com visão privilegiada, sobre o parapeito da janela do seu quarto de hospital: já sem máscara, com os tubos começando a sumir.

Ele dormia havia horas enquanto eu sentava ali e o sol se elevava atrás de mim. Eu o observava, tentando descobrir como fazer o que precisava. Como agradecer-lhe pelo restaurante. Como se agradece a alguém por ter uma fé tão inabalável em você, tanta fé em seu futuro? No mínimo, sendo honesta, decidi.

E foi quando Griffin acordou.

Ele se virou para mim, cobriu os olhos com o braço, a princípio, para bloquear a fraca luz solar que entrava na sua direção. Então, adaptando-se a ela, colocou o braço atrás da cabeça. E lançou-me seu sorriso.

— Olá — disse ele.

— Olá — respondi. — Como se sente?

Ele pensou um pouco antes de dar a resposta verdadeira.

— Acho que me sinto um pouco melhor... — disse. — Algo entre um pouco melhor e muito melhor.

E isso era visível. Gia estivera certa a respeito daquilo. Ele não estava totalmente curado, ainda não. Mas eu podia ver que estava chegando lá. Aos poucos.

— Que bom — disse eu. — E talvez isto ajude. Os médicos disseram que você pode ir para casa.

— Hoje?

— Não hoje, mas em breve — esclareci. — Talvez amanhã.

— Em breve está bom. — Meneou a cabeça em tom afirmativo. — Amanhã, talvez, está bom.

Eu sorri para ele e saí do parapeito, indo até a beira da cama e arrastando a única cadeira do quarto comigo. Sentando com ela ao contrário, com a parte alta entre nós dois.

Ele esticou seu braço, pegou a minha mão e segurou meus dedos entre as barras do encosto da cadeira.

— Conte-me algo... — pediu ele.

— O quê?

— Quero saber sobre Londres.

Eu olhei para baixo, observando as nossas mãos como se elas tivessem a resposta.

— Não sei por onde começar — hesitei.

— O início geralmente serve — disse ele.

Eu concordei com a cabeça.

— Bem... — comecei. — Quando o seu irmão me ligou para me contar o que havia acontecido, que você estava aqui, eu tinha acabado de largar meu emprego...

Griffin lançou-me um olhar confuso.

— E como isso é o início? — perguntou-me.

Eu sorri.

— Eu deixaria Londres de qualquer jeito — disse eu. — Estava indo embora antes de tudo acontecer.

— Por quê? — indagou ele.

— Era um emprego dos sonhos — falei, dando de ombros. — Mas acontece que você estava certo. Era o sonho de outra pessoa.

Griffin concordou com a cabeça. Mas ele permaneceu em silêncio enquanto me observava e aguardava pelo resto: enquanto aguardava escutar aonde eu queria chegar.

— Mas o fato é que, quando o seu irmão ligou, eu estava ligando para Nick, para contar a ele — disse. Respirei fundo, preparando-me para explicar o resto. — Quando o seu irmão ligou, era isso o que eu estava fazendo. Descobri o que queria e estava ligando para Nick para contar a ele.

— Contar a ele? — repetiu Griffin.

— Talvez eu devesse voltar ao início...

Griffin apertou minha mão e riu um pouco.

— Agora — disse ele. — Agora, ela quer voltar ao início.

— Eu precisava ir a Londres, Griffin. Porque eu não sabia antes — expliquei. — Não sabia da história toda.

— Que seria? — disse ele.

— O motivo para eu escolher você.

Fiz uma pausa e meus olhos encontraram os dele, para que pudesse sentir. Que eu realmente queria dizer o que estava por vir.

— Não foi por impulsividade. Passei a vida inteira procurando por algo bom o suficiente. Buscando pelo mundo, tão longe quanto eu podia chegar, o que poderia me fazer feliz. Consegui até mesmo fazer disso uma carreira. Mas, então, encontrei você. E você só queria que *eu* me sentisse boa o suficiente para mim mesma. — Fiz uma pausa para tentar lutar contra as lágrimas. — E você fez um restaurante para mim para que eu me sentisse assim.

Griffin abriu um sorriso e tentou, sem sucesso, puxar-me para ele, através da cadeira.

— Acho que você deveria vir aqui — disse.

Eu concordei com a cabeça e deitei junto a ele, de lado, e ficamos frente a frente.

Ele beijou minha testa, depois as bochechas.

— Então... — disse Griffin. — E quanto a Nick?

Tentei pensar em como explicar, como dizer o que eu havia percebido sobre Nick — o que me levara cinco anos, um término cruel e um pedido de casamento atrasado para perceber que nós nos amávamos. (Posso ser lerda, eu sei.) Nós nos amávamos de forma difícil, inútil; nos alternávamos amando, ao invés de fazê-lo ao mesmo tempo. Nem sempre é possível fazê-lo ao mesmo tempo, mas, às vezes, é preciso ser capaz. Porque, no final das contas, ser bom nisso, juntos, não era o que mais importava?

E ainda havia outra coisa: após Nick, eu *mudara*. Griffin me transformara. Isso era o que o amor fazia, afinal. E não queria voltar ao passado, aceitando menos do que eu tinha ali, com Griffin. Um lugar onde precisava estar presente. Onde eu aprendia a deixar alguém estar presente para mim.

Griffin inclinou a cabeça na minha direção.

— Estou apenas perguntando que — disse ele —, se você percebeu tudo isso em Londres, por que ligou para ele?

— Ah — respondi, balançando vigorosamente a cabeça em tom afirmativo, compreendendo sua pergunta. — Porque eu também entendi outra coisa.

— O quê? — disse Griffin.

— Quero a minha cadela de volta — afirmei.

Eu senti em meu peito quando Griffin começou a sorrir, movendo-se para me beijar daquele jeito, com o sorriso ainda em seu rosto. Beijamo-nos por um minuto. E, então, ele começou a rir.

— O que é tão engraçado? — perguntei, mas então comecei a rir também, apenas pelo som da risada dele, nós dois rindo tanto que fiquei um pouco preocupada se aquilo poderia machucá-lo.

— Eu esperava pegá-la antes de entrar no avião para voltar — disse eu. — Mas isso não funcionou muito bem.

— Não é isso — disse ele, negando com a cabeça. — Não foi por isso que eu ri.

— Por quê, então?

— Jesse e eu estávamos na janela mais cedo — explicou Griffin. — Enquanto você falava com minha mãe e Gia.

Meus olhos arregalaram-se em compreensão.

— Você viu o abraço? — perguntei.

— Eu vi o abraço; até filmei — disse ele.

Eu fechei meus olhos.

— Estou morta de vergonha — disse eu.

— Não fique — disse ele. — Eu acho que, naquele momento, você recuperou a minha saúde.

— Isso não é engraçado — disse eu, enrubescendo. Mas relaxei sobre ele mesmo assim. Pela primeira vez desde que nos separamos, me senti relaxar de verdade.

— Griffin? — chamei-o, numa voz mais suave, mais íntima. — Pensei em mais uma coisa — afirmei.

— Mais uma? — disse ele.

Eu concordei com a cabeça.

— Mais uma.

Ele olhou diretamente para mim e retirou os cabelos da frente do meu rosto.

— Diga — pediu.

Eu me inclinei sobre a sua mão, que ainda segurava o meu cabelo.

— Eu sei que é besteira, mas quero um casamento. Quero comprar um vestido bufante e branco, que custe caro demais, e usar meus sapatos de dança, e valsar no quintal. Eu quero tirar uma foto constrangedora com nossas mães e ter uma ressaca horrorosa no dia seguinte — disse. — Eu quero mostrar que isto é importante.

Ele permaneceu em silêncio por um minuto, olhando para mim. Então, concordou com a cabeça.

— Acho uma boa ideia.

— Que bom — disse eu. — Quer dizer, não precisa ser amanhã. Mas um dia.

— Sim — respondeu ele. — Acho que amanhã provavelmente está fora de questão.

Eu ri, e Griffin inclinou-se na minha direção com a boca próxima ao meu ouvido.

— Mas, só para você saber — disse ele —, se afirmar isso agora, já faz diferença.

Demorei um pouco. Demorei um pouco para compreender o que ele quis dizer. E demorei um pouco mais para fazê-lo.

— Isto é importante — disse.

Então, como se aproveitasse a deixa, a enfermeira entrou e nos contou que podíamos ir para casa.

39

Talvez o mais importante que aprendi enquanto escrevia a "Fechando a Conta" foi que não há um destino perfeito. Até certo ponto, já sabia disso, mas ficava cada vez mais claro sempre que um leitor fazia a pergunta mágica: *Se você pudesse fazer apenas uma viagem, para onde iria?*

Eu poderia escolher a Sicília, apenas para rever a mais bela cachoeira que já admirara; ou Caracas, na Venezuela, pela minúscula escada que levava ao melhor salão de tango em que eu tive o privilégio de dançar; ou Brattleboro, em Vermont, com aquele barzinho em que ficaria feliz de passar a metade da minha vida, e não somente porque ele serve o melhor macarrão com queijo que já saboreei. Ou aquela pousada na floresta, em Big Sur, na Califórnia, onde a minha alma se sente como se pudesse respirar sem dar satisfação a ninguém.

No final das contas, mesmo que ninguém deseje que isso seja tão complexo (ou tão simples), cada lugar tem seus próprios tesouros. Mas nenhum lugar oferece todos. E isso é algo que ninguém quer escutar. Porque, assim, tudo fica a nosso cargo, não é mesmo? As coisas que escolhemos experienciar e o que decidimos não querer.

Vinte e quatro horas depois do meu 33º aniversário, algumas semanas depois de retornar a Williamsburg de vez, eu estava sentada no sofá da sala de estar, tentando trabalhar.

Eu tentava trabalhar, e não fazer o que de fato estava fazendo, que era assistir à partida de beisebol que quase acontecia do outro lado da janela. Os gêmeos estavam no quintal, correndo, brincando de pega-pega, enquanto uma Mila muito animada pulava com a bola na boca.

Eu ri, forçando-me a retornar à tela do computador. Aquele fora o acordo, afinal. Eu não poderia sair de casa até que tivesse terminado a introdução do meu livro. Meu livro. Afirmar isso me deixava feliz. (Feliz e um pouco aterrorizada, embora eu tentasse não me concentrar nesta parte.) Era um livro sobre fotografia. Era baseado nas fotografias que eu tirara das belas casas. E contava como a jornada de uma colunista de viagens acabou quando encontrou a sua. Ou, talvez, como ela recomeçou. Seja lá como queira interpretar.

— Toc... toc.

Voltei-me para encontrar Griffin parado na porta da sala de estar, com uma enorme tigela de pipoca nas mãos.

— Só queria saber como está indo — disse ele.

— Bem, se trouxer a pipoca aqui, ficarei com mais vontade de contar — comentei.

Ele me entregou a pipoca e empoleirou-se no canto do sofá.

— E então? — perguntou.

— Bem, até agora... — Olhei para a tela do meu computador, depois de volta para ele. — Da introdução, escrevi quinze.

Os olhos dele se arregalaram.

— Páginas?

— *Palavras.*

Griffin ficou em silêncio e refletiu a respeito.

— Elas são boas?

— Não são ruins — respondi.

— Parece que você merece um intervalo — disse ele.

— Ah, ainda bem!

Eu fechei o laptop e me estiquei para ele, puxando-o em minha direção para um longo beijo. Ele me segurou ali, contra o seu corpo, o que me permitiu aninhar-me na curva do seu peito. A verdade era que ainda usava esses momentos para ouvir seu coração bater, com frequência. Provavelmente, um dia eu deixaria de fazer isso. Ou aquilo não me assustaria do mesmo modo. Mas, naquele momento, ainda assustava.

Griffin beijou o topo da minha cabeça.

— Então, eu estava pensando — disse ele. — Já que hoje à noite é a minha folga, podemos assistir a um filme, se você quiser.

— Parece uma boa ideia — respondi.

— Mesmo?

Enchi a mão de pipocas.

— Claro — respondi. — O que você tem em mente?

Como resposta, Griffin ligou o aparelho de DVD, e um filme já estava lá, escondido, e sua sequência de abertura se materializou na tela: os créditos em letras brancas, aquela fabulosa orquestra, o Vaticano surgindo ao fundo. *A Princesa e o Plebeu.*

Apontei para a televisão e a pipoca caiu da minha mão, no chão.

— Não!!! — exclamei.

— Sim.

Eu nem me dei ao trabalho de limpar as mãos antes de colocá-las sobre os meus olhos. O mais depressa possível.

— Você perdeu o juízo? O que está fazendo comigo? — disse eu, minha voz chegando a um volume surpreendentemente alto. — Eu não estou vendo nada! Quem quer que esteja escutando, quem quer que decida isto, eu não vi qualquer parte importante. Eu não assisti coisa alguma, praticamente *nada*, que possa causar problemas.

Àquela altura, eu já falava para o teto — essa é a triste verdade —, mas Griffin ria tanto que nem escutava o quão alto eu falava. (Ele pausara o filme antes, atencioso como era.) Ele ria, gentilmente removendo as minhas mãos de cima dos meus olhos, beijando cada uma delas e segurando-as sobre o seu colo.

— Você confia em mim, certo? — perguntou.

Olhei para ele, para o seu rosto meigo. O seu sorriso arrasador, *muito* perto de ser perfeito demais para o seu próprio bem.

— Demais — respondi.

— Então, confie que tudo ficará bem. Eu prometo.

— Você não entende. Não pode me prometer isso. — Apontei para a tela novamente. — Se ligar aquilo, só vou precisar esperar os problemas aparecerem.

Ele deu de ombros.

— Bem, acho que meu raciocínio é diferente.

— Como assim? Você acha que pode virar o jogo? Fazer com que *A Princesa e o Plebeu* me traga alguma sorte, depois de todo esse tempo?

— Só acho que os problemas provavelmente virão de qualquer jeito. Então, você pode muito bem curtir o filme.

— Isso é deprimente!

— A vida é assim — disse ele. — É um ótimo filme. Será bom aproveitá-lo.

Seria. Seria bom aproveitá-lo. Por ser o meu filme favorito e por mais uma razão que talvez me ocorrera apenas naquele instante. Porque, por um momento, ao menos, Audrey encontrara. Em meio à louca experiência de tirar um dia para viver a vida como queria. Ela o encontrara. O lugar ao qual sentia que pertencia.

— Lá vamos nós... — disse Griffin.

Então, ele ligou o filme e aumentou o volume. As imagens começaram a rodar na tela.

— E eu estarei aqui para você — disse ele. — Se, e quando, os problemas chegarem. Se isso vale de consolo.

Valia muito. Como eu poderia dizer-lhe o quanto? Passaria a minha vida tentando.

Mas, ainda assim, eu peguei meu computador e corri para fora dali tão rapidamente quanto as minhas pernas puderam me levar.

40

Mais tarde naquela noite, eu me encontrei novamente em frente ao computador; minha casa estava silenciosa, escura, feliz, Mila dormia sobre os meus pés, aquecendo-os com o seu peso. Eu escrevia um e-mail para Jordan.

O assunto era: MINHA ÚLTIMA COLUNA DA "FECHANDO A CONTA". E isto era o que dizia o e-mail:

FECHANDO A CONTA

por Annie Adams

POR QUE QUERO VIVER COM UM CHEF DE MEIA-TIGELA NO MEIO DO NADA

Abra seus olhos:

E olhe para os dele.

Deixe a sua zona de conforto:
Para citar o bom amigo de Peter, John Steinbeck: "Eu vivi em climas bons, e isso enche o meu saco. Prefiro tempos a climas." Espero, um dia desses, concordar com Steinbeck.

Descubra o tempero especial:
Recomendo os ovos com lagosta, preferencialmente no meio da noite, sentando sobre o balcão frio de uma cozinha. Nada é melhor do que esperar pela próxima mordida, que (ainda que isso não pareça possível) é sempre melhor do que a última.

Pegue a saída errada:
Alguns poderiam dizer que o oeste de Massachusetts é a saída errada. Especialmente depois da "perfeita" saída: aquela que levava a um lugar para chamar de meu no melhor quarteirão de Londres, com uma carreira promissora, um segundo martíni de manjericão, uma nova vida que poderia se tornar tudo que eu quisesse. Mas cá está o que eu aprendi sobre ter uma ousadia sem fim, sobre a empolgação associada a fugas infinitas: isso se torna menos emocionante. Especialmente quando você encontra a coragem para escolher algo de que não deseja realmente escapar.

Descubra algo que não se encontra em qualquer outro lugar:
Eu contei a Griffin sobre *A Princesa e o Plebeu*. Ele é a única pessoa para quem contei, além de você. E ele queria que assistíssemos ao filme. Para que eu compreendesse que estamos juntos nesta. Em tudo. Nos momentos bons, nos ruins, nos ridículos. E, agora, eu me sinto segura em todos os três... Então, não se preocupe. Estamos indo

com calma, e ele é casado. Mas acontece que é casado comigo; então, acho que, talvez, tudo pode dar certo.

Comecei a fechar o computador para subir e entrar na cama com Griffin, para deixar todo o resto para amanhã, mas Jordan escreveu-me de volta, quase imediatamente.

Para o Editor:

Vou admitir que gostei da coluna. Especialmente da última parte. Eu não deveria ser a única a saber das *loucuras* de Annie. Estou feliz de não ser mais o caso.

Por favor, diga a ela para não ficar muito empolgada, mas estamos pensando em aparecer para uma visita. Tudo bem, nós vamos mesmo aparecer. Ela pode ficar tão empolgada quanto quiser.

Não podemos esperar. Aparentemente, *o meio do nada* é o lugar mais belo do mundo quando as folhas começam a mudar de cor.

Agradecimentos

Eu gostaria de agradecer à minha família e aos meus amigos, que foram tremendamente solidários enquanto eu escrevia este livro.

Obrigada à fantástica equipe da Viking Penguin, que tem sido um lar para mim há três livros. Sou grata a todos que estão lá, especialmente à minha maravilhosamente perspicaz editora, Molly Barton. Por sua sabedoria e competência, um obrigada especial a Clare Ferraro, Nancy Sheppard, Shannon Twomey, Andrew Duncan, Maureen Donnelly e Stephen Morrison.

Obrigada aos meus soberbos e muito sábios agentes, Gail Hochman e Sylvie Rabineau, pela sua inestimável orientação.

Obrigada aos meus primeiros leitores por me ajudarem de várias maneiras: Allison Winn Scotch, Jonathan Tropper, Dustin Thomason, Heather Thomason, Ben Tishler, Dahvi Waller, Camrin Agin, Michael Fisher, Jessica Bohrer, Amy Cooper, Sam Baum, Jonas Agin, Bonnie Carrabba, Liz Squadron, Brett Forman, Melissa Rice, Alisa Mall, Carolyn Earthy, Becca Richards, Paula e Peter Noah, Gary Belsky, Brendan e Amanda O'Brien, Andrew e Crystal Li Cohen, Debora

Cahn, Michael Heller, Shauna Seliy e Dana Forman, que leram este livro tantas vezes que perdi a conta.

Muitos agradecimentos aos maravilhosos clubes do livro e livrarias que fazem com que me sinta tão bem-vinda com seu entusiasmo e acolhimento.

Pelo seu amor e apoio, obrigada ao meu irmão Jeff e a todos os membros das famílias Dave e Singer.

Um agradecimento especial a minha mãe e a meu pai, Rochelle e Andrew Dave, que me criaram para amar os livros e a escrita. Sou muito grata por ser filha deles.

Finalmente, minha gratidão e amor a Josh Singer, meu escritor favorito, que não apenas se importou com cada página deste livro tanto quanto eu, mas também cantou para mim canções do *The Gleam* sempre que pedi. E que é a minha parte favorita de cada dia.

Impresso no Brasil pelo
Sistema Cameron da Divisão Gráfica da
DISTRIBUIDORA RECORD DE SERVIÇOS DE IMPRENSA S.A.
Rua Argentina 171 – Rio de Janeiro, RJ – 20921-380 – Tel.: 2585-2000